典籍里的中国

王家安 著

名联新说

读者出版社

图书在版编目（CIP）数据

名联新说 / 王家安著． -- 兰州：读者出版社，2023.9
　（典籍里的中国）
　ISBN 978-7-5527-0741-0

Ⅰ．①名… Ⅱ．①王… Ⅲ．①对联－文学欣赏－中国 Ⅳ．①I207.6

中国国家版本馆CIP数据核字（2023）第099108号

典籍里的中国·名联新说
王家安　著

责任编辑　房金蓉
封面设计　墨策文化创意

出版发行　读者出版社
地　　址　兰州市城关区读者大道568号（730030）
邮　　箱　readerpress@163.com
电　　话　0931-2131529（编辑部）　0931-2131507（发行部）

印　　刷　甘肃发展印刷公司
规　　格　开本 889毫米×1194毫米　1/32
　　　　　印张 12.25　插页 3　字数 282千
版　　次　2023年9月第1版
　　　　　2023年9月第1次印刷
书　　号　ISBN 978-7-5527-0741-0
定　　价　52.00元

如发现印装质量问题，影响阅读，请与出版社联系调换。

本书所有内容经作者同意授权，并许可使用。
未经同意，不得以任何形式复制转载。

目 录

处 世

高处何如低处好 / 002
后来治蜀要深思 / 004
处世无如为善好 / 006
与世不言人所短 / 008
德从宽处积；福向俭中求 / 010
向前须问过来人 / 012
作事退一步想 / 013
能吃亏岂是痴人 / 014
事当两可要平心 / 017
道在己时惟自适 / 018
闲谈莫论人非 / 019
让人一步不为愚 / 021
因循两字，从来误尽英雄 / 022
事无不可对人言 / 024
棋为饶人下手迟 / 026
涉世深知寡过难 / 027
人生那事马蹄忙 / 029

持 身

欲知宦况问梅花 / 032
风云三尺剑 / 033
上台终有下台时 / 034
物我同春 / 035

独于山水不能廉 / 036

但愿人皆健；何妨我独贫 / 038

此地真无关节到 / 040

士君子皆应有是胸怀 / 042

管百姓须爱百姓 / 044

除却栽花不折腰 / 046

何妨署冷如冰 / 047

他即能度我，还需我自己修行 / 048

莫将私意入公门 / 049

心如止水澄清 / 051

先看文正记中，某条似我 / 052

出乎尔，反乎尔 / 054

廉不沽名品益高 / 056

民不可欺 / 058

有杜陵千万间，庇寒士之心 / 060

试从衾影问初心 / 063

名场似弈无同局；吏道如诗有别裁 / 064

内　省

人生那有空闲的光阴 / 066

十分红处便成灰 / 068

要过去么 / 069

竹解心虚是我师 / 071

且自思量莫恨谁 / 073

傲骨梅无仰面花 / 074

展拜守家中之训 / 076

忠厚传家久；诗书继世长 / 078

欲知世味须尝胆 / 080

半生误我是聪明 / 082

走错了便坠入深坑 / 083

万类相感以诚 / 085

愿诸君勤攻吾短 / 086

心作良田百世耕 / 087

自家门径自家求 / 088

曾三颜四；禹寸陶分 / 090

要闲下留些退步 / 092

欲登绝顶莫辞劳 / 094

天下第一件好事，还是读书 / 095

人到无求品自高 / 097

骋　怀

花香不在多 / 100

海云犹带远峰青 / 102

胜固欣然，败亦可喜 / 103
饭煮胡麻雪煮茶 / 105
人间风雨千百次 / 106
放江山入我襟怀 / 107
岩前倚杖看云起 / 109
别为经纬见文章 / 110
药是当归，花宜旋覆 / 111
任庭前花落花开 / 112

学问深时意气平 / 114
扁舟又趁浙江潮 / 116
灯如红豆最相思 / 118
无可争处，联峰山色静于棋 / 120
菽水家常可养亲 / 121
置身霄汉，更宜心境放平 / 124
花明槛外，触目时尽是大文章 / 126
山不矜高自极天 / 127

风　骨

结发从戎，争传飞将 / 130
落落宏才同汉庭 / 132
江山亦借草堂传 / 134
青山有幸埋忠骨 / 136
夕阳亭里，伤心两地风波 / 138
仗义半从屠狗辈 / 140
明月无心自照人 / 141
为天下读书人顿生颜色 / 142
二分明月故臣心 / 144
小草在山为远志 / 145

养先忧后乐之心 / 146
若非有骨岂能贫 / 148
为人树起脊梁铁 / 149
千年复见黄河清 / 150
博爱从吾好；宜春有此家 / 152
浮舟沧海；立马昆仑 / 155
从无字句处读书 / 156
洗岳飞三字奇冤 / 158
切莫奢侈过分 / 159
每饭不忘天下事 / 161

佳　话

重寻五十年旧事 / 164
莫放春秋佳日过 / 166

有志者事竟成 / 168
嘉节号长春 / 169

003

愿逢老子再骑牛 / 170
草堂人日我归来 / 171
人从宋后少名桧 / 173
两小无猜,一个古泉先下定 / 174
空同倚剑上重霄 / 175
人生得一知己足矣 / 177
江山永柳各千秋 / 178
苏公再见,千秋黄巷重黄楼 / 180
看眼前鸢飞鱼跃,无非活泼天机 / 182
扶筇花外听书声 / 184
不忘书味似儿时 / 186
飞雪连天射白鹿 / 188
笑向儿童先问岁 / 190

问 学

家有奇书未为贫 / 192
坐上同观未见书 / 193
山似论文不喜平 / 194
种树类培佳子弟 / 197
三更灯火五更鸡 / 198
青春曾是几多时 / 199
领异标新二月花 / 201
波澜皆尽致,各须浚取源头 / 202
何必三更眠五更起 / 204
恐鹈鴂之先鸣 / 205
读书所以励雄心 / 207
美名不废等身书 / 208
案余灯火有天知 / 210
胸无俗事不生尘 / 212
学如逆水行舟,不进则退 / 213
这一寸光阴,莫教任着他容易放过 / 214
好取汉书常挂角 / 215

寻 胜

出门如见浙江潮 / 218
尽归此处楼台 / 220
落江城五月梅花 / 222
楼高但任云飞过 / 225
黄河九曲抱关来 / 226
山势当空出;河声入海遥 / 227
不妨踏雪寻来 / 228
五岳寻山不辞远 / 229

貔貅夜啸天山月 / 230	红蓼花疏，白苹秋老 / 239
有人吹到月三更 / 232	莫空话尊酒斜阳 / 240
比当年风景何如 / 234	六朝烟景落樽前 / 241
但借江山摅感慨 / 235	一樽撰天上黄流 / 242
冰壶如见古人心 / 237	五色沙堆成山岳 / 244

物　华

天险化康衢 / 246	真根堪细嚼；肉食鄙无谋 / 257
又是一年春草绿 / 248	蜘蛛虽巧不如蚕 / 258
卖花人去路还香 / 249	指点汉阳红树，流水依然 / 260
系住流莺啼早树 / 250	多少文章出劫灰 / 262
与君出钓寒江 / 251	味到苓连不取甘 / 263
蓄一池水，窥天地盈虚 / 253	愿斯民卖剑买牛 / 265
如何眼底辨秋毫 / 254	清到梅花不畏寒 / 266
飘零何憾，风前莫要张扬 / 255	喻利常存喻义心 / 267
事有备而无患，门虽设而常关 / 256	

乡　愁

此中有化雨春风 / 270	岳家士卒，戚氏兵车 / 280
知足知不足；有为有弗为 / 273	相率中原甲胄，还我河山 / 282
万家烟火总关心 / 274	计利当计天下利 / 284
阳关酬唱故人多 / 275	万里波涛接瀛海 / 286
问金尊把处，忆否西湖 / 276	忠义二字，团结了中华儿女 / 288
想当年叱咤风云，纵横欧亚 / 278	寄我归心过洞庭 / 291

六街灯火认京华 / 292　　　　　每逢佳节倍思亲 / 296

新程万里驾长车 / 294

追　逝

夜雨河声上小楼 / 298　　　　　间公者必是小人 / 305

有时还自梦中来 / 299　　　　　一饭尚铭恩 / 307

今年春胜昔 / 300　　　　　　　酣战春云湛碧血 / 308

撒手还将月放回 / 302　　　　　半哭苍生半哭公 / 310

自有江湖浩淼心 / 303　　　　　叫我如何不想他 / 311

汉献之朝，恨无医国 / 304

文　采

清风明月本无价 / 314　　　　　是日也天朗气清 / 325

人在青莲瓣里行 / 316　　　　　下笔千言，正桂子香时 / 327

举杯邀月更何人 / 319　　　　　或曰取之，或曰勿取 / 329

至今才得半云 / 320　　　　　　羡齐眉此日，秋色平分 / 330

月明如昼；江流有声 / 321　　　塔耸一枝霄汉笔 / 331

可知佳句不须多 / 322　　　　　振衣尼帕尔；濯足太平洋 / 333

百千万叠米家山 / 323　　　　　心由凝静转光明 / 334

雅　趣

更喜春风满面生 / 336　　　　　家计逊陶潜之半 / 338

二人土上坐 / 337　　　　　　　水水山山处处明明秀秀 / 340

海棠影下，吹笛到天明 / 341
泉自几时冷起 / 342
作赋于今过十年 / 344
翠翠红红处处莺莺燕燕 / 345
千古文章四大家 / 346
几生修得到；一日不可无 / 347

切瓜分片，上七刀下八刀 / 348
二水三山李白诗 / 350
途中偶遇说春秋 / 352
墨；泉 / 354
门垂碧柳；宅近青山 / 355
愿天下有情人都成了眷属 / 357

笑　谈

笑世间可笑之人 / 360
朝来拜，夕来拜，教我为难 / 361
士为知己；卿本佳人 / 362
汉祖唐宗，也算一时名角 / 363
若不撇开终是苦 / 365
人情如打鼓，每因皮厚发声高 / 367
装谁像谁，谁装谁谁就像谁 / 368
眼前无路想回头 / 369
未曾亡国，先已丧家 / 371

黄粱未熟，睡著的切莫翻身 / 373
秋老难逃一背红 / 374
愚贤忠佞认当场 / 375
有贤妻何至若是 / 377
把石头拿去说是儿孙 / 379
世情休问，几多屠狗挂羊头 / 380
哪知头上有青天 / 381
今日方知恶在其 / 382
日月奔驰笑我忙 / 384

处世

典籍里的中国
名联新说

高处何如低处好

高处何如低处好；
下来还比上来难。

——刘尔炘撰 （见《兰州五泉山修建记》）

【小识】

五泉山，在兰州市区皋兰山南麓，林泉清幽，因地出五口山泉而得名。1919年至1924年兰州乡绅刘尔炘募集资金，主持重修五泉山，并为各景点逐一题写匾、联，山水文字相映成趣，为一时园林之盛。

青云梯在五泉山中轴线，取"平步青云"的美好寓意，亦取李太白"脚著谢公屐，身登青云梯。半壁见海日，空中闻天鸡"

之诗境。其地高耸,无论上山、下山,往来游人都要途经数十步台阶,在这里歇脚定喘。刘尔炘一反楹联挂刻于柱的常规,选择将此联做成匾额样式横置于游客头顶,这样就保证上山人抬头仰望、下山人俯视眺看,皆能一目了然,令游客置身其间,通过上下联,可以感受上山、下山的不同心境,这是实写。

然虚写处,上下之"山"却见仁见智。虽都说"看山须是高处看",但却有几人能领会"低处"之境界?往往有人为爬"上来"绞尽脑汁,甚至不择手段,却未想到把心"潜下来"、把欲"淡下来"、把脚步"慢下来",或是能明白"上台终有下台时"。身居高处,能往低处看,即便上来,也能想到下来时,如此,无论为官、处世、做人,都泰然许多。

联语以流水对的形式,举重若轻,明写登山感受,实则暗阐哲理,既是风景联,也是格言联。

后来治蜀要深思

能攻心则反侧自消,从古知兵非好战;
不审势即宽严皆误,后来治蜀要深思。

——清·赵藩撰 (见《介庵楹句正续合钞》)

【小识】

"丞相祠堂何处寻,锦官城外柏森森",追寻着唐诗履痕,步入成都武侯祠,诸葛亮殿正堂前,两块并不宽大的木板上,刻挂的这副楹联,一度被称为"蜀中第一名联"。联语上款"光绪二十八年冬十一月上旬之吉",下款"权四川盐茶使者剑川赵藩敬撰"。赵藩(1851—1927年),云南大理剑川人,系白族历史上知名的诗人、学者,清末在四川等地为官,因其与晚清权臣岑春煊相熟并为其师,遂两次受到岑之提携。楹联撰写之时的"光绪二十八年",时局动荡,加之蜀中春夏大旱,饱受疾苦的乡民纷纷起义,数县相继发起义和团运动。清廷在前任川督治理不力下,紧急调任岑春煊接管蜀中军政大权。向以严苛闻名的岑春煊采取强硬手段,甚至属下之人不惜滥杀无辜,蜀中"人人自危",在这种情况下,身为师长、世交兼僚属的赵藩有心劝谏,但一心表功的岑春煊置若罔闻。无奈的赵藩以武侯祠题联之机,借题发挥,在岑春煊游赏武侯祠之前命人刻挂。岑春煊到底有没有看到,史料无准确记载,但蜀中至今流传的故事写道,岑春煊见此联后,脸色难堪,一语不发。

赵藩还是没有攻下岑春煊的心,但这副联却广为流传。联中巧借三国故事,以孔明善于"攻心",治蜀有方,寓示后来者既要宽严有度,更在审时度势,"不战而屈人之兵,善之善者也"。细究此联,赵藩其实对诸葛亮前后的"审势"也是赞否参半,公允评论下,更凸显"审势"的关键。毕竟自古知"宽严"者众,而能"审势"者鲜也。

1958年,毛泽东造访武侯祠,曾于此联前驻足沉思,后又要求赴任四川的领导去看看这副联。《鬼谷子》有云:"察势者明,趋势者智,驭势者独步天下。"

能攻心则反侧自消从古知兵非好战

不审势即宽严皆误后来治蜀要深思

光绪二十八年冬十一月上旬之吉

权四川盐茶使者剑川赵藩敬撰

处世无如为善好

处世无如为善好；
传家惟有读书高。

——清·佚名撰 （见《名联汇选》）

【小识】

这是清代流传下来，某个人家祠堂里，被当作"家训"传承的联语。

与人为善，即是与己方便。作为勉励后代的家训，祖辈们最希望子孙奉行的，还是向善之心、忠厚之道，就像另一副流传甚广的古联："向阳门第春常在；积善人家庆有余"，所庆幸的非富贵显赫，而是一份安心。

明代蒋淦，在嘉靖一朝履任要职，退隐后，书"为善最乐；寡过未能"一联警醒自己和家人。"为善最乐"，语出《后汉书·东平宪王苍传》，"日者问东平王，处家何等最乐？王言为善最乐。""寡过未能"也是成语，《论语》记载，"夫子欲寡其过而未能也"，是说蘧伯玉派人来问候孔子，孔子问他："你们家先生近来忙些什么？"来人回答："我们家先生近来总想少犯些过错，但总觉得做不到。"等来人走后，孔子对来人大加赞许。在孔子看来，蘧伯玉能道德自律，来人既赞许了主人，又在孔子面前谦逊地说"做起来困难"，回答得智慧妥帖，孔子自然称许。

寡过难，为善难，难在自律。这让人又想起徽州祠堂里一副很有名的对联："几百年人家无非积善；第一等好事还是读书。"在谈到为善时，前人总是和读书相联系，或许因读书可以明是非，知善恶，而后帮助自律。所以古人又有一联："教子课孙完我分；读书为善做人家。"

与世不言人所短

与世不言人所短；
临文期集古之长。

——清·佚名撰 （见《分类古今联话》）

【小识】

朋友圈里看到一篇微文，标题是《关系再好，也不言人难，不戳人短，不问人私》。的确，再亲密的关系，也不能肆无忌惮，想怎么说都行，尤其是揭人"伤疤"。俗话说"打人不打脸，骂人不揭短"，不在别人伤口上撒盐，是学会尊重他人的基本之道。就像古人这副对联所说："与世不言人所短；临文期集古之长"，无论言说、为文，不管要表达什么意思，都要以德为先。毕竟言由心生，心贵修德，德若缺位，言论自然就有缺失。处世为文，与其对他人妄加评说，指指点点，不如沉下心来，多从浩瀚典籍中借鉴古人可贵操行，揽镜自照，取长补短，修心而修身。

曾国藩说："说人之短，乃护己之短。夸己之长，乃忌人之长。皆由存心不厚，识量太狭耳。能去此弊，可以进德，可以远怨。"人皆好为人师，也好有私心，好慕虚荣，可贵的是要能时时自省，既能以慧眼识长短，又可以厚心论短长，知其为，知其不为，有可说，有可不说，正像另一副古联所言："不与人争得失；惟求己有知能。"那些出言不善者，往往是不知人，而又不自知也。

與世不言人所短

臨文期集古之長

德从宽处积；福向俭中求

德从宽处积；福向俭中求。

——清·王时敏撰 （见《中国对联集成》）

【小识】

王时敏是明末清初大画家，以浑厚清逸的山水画见长，位居清初画坛"四王"之首。与他雅致的画风一样，他曾有一副文字淡雅的自题联："德从宽处积；福向俭中求。"

品行论德，有公德，便有私德，私德虽存于微小，但小中见大，私德若生狭隘，大德也将有损。王时敏强调以"宽"来储德，多几分仁慈、宽恕，少一点私心、狭念，心地宽厚，自然如古人说，"有容，德乃大"。其实凡事向简单看，少去计较盘算，生理上宽松，心理上自然宽和。

这种平和心态，去看名利富贵，也能淡然许多。只是可叹世上之人，"君子逐逐于朝，小人逐逐于野，皆为富贵也。至于身不富贵，则又汲汲焉伺候于富贵之门。"在王时敏看来，福纵可求，也应从俭朴、俭约中来，轻而易举，或是处心积虑得来，后果多是无"福"消受。

半个世纪前，香港九龙富贵大厦主办过一次征联，夺得冠军的一联是："富向俭中求，万丈高楼从地起；贵宜谦自守，一生厚福获天颁。"任何成就，都不是空中楼阁，皆是从地而起，积累而成。与人宽，与己俭，谦卑自守，这样的人多有"厚福"。

德從寬處積
福向儉中求

平仲仁兄

王時敏

向前须问过来人

后会有期,此后莫忘今日语;
前程无限,向前须问过来人。

——陶铸撰 (见《湖南对联大典》)

【小识】

杰出的无产阶级革命家陶铸同志毕生追求真理,笔下也充满诗情。在他家乡湖南祁阳石洞,有一源远亭,坐落于南来北往之处,他曾为亭子题一联:"后会有期,此后莫忘今日语;前程无限,向前须问过来人。"一"前"一"后",颇见哲思。

亭子里往来的,多半都是即将远行之人。"后会有期",是对远行亲友的一番叮咛,也是一番安慰,此去迢迢千里,甚至下次会面竟不知何时,"只愿君心似我心",毋忘相送之时的叮咛与许诺,这是亲人的期待,恋人的相思,友人的衷言,最不忍回忆的,就是这些离别时说的话。读到这里,就不免沉重起来。因为前途难测,话犹在耳,可谁又能料定今后如何?

"前程无限"是乐观者的豁达,无论走到哪里,无论去干什么,都有人默默祝福着你,可毕竟前路艰险,最后还是一句忠告,遇事莫急,多问问"过来人",前路可曾好走?步步仍须谨慎,千万不受迷惑,像老者的临行嘱咐,句句说理,句句又有温情。

你若问来人,前路如何走?也许不远处的另一凉亭能找到答案。在湖南祁东有一江口亭,用两行联语,将这如何走法,写了一份"告示":"观察前程,当急则急,当缓则缓;保养身体,可止须止,可行须行。"

作事退一步想

修德用十分功,自然神安梦妥;
作事退一步想,无不心平气和。

——清·傅一风撰 (见《楹联新话》)

【小识】

清人傅一风好以格言养性,曾自题数联,都可当座右铭。

如"大著肚皮容物;立定脚跟做人",以大肚皮写包容,以立脚跟写务实,深入浅出,易于常人接受。再如"无十分冤,莫与人讼;有一日闲,且勤尔业",是规劝人不到万不得已,不要与人争纷,有这斤斤计较的闲工夫,倒不如专心致志地把事业做好。他还说"修德用十分功,自然神安梦妥;作事退一步想,无不心平气和"。其实他这三副联,到这里均是一以贯之,说到底,为人处世,重在修德,凡事多讲求包容,心平气和,自然心神安定,行得端正,睡得踏实,健康而快乐。

傅一风修德的小窍门,都在这三副联里,大著肚皮容物、莫与人讼、退一步想,都是在教人学会包容。古人说"退一步行,即是安乐法;道三个好,广结欢喜缘",与其争执不休,不如退让有度,与人方便,才能与己方便,这就是"安乐法"。但很多人觉得委屈,凭什么退,那不得吃亏?不妨再看看这副古联:"处世让一步为高,退步即进步张本;待人宽一分是福,利人实利己之根。"高招在眼前,就看你怎么领会得来。

能吃亏岂是痴人

肯受苦方为志士；
能吃亏岂是痴人。

——清·梁同书撰　（见《联语粹编》）

【小识】

清代大书法家梁同书，名满四海，且为人怡淡，生活朴素，常年一衣一帽，不宴客，不应酬，但友人遇到困难，他却每每解囊相助。

某次，朋友临终之际，担心死后小妾生的儿子无人照料，就拿出一笔钱存在梁家。梁同书欣然答应，将友人亲手封好的钱箱妥善保存，友人怕多生事端，还给他写了个字据，表示银子暂存，并非借款，更无利息之说。谁料后来友人妾生的儿子夭折，其妾也伤心离世，友人的大儿子在遗物里发现字条，就去找梁同书索要。梁自然如数奉还，友人之子一脸感动，一边说两家是至交，哪里用得着立字据，一边就撕掉了字条。谁知检查完银子分毫不差，友人子就改口说是借款，向梁索要利息，瞬间翻脸不认人。字条已毁，梁同书百口莫辩，不得已还是赔了利息。

吃过此亏，梁同书写此联时想必更有感触。能吃亏其实是智慧。梁同书以当时人品及名望，若去争执，未必会输，但他选择了退让，乃是看得淡得与失。倘若与这样的人纠缠不休，也许损失的还不止那些利息。历史也证明,友人子至今仍遭人唾弃,其一时之得失,终究只是一时。

梁同书九十三岁才寿终正寝,临终前还能自如地为人写字。他一生得之淡然,失之泰然,始终豁达平和,岂是平庸的"痴人"能一下子明白。

人到無難須放膽

事當兩可要虛心

國華先生法家屬書

丙戌九月大千張爰

事当两可要平心

人到万难须放胆；事当两可要平心。

——张大千撰 （见《张大千年谱》）

【小识】

近代国画大师张大千，诗文亦佳，不过被其画名所淹。他的画高古文雅，懂行的人其实知道，要做到这些，即如何从一个画匠到大师，最终起关键作用的，还是诗文学养。文人画的前提，先要是个文人。

言归正传，见《张大千年谱》记于1947年8月，他曾为友人题赠一联："人到万难须放胆；事当两可要平心"，议论自如，有如他泼墨山水，宏大酣畅。此时，他已天命之年，躲过了日本人逼任伪职的胁迫，又在风餐露宿中结束了敦煌的"朝圣之旅"，江南塞北，战火孤灯，辗转神州，他已遍历沧桑，更能洞彻人世的酸甜苦辣。所以万难之事，在所难免，而贵在有恒心、有毅力，身处艰难，犹能放胆一搏，又有何所惧。而回过头来，刚毅智勇之外，也应宽和。面对"两可"处境，他的处事智慧是"把心放平"。放平心，则不偏不倚，与人不失公允，与己则从容不迫。

近代联家方地山曾有赠大千一嵌名联："世界山河两大；平原道路几千。"从他气象开张的山水巨幅，到胸怀纵阖的处世之道，一脉相通。大千笔下有丘壑，是因胸中藏风云。

道在己时惟自适

道在己时惟自适；事求人处总难凭。

——清·刘芳撰 （见《随园诗话》）

【小识】

刘芳，字春池，清代时，本在江宁织造府为吏，因不慎失火，焚毁了皇家贡品，受到责罚，还得倾家荡产。典房变产，既贫且老，他只能以诗寄怀。想起变卖了的自家花园，他感伤地写下："乔木昔曾经我种，好花今复为谁春？伤心最是重来燕，不见堂前旧主人。"尽管如此，官家的巨债他还是偿还不清，就要被迫入狱时，著名诗人袁枚惜其才，向时任两江总督的名臣尹继善"诵其诗，尹惊其才"，即宽限了刘芳的还债日期。刘芳因几首诗获得一线生机，还成了当年新闻。

有了这番经历，刘芳暮年之作，就比一般人要深沉些许。如他题写的这一联："道在己时惟自适；事求人处总难凭。"和自己利益相干的事，往往都觉得合适，但凡有求于人，又总是处处碰壁。凡事不能换位思考，不适和困难就在所难免。正所谓"己所不欲，勿施于人"，责人短处，毋忘己之缺陷，目中有人，方才脚下有路。

袁枚说，刘芳得意时，曾有人依附他来生活，等他遇难后，这人便躲得很远。刘芳为此以落叶为题，写了一首诗："积怨堆愁委地深，西风衰草乱虫吟。此时狼藉无人问，谁记窗前借绿阴。"也许他那两句话，就是这个时候想通的。

闲谈莫论人非

静坐当思己过；闲谈莫论人非。

——清·佚名撰 （见《格言联璧》）

【小识】

在江西婺源南关亭，悬挂着这样一副对联："静坐当思己过；闲谈莫论人非。"这是清代流传至今，依然有名的一副格言联。言简意赅，寓意深邃，能立即引人共鸣。

人生在世，时时处处，少不了是是非非。且金无足赤，人无完人，谁都有可能成为供人"八卦"的话柄，只是有人谦怀不语，而有人喜欢夸大其词。故而古人感叹，"病从口入，祸从口出"，少说人短，多与人善，于人是一份尊重，于己是一点修为。

清代蒙学读物《格言联璧》在诠释这副联

时就说得很清楚,"对痴人莫说梦话,防所误也;见短人莫说矮话,避所忌也。面谀之词,有识者未必悦心;背后之议,受憾者常若刻骨。"这是为人处世基本的说话态度,不妄言,不揭短,又能设身处地为对方想,这样的人,谁不爱交往。反之,像《封神演义》中有个申公豹,就是到处搬弄是非、助纣为虐之人,最后换了个填塞北海之眼的苦差,原书还不忘加一句"身虽塞乎北海,情难释其往愆",可见对其不分是非的憎恶,岂不闻"来说是非者,便是是非人"。

当然,"闲谈"莫说人是非,只是闲谈,并非任何场合都无原则地不说,尤其在工作中,该说的话还是得说,不能到处都当"好好先生",甚至对一些违规违纪问题也闭口不谈,这是没有是非评判,不区分闲谈与公心。须知大德无损于纲纪,小瑕不论以是非。

让人一步不为愚

谦到十分防有诈；让人一步不为愚。

——清·佚名撰 （见《中国对联集成》）

【小识】

月满则亏，水满则溢，"满招损，谦受益，时乃天道"。人们自古以谦逊为美德，也总钦佩于谦谦君子，若谷虚怀。的确，于己来说，虚心使人进步；与人来说，虚怀可以容人。但生活中，难免有些人看似彬彬有礼，却毫无原则地谦让，实则让人不舒服，感觉谦虚过了头。季羡林先生就认为，谦虚是美德，但必须掌握分寸，必须出之以真诚，有意、过分的谦虚就等于虚伪。就像这副格言联所说，"谦到十分"，小心有诈！

明代大学者乔应甲几经宦海，他曾告诫子孙："逢人恭谨，享用在一谦字，而真诚为之基。"谦虚乃处世之道，而真诚是第一标准。可要诚以待人，个人利益就难免冲突，这就有了下一个问题，如何取舍？

古人在下联给出了答案：学会退让。"让他三尺又何妨""退步原来是向前"，懂得取舍的案例屡屡皆是。学会退让，不是怯懦，而是蓄积力量，再谋长远。清代陇西人陈长复曾写过一副春联："知足不妨退后；做人还要向前"，便道出了以退为进的智慧。

同样是"委屈"自己，过分谦虚叫虚伪，学会退让是聪明。

因循两字,从来误尽英雄

浮躁一分,到处便招尤悔;
因循两字,从来误尽英雄。

——清·佚名撰 (见《书家联锦》)

【小识】

《论语·为政》有句"言寡尤,行寡悔",是说言语上少过失,行为上便少悔恨,南朝刘义庆的《世说新语》,还专门有"尤悔"一章,记载那些不注重自我言行的事。

如书中说,东晋简文帝司马昱,某次行至稻田,不识田中作物,便毫不思索地说:"这是什么草啊?"左右为难地应答:"这是水稻。"这让简文帝十分尴尬,他回宫后,羞得三日不见人,悔恨自己不识万民赖以生存的"根本",一时轻浮,竟留下千古笑柄。古人有本"畅销书"《书家联锦》,其中有一对:"浮躁一分,到处便招尤悔;因循两字,从来误尽英雄",上联正是在说简文帝这样的例子,若有一分浮躁,便招来一分后悔。谨言慎行,从来是为人之道。

可下联接着说,谨慎虽好,也不能过头,过头的谨慎,就是"因循"。因循,有守旧,亦有犹豫、拖延之意。明末著名文人侯方域,在总结明朝灭亡的经验时就说,"因循而不知变计,畏缩而不敢奋发。"《空城计》中的两大主角司马懿和诸葛亮,便是一个因循多虑，一个放胆一试的典型。昆明西山有副联："漫云有画有诗，即放胆如何落笔；借问是月是海，且忘机试一凭栏。"眼前景致，不去放怀一试，焉能知月之朗，海之阔，山水之雄奇。

最是美好的景致，最要把握时机，"世之奇伟瑰怪非常之观，常在于险远"，若一味因循，必不能至。所以前人感叹："因循两字，从来误尽英雄。"

事无不可对人言

书有未曾经我读；事无不可对人言。

——清·佚名撰 （见《对联大观》）

【小识】

这是古人认可度很高的一副格言联。总有未曾经我读过之书，是说学无止境，更应虚怀若谷，不断精进，读书如此，做人也是这样。至于"事无不可对人言"，是在这虚怀之下，一则有未知者，尽可求教于人；二则有无愧者，大可直面于人，心底坦荡，天地无私，学无止境，其胸襟亦无止境。正所谓"世事无穷，做到老时学到老；人生有几，得宽怀处且宽怀"。

以此相呼应还有一联："人有不为斯有品；己无所得可无言。"知其然而知其所以然，有所为而有所不能为，尤其是一知半解、损人利己的，与其胡说，不如不说。反之，果是问心无愧，又有什么担忧不敢说的？古人说"心事无不可对人语，则梦寐俱清；行事无不可使人见，则饮食俱健"，就看你想要说的是不是光明磊落，问心无愧。

清人梁章钜在地方任职时，曾写下一联公之于众："政惟求于民便；事皆可与人言。"施政以民为便这是官员的本分，毋庸置疑，可贵的是在下联"事皆可与人言"的勇气，用现在的话说就是坚持"政务公开"，坦然接受监督，舆情以疏导为上策，既然一心为民，又怎会有怕百姓知道的事情呢？除非自己心里有"鬼"。

書有未曾經我讀
事無不可對人言

民國十九年夏月集張芝句 居正

棋为饶人下手迟

诗因试客分题僻；棋为饶人下手迟。

——佚名撰 （见《条联汇选》）

【小识】

清人《条联汇选》有一联："诗因试客分题僻；棋为饶人下手迟"，立意新颖，读之不觉一振。

这本是从五代人的残句中集来。古人常以诗为方式，出题较量，风花雪月自然好写，但要试出水平，就要出一些偏题怪题。才思敏捷的还好，比如曹子健在生死关头"以豆为题"的七步成诗，但对多数人来说，题太偏就不免刁难于人。让人抓耳挠腮而不得，又何苦为之。所以作者提醒世人，不妨学学棋界高人，有时为了让对方一步，下子有意迟疑，是给人以余地，得饶人处且饶人。亦如一副清联所说："待人宽三分是福；处世让一步为高"，真正的棋高者，不在赢人，而在能服人。

清人李彦章题榕园讲舍有一联："智欲圆而行欲方，心欲小而志欲大；正其谊不谋其利，明其道不计其功。"智慧圆融，行为方正，克制私欲，放宽志向，纯正友谊，不谋名利，彰明道德，不计功劳，这样的处事原则，自然人见人爱，花见花开。

以前在山间狭路相逢处，有一小亭，上挂一副对联："那条窄路儿且须让一步，他过不去，你怎过得去？这种重担子也要任几分，我做不来，谁又做得来。"首先肯定的是路不好走时，要常与人方便，否则"他过不去，你怎过得去？"

涉世深知寡过难

遂心惟有看山好；涉世深知寡过难。

——林纾撰 （见《民国名联》）

【小识】

近代著名作家、翻译家林纾1924年10月去世，那年春节，已经七十二岁的他在北京寓所写下这副春联，可以看作是他七十年人生的经历总结和生活感悟。

上联把看山认为是遂心的好事，一是他喜欢描画山水，认为广泛游历览胜，可以抒怀；二是多看看山路崎岖，可以领会人生曲折；三是以山之有情，来反讽人之无情，表达对世态炎凉的不满之意。下联进一步总结涉世经验，指出一生中最难的事，就是少犯错误。既是自谦自责的内心独白，也有诫勉之意。他在晚年写给儿子的信中说，人生处处要留心，"读书留心，则得书中之益；饮食留心，则无疾病之虞；说话留心，则无招怪及招祸之事……"人生在世，哪能十全十美，谨言慎行，方才善始善终。像一副古联所说："反观自己难全是；细论人家未尽非。"人总要有自知之明。

"智足以拒谏，言足以饰非"，这是古人对我们的警告。人往往太过"聪明"，就不容易听进去别人的意见；太会"说话"，则总有找不完的借口为自己开脱。凡事多要求自己，你会更加自立，少要求别人，也会少很多失望。古人有一本书叫《传家宝》，其中有一副对联："言易招尤，对人须少谈几句；书能明理，教子宜多读两章。"可谓至理名言，传家之宝。

人生那事马蹄忙

世味已同鸡肋淡；
人生那事马蹄忙。

——佚名撰 （见《康庐联话》）

【小识】

历史上"味如鸡肋"的故事很多，最有名的便是杨修说曹操那段，"食之无味，弃之可惜"，又何苦纠结，所以宋人杨万里会感慨"半世功名一鸡肋"，是言其一无所获也。

明人曾有诗"世味已随鸡肋淡，官程犹逐马蹄忙"，是经历宦海而奔波；清代著名学者钱大昕写过"世味如鸡肋，浮生笑鼠肝"，是历经沧桑而淡然；在广州沙河息鞭亭，前人也曾刻挂一联："世味已同鸡肋淡；人生那事马蹄忙"，那，就是哪的意思。联中一如既往，感叹世态冷暖，而奔波之人不如暂缓一步，亭中小憩，调整好状态再出发也不迟。现在，越大的城市，脚步越匆匆。这副联虽系旧作，但题在广州，可谓是一段巧合。

《菜根谭》说："世态有炎凉，而我无嗔喜；世味有浓淡，而我无欣厌。"人情总有冷暖，世态不少炎凉，不仅要识得此中滋味，更要能拿得起、放得下，不因冷暖而喜怒，不以浓淡而烦忧，切不可在那人情世故的套路中陷得太深。正所谓："无不可过去之事；有自然相知之人"，这是故宫养心殿的一副对联，上面还配有匾额"随安室",即随遇而安。

越南胡志明曾写过一副汉语对联:"自供清淡精神爽;处事从容日月长",淡泊而宁静,不卑不亢,不愠不怒,纵味如鸡肋,"事从容则有余味,人从容则有余年。"

持身

典籍里的中国
名联新说

欲知宦况问梅花

为恤民艰看菜色；欲知宦况问梅花。

——清·冯钤撰 （见《冷庐杂识》）

【小识】

清人《冷庐杂识》记载，清乾隆进士冯钤出任安徽巡抚时，在节署后园开辟菜地，种些梅花蔬果，一旁并建小亭用来休憩，亭上撰书一联："为恤民艰看菜色；欲知宦况问梅花。"后人评说"诵之可想见其志趣"。

在民国《古今联语汇选》中，又说冯钤题联同时，还为小亭题有一匾，颜曰"菜根香"，更是点睛之笔。联中"菜色"，表面说眼前耕种的一点小菜地，实则是身后所系的民风民情。"菜根香"者，乃是淳朴之民风，乃是多艰之民瘼。为官一任，自当造福一方。为使黎民面少"菜色"，自然要付出多于所得，常存体恤，不辞劳苦，宁愿自己"宦况"冷如梅花，清如梅花，独秀如梅花，亦高傲如梅花。

明代"贤相三杨"之一的杨溥，在某年更换春联时，写下类似的一联："黎庶但教无菜色；官居何必用桃符。""桃符"即代指春联，这里显然是用来"粉饰"的。佳节临近，作为正统一朝的首辅大臣，杨溥想到的不是表面光鲜，而是还有多少饥寒交迫之人。虽居高位，犹未忘本色，却如那首写梅花的诗："不要人夸颜色好，只留清气满乾坤。"

风云三尺剑

风云三尺剑；花鸟一床书。

——明·左光斗撰 （见《安徽楹联集》）

【小识】

大明天启五年（1625年），"东林六君子"之一的左光斗，因对抗权宦魏忠贤下狱后不久，便被折磨致死，享年五十一岁。他的学生，一样耿直的史可法评价说："吾师肺肝，皆铁石所铸造也！"是感言其品如铁石，忠贞不屈。故世人谈起这位晚明"铁面御史"时，都喜欢提及他那副题在书斋的楹联："风云三尺剑；花鸟一床书。"下联，是一位文人的雅趣；上联，则是一位侠士的自白。欧阳修有一咏剑诗："神气不在大，错落就三尺。直淬灵溪泉，横磨太行石。"威震奸邪，不畏风云，左光斗虽三尺刃，也有万丈光。

罗庆宏《让历史告诉我们——毛泽东在江西的七年岁月》一书中写道，1930年2月初，毛泽东进驻江西吉安的陂头村，住在一栋带书斋的民居里，书斋墙壁上赫然挂着一副楹联："万里风云三尺剑；一庭花草半床书。"这联引起毛泽东极大兴趣，他找来村里秀才询问，方知"联中有联"。乃是陂头村先人仰慕左光斗，将其名联稍作修改，用以垂范后世。此后，毛泽东难忘此联。中华人民共和国成立后，毛泽东手书此联，悬挂在中南海的菊香书屋里，直至去世也不曾取下，应是引以为异代知己。

上台终有下台时

凡事莫当前,看戏何如听戏好;
为人须顾后,上台终有下台时。

——清·佚名撰 (见《楹联丛话》)

【小识】

这是前人挂在戏台边的一副联。凡是听过旧戏台唱戏的人都知道,挤在前面是为了多看一眼,但人头攒动,杂音嘈乱,待在旁边静处反而听得更真,况且以教化为己任的戏曲,其真谛在于听,并不在看。上联以一个看戏者的感受,道出凡事"争前抢先",倒不如"旁观者清"的道理。下联用意更明了,看似提醒台上演员,当心走错脚下的路,要留心自己的"退路"。何尝不是在提醒世人,莫走错人生之路,台上再辉煌,也有曲罢人散时,到时候,免不了一场冷落。

戏台一联,令人深省。清人梁章钜评其"则几于格言矣",此言自当不虚。亦如同清康熙学者朱彝尊所题一联,看似是写某个"施粥厂",其实也是格言的味道:"同是肚皮,饱者不知饥者苦;一般面目,得时休笑失时人。"告诫过往行人,无论是等着施舍粥饭的流民,还是衣食无忧的贵胄,大家都是一张肚皮、一般面目,本来平等,何分贵贱,暂时的得意,不代表时时得意,"饱汉当知饿汉饥"。吃饭如此,时运也是如此,为人处世更是如此。

另有一副联,还是那句话:"得意须防失意日;上台终有下台时。"

物我同春

门心皆水；

物我同春。

——清·彭元瑞撰 （见《古今名人联话》）

【小识】

《汉书·郑崇传》中说，官居尚书仆射的郑崇，每天找他办事的人接踵而来，久而久之，有人不免闲话，来人中可有不能告人的目的？郑崇对此坦然地说："臣门如市，臣心如水"，并主动提出"愿得考覆"，不怕接受"组织考察"。尽管门庭若市，但我的内心宁静，纯洁如水一般。故车马熙熙，人流攘攘，淡薄不拘庸扰，慎独而能豁达。

清乾隆时，历任礼、工、户、兵、吏五部尚书的彭元瑞与郑崇有着同样的烦扰。春节之际，登门造访者不绝，于是他自题此联于门，并且比郑崇还较真，不仅心如"水"，门也如"水"，言下之意自是"请勿打扰"，既是内心的独白，也是给登门者的"告示"。

而拒之门外的人也没有白来，为何？下联又告诉你，最无私的是天地万物，岁华更新，大家都可以共沐春风，这是"造物者之无尽藏也"。既在言春，也在勉励来人"心底无私天地宽"，勿要只求一己私利，而应胸怀天下，"阳春布德泽"，万物自生光辉。

两行短联，用意高深，彭元瑞这个春节，想必过得安心。

独于山水不能廉

除却诗书何所癖；
独于山水不能廉。

——清·鄂尔泰撰 （见《楹联三话》）

【小识】

人之贪婪者，各有癖好，故总会为满足其权、财、名、色等等欲望，而不择手段。

清乾隆军机大臣鄂尔泰则看透这些。他为友人法渊若题赠一诗，并从中摘取一联书写相送："除却诗书何所癖；独于山水不能廉。"是与友人共勉，若说有癖好，就是嗜好诗书，纵每日操持，也乐此不疲；本来守得住清廉，可偏偏对那青山秀水，不愿廉洁，恨不得依山傍水，多贪多占。联语一反常态，似贬实褒，谐趣而不失别致。

山水能养廉，于是不少人喜欢做文章。民国时，甘肃有一督军张广建，本是不学无术之人，后来机缘巧合跟上袁世凯，竟一路发迹，在甘几年，把甘肃人折腾得够呛。袁世凯称帝后，他还大兴土木建了歌功颂德的"万寿宫"，袁也礼尚往来，赐封他"一等子爵"。未料好梦不长，皇帝主子八十三天就一命呜呼，张广建只好在刚刚竣工的万寿宫去哭祭。当时有人写过一联："庆祝宫开追悼会；一等子作不孝男。"讥讽之意，溢于言表。

张广建好大喜功,写对联这种事也爱出风头。在兰州澄清阁,有一副署名他的对联:"澄到无渣才算洁;清能透底自生明。"每次看到都觉得好笑。论他在甘的所为,也算是"渣"了,居然好意思说"澄到无渣才算洁"。

鄂尔泰与张广建,两副"清廉山水"之所以读来不同,不在观山,而在于观人。

但愿人皆健；何妨我独贫

但愿人皆健；
何妨我独贫。

——清·程道州撰 （见《古今滑稽联话》）

【小识】

自古医者仁心，就像这副百余年前某个医士题写在药店门口的对联："但愿人皆健；何妨我独贫。"那时坐诊、抓药都在一堂，无论看病抑或施药，都希望人能健康，少来药店，更少吃药，哪怕自己生意冷清，也甘守清贫。联语直白妥帖，将高尚医德自然流露，读来不禁敬仰。

与此相似，还有一副流传很广的药店联："但愿世间人无病；何妨架上药生尘。"各地流传中文字略有不同，可不管哪个版本，都是"人期勿药有喜，我自立心不欺"，都令人钦赞不已。如唐代名医孙思邈说："凡大医治病，必当安神定志，无欲无求，先发大慈恻隐之心，誓愿普救含灵之苦……如此可为苍生大医。"

在兰州榆中县金崖镇，旧时有一药铺，店主裴建亭自题一联："不避嫌疑，援之以手，哪怕使君红娘子；忘求利润，爱矣乎心，何分孩儿白头翁。"联中使君、红娘子、孩儿、白头翁，看似写前来问诊的不同人群，其实都是中药名，使君子是治疗小儿蛔虫的妙药，红娘子是形似蝉的小虫，可攻毒通瘀，孩儿草泻火清热，白头翁为艼根，有凉血止痢之效。店主人巧妙地利用这些草药别名，说明两个道理：一是医者无忌，望闻问切，不分男女，都要积极配合；二是医者仁心，童叟无欺，不分贵贱，都要认真施救。谐巧中见大智慧，是为其妙也。

此地真无关节到

一水绕荒祠，此地真无关节到；
停车肃遗像，几人得并姓名尊。

——清·左辅撰 （见《安徽名胜楹联辑注大全》）

【小识】

宋人包拯，为官廉洁，千百年来，关于他的故事很多，民间都呼之为"包青天"，亦有民谣，说是"关节不到，有阎罗包老"，即有人能耐再大，善于疏通各种"关节"，可到了包老这里，一概是铁面无私。

"关节"一词，不知怎的，就和贿赂扯上了关系。唐人《杜阳杂编》中说，"以构贿赂，号为关节。"宋元传奇、明清小说中，"私通关节"者比比皆是。清人左辅来到合肥包公祠，俯瞰粼粼包河，有感于包拯其事，便题写此联："一水绕荒祠，此地真无关节到；停车肃遗像，几人得并姓名尊。"应该是他早已厌倦了各种"关节"，故而看到三面临水的包公祠与世隔绝，想到这里应该不会再有人来疏通"关节"吧？乃是一语双关，徒发感慨。

现实中，每个人都少不了各种羁绊，尤其是位高权重者，要做到公私分明，确实不易。清代主考官朱珪有感于科场暗通"关节"的弊病，某年开考前，于学署悬挂一联："铁面无私，凡涉科场，亲戚年家须谅我；镜心普照，但凭文字，清奇浓淡不冤渠。"

把考场纪律和自身立场老早说明，直白爽快，来人倒更易理解。他联中起笔的两个词很关键，当权者要有"铁面"，同样还应具"镜心"，该严守的要严守，应普照的还应普照，要让其他没有"关节"的学子看到，但凭真本事，就有出人头地的希望，这样一张一弛，可资借鉴。

一水繞荒祠此地真無關即到

停車肅遺像幾人得垃姓名尊

士君子皆应有是胸怀

振衣千仞岗,濯足万里流,大丈夫不可无此气概;
成一代完人,作万世表率,士君子皆应有是胸怀。

——林逊之撰 (见《超庐联语忆录》)

【小识】

福建土楼,堪称大观,龙岩振成楼更是闻名遐迩,被誉为"土楼王子"。其旧时主人林逊之题写了很多修身树德的楹联,许多都浸润着良好家风。像这副长联,起笔嵌入"振成"二字,将一派恢宏正大的气象娓娓道来。

古人以八尺为仞,千仞便是极高。"振衣千仞冈",是要站在千仞高岗上提振衣襟,而又在万里长流濯足涉水,其豪迈之气,横亘古今。美学家宗白华说,晋人用这两句诗写下了他们的千古风流和不朽豪情。明代东林党人吴桂森赞颂其"大丈夫不可无此气概",林逊之就将这三句话全部搬来用作上联,一如其超凡气度。

尽管中国历史上,称得上"一代完人,万世师表"的没有几个,但仍不失君子向往。元代《归潜志》说,"士之立身如素丝然,慎不可使点污,少有点污则不得为完人矣。"是说人生在世,爱好操行如同洁白的真丝,容不得污点,否则难称其为完人。所以清人蒋士铨有诗:"不愿衣笼一品身,愿儿忠存作完人。"一品

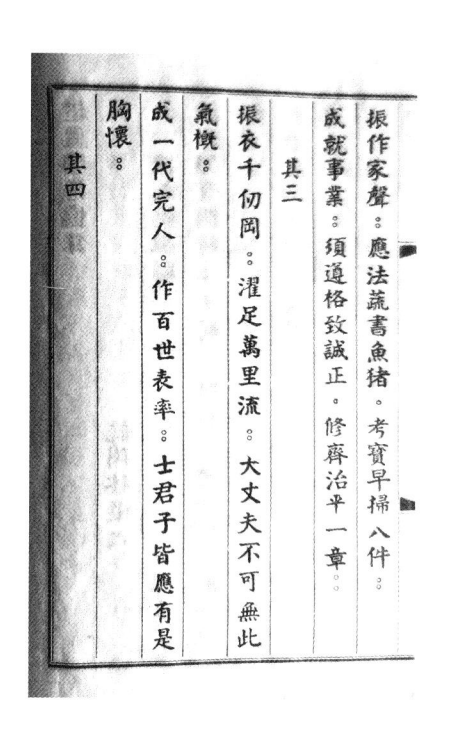

> 振作家聲。應法蔬書魚猪。考寶早掃八件。
>
> 成就事業。須遵格致誠正。修齊治平一章。
>
> 其三
>
> 振衣千仞岡。濯足萬里流。大丈夫不可無此氣概。
>
> 其四
>
> 成一代完人。作百世表率。士君子皆應有是胸懷。

高官有何稀罕，能在品德上不存瑕疵，更尤为难得。

　　完人不好做，故素来希冀的多。林家以此激励后人，做不到不要紧，但要有想做完人的胸怀，向可堪师表的人物看齐。见贤思齐而取其上，虽愚钝，也能更进一步。

管百姓须爱百姓

管百姓须爱百姓；
要一钱不值一钱。

——清·李寅清撰 （见《南亭联话》）

【小识】

"钱是个好东西"，这句话估计不少人已听得耳朵起茧，古往今来，莫不如此。

这样的烦恼，清代在江西庐陵任知县的李寅清也遇到过。估计这位县太爷上台后，也有不少生钱的门道有意无意地向他打开。据说他的前任就没少入这些门道。左思右想之后，他以为整肃官风要紧，便在县衙大堂上张贴了这副对联明志："管百姓须爱百姓；要一钱不值一钱"，伸手要了一文钱，便可让自己一文不值。这些文字今天看来，也是妇孺皆懂的大白话，但却是不少为官者很难企及的标准。

钱的魅力很大，以前，某君便在所谓保佑人财运的财神庙门口题写一联："君能使鬼；人尽呼兄"，读之不禁可笑。因为大家都知道"有钱能使鬼推磨"，钱的别名也叫"孔方兄"，以此戏题"钱"，乃是对某些贪婪无度之人的讥讽。

清代大诗人袁枚有一首专门写钱的诗，其中写道"解用何尝非俊物，不谈未必定清流"，颇见他的睿智。图财必然为人所不齿，但若取之有道，又有何难言。"人生薪水寻常事"，生活用度，都需要钱，创造真正属于自己的富足何尝不好？而有些人就喜欢假装"清流"，不齿于谈钱，背后却贪图无度，这样的伪君子，在袁枚的真性情前，就原形毕露。

除却栽花不折腰

偶因洗砚一染指；除却栽花不折腰。

——清·林靖光撰 （见《楹联补话》）

【小识】

春秋时，郑灵公请大臣们吃甲鱼，但故意不给贵戚子公吃，子公很尴尬，就伸出手指蘸了点儿汤，尝尝味道后愤然离席。书中说，"子公怒，染指于鼎，尝之而出。"后来便用"染指"，来比喻获取非分之利，再就引申为插手某些分外之事。中央纪委在通报陕西省委原书记赵正永的案情时说，其在任期间，霸道插手陕西能源领域，"对煤炭、石油、天然气等均有染指"。可见"染指"并不光彩。

清人林靖光在出任易州时，生怕染指不该插手的地方，既为自警，也为提醒他人，在衙门书室题写一联："偶因洗砚一染指；除却栽花不折腰。"说明自己除了清洗砚台时，手上可能沾点墨水，其他一律均不染指；面对诱惑，他坚守不动，只有栽花时会弯腰劳作，此外再也不肯为权贵、利益而折腰。他也是用陶渊明"不为五斗米折腰"的典故来自喻。因为他清楚，但凡想"染指"者，首先是折了"腰"，倘若洁身自好，腰板挺直，纵使出"淤泥"，又有何惧。

林靖光妙语出奇，将染指、折腰两个常用的贬义词，以洗砚、栽花的文人雅事反转出新意，有文人清趣，更有良吏清风。

何妨署冷如冰

但愿民安若堵；何妨署冷如冰。

——清·赵申乔撰 （见《对联话》）

【小识】

堵，《说文》谓之"垣也"，即为土墙。《史记·高祖本纪》中说，刘邦入关中，为赢得民心，与父老约法三章，秋毫无犯，"诸吏人皆案堵如故"。"案"通安，即安堵如故，相安无事，一切如故之意。

清康熙四十一年，朝廷鉴于江苏武进人赵申乔为官清廉，且敢于担责，"能践其言"，调其任湖南巡抚，当时湖南赋税沉重，民怨亦大，康熙帝临走时给予他"绥辑抚安"的重托。到任后，赵申乔便写了这副联。"但愿民安若堵"是在当时环境下，他的治理预期，但愿乡民皆安居乐业，没事少来衙门，少诉讼、免纷争，又何妨署衙里冷清如冰。

他也没让大家失望，就任后革故鼎新，又遍访各州体察民情，将正常赋税之外强加给百姓的数种苛捐杂税一律清除，又对私征赋税的官员就地免职，还创新地将纳税条款刻碑立于交通要道，让百姓一目了然。为改进官场作风，他"每天衣食粗粝，早作晚休，简行而视"，很快，湖南民风民生大为改观。

但谁能想到，就这样一位廉吏，晚年却因儿子贪污，深感自责抑郁而终。尽管自己未受牵连，但无论如何，他有疏于教子，在官风上拿了高分，却在家风上栽了跟头，不禁教人叹息。

他即能度我,还需我自己修行

孔方兄与我无缘,我未肯寻他,休怪他不相亲近;
释迦佛求他作甚,他即能度我,还需我自己修行。

——清·路德撰 (见《三秦古今联语》)

【小识】

清嘉庆翰林路德,是关中地区有名的教育家。曾国藩曾说,陕西当时近三十年登科之人,无一不出其门下,他还举荐自己的儿子向路德学习。但路德不恃才倨傲,乡邻有难,往往仗义疏财,使鳏寡孤独免受冻馁之苦。其为人,从这副联中也可看出。

古时铜钱因中间打有方孔,被称为"孔方兄",一个"兄"字,尽显谄媚之意。路德开笔便说,自己与钱无缘,钱自然也不会"亲近"自己,这是以调侃的口吻,告诫君子勿要有逐利之心。下联再作警醒,求神不如求己,自己不脚踏实地去做事,一切都是空谈。作为一个门生满天下的"老夫子",他在当时能有这样务实的见解,确属难得。

古人有淡泊名利之举,也有取之有道之说。晚清朴学大师俞樾曾题某财神庙一联:"无以为宝,惟善以为宝,则财恒足矣;义然后取,人不厌其取,又从而招之。"意思是以仁善为宝,无论交朋友、做生意,终能以善缘结善果,财富也会日渐积累。在不失仁义的前提下去获利,人不厌其取,财富依然得以积累。天下熙熙,皆为利来。人人都想先富起来,但岂不闻"仁义不施,而攻守之势异也"。

莫将私意入公门

听讼吾犹人，纵到此平反，已苦下情迟上达；
举头天不远，愿大家猛省，莫将私意入公门。

——清·俞樾撰 （见《楹联录存》）

【小识】

清人《庸闲斋笔记》记载了这样一个故事，说是清末，江苏监察官员应敏斋某日了解到无锡有一桩窃盗案，人赃俱在，犯人也多次认罪，可又多次翻供，其他官员都想结案，但他觉得有些蹊跷，于是亲去督办。多次提讯后他发现，认领赃物的"失主"人高马大，而"盗贼"又矮又小，应敏斋注意到赃物中有一件很不起眼的衣服，在"失主"毫不犹豫地指认是自身衣物后，应敏斋让他当场试穿，结果很不合身，接着又让"盗贼"来穿，结果十分合体，那"盗贼"当场哭诉："这本来就是我的衣服啊！"原来，无锡盗案频发，破案率又很低，为赢取上司欢心，也为免于责罚，当地捕头、衙役就随意抓来一人顶罪，并胁迫"失主"认领，就把此案做了个"人赃俱获"。

对这样的事，应敏斋当然愤慨有加，后来，他请好友俞樾将自己的为官理念写入衙门口的对联："听讼吾犹人，纵到此平反，已苦下情迟上达；举头天不远，愿大家猛省，莫将私意入公门。"大抵是联想此案，既惋惜那个被冤枉的"替罪羊"，苦苦诉讼，纵已平反，也来得太迟，也告诫其他官员、衙役等要猛然醒

為吏易揶揄數聯詒之亦未知其果用否也聊識於此

聽訟吾猶人縱到此平反已苦下情遲上達 舉頭天不遠願大家猛省莫將私意入公門

右大門聯上聯乃舊句對聯余所易也

讀律即讀書願凡事從天理講求勿以聰明令獨見

在官如在家念平日所私心嚮往有將溫飽貧和袞

右大堂聯

且住為佳何必園林窮勝事 集思廣益豈惟風月助清談

心如止水澄清

心如止水澄清，自觉胸中无妄念；
事共浮云消散，始知身外尽虚名。

——清·杨寿楠撰 （见《民国联三百副》）

【小识】

这是近代杨寿楠的自题联。同近代许多名人一样，他的经历也比较曲折。从晚清翰林，到维新大臣，再到民国部长，最后实业救国，几经辗转沉浮，认清了是非曲直，也看清了富贵名利，晚年他辞去一切"虚名"，将自己的书斋署名"云在山房"，已是归于淡薄。当然，他的淡薄，更多是无可奈何。

曾几何时，他也是清末著名的"五大臣出洋考察团"中的一员，还曾是考察报告的"总文案"，亦曾将欧洲三十余部有关政治、经济的著作推荐国人，还曾以经世致用为己任，但终究时局如此，时势如此，晚年归于淡薄，实是不得已而为之。

庄子说："人莫鉴于流水，而鉴于止水。"心如止水，是宁静而自然。这种宁静，就像杨寿楠一样，必须经积年流水之涌灌，才能激浊扬清，回归澄澈纯洁。但往往追名逐利，人如流水，等不及静下一观。《论语》告诉我们："不义而富且贵，于我如浮云。"这样的追逐，迟早有烟消云散的时候。就像这副戏台联所说："乾坤一戏场，请君更看戏中戏；俯仰皆身鉴，对影莫言身外身。"贪得无厌，就怕你入戏太深。

先看文正记中，某条似我

楼阁莫便登，先看文正记中，某条似我；
江山只如故，试数燕公去后，得助何人。

——清·吴獬撰 （见《中华对联大典》）

【小识】

"予观夫巴陵胜状，在洞庭一湖。衔远山，吞长江，浩浩汤汤，横无际涯，朝晖夕阴，气象万千，此则岳阳楼之大观也，前人之述备矣……"但凡登过岳阳楼的人，每每都会生发范仲淹这样的豪迈之慨；但凡读过《岳阳楼记》的人，每每重温文字，抑或登高远眺，也会文思牵引，作一忧乐之叹。

清人吴獬亦有此情，他曾为岳阳楼写下一联："楼阁莫便登，先看文正记中，某条似我；江山只如故，试数燕公去后，得助何人。"起笔先是对随便登楼者当头棒喝。因为自宋以后，大凡登楼者，多是仰慕范公文章，吴獬便发问，先想想《岳阳楼记》中，某条似我？毕竟历代以此记为忧乐天下的鸿篇巨制，吴獬让人对标的不是具体文字，而是其中"先忧后乐"的家国情怀和"不以物喜"的人生态度。

下联所说"燕公"，为唐代中书令张说，他谪守岳阳时扩建此楼，并命名"岳阳楼"；"得助何人"，是说北宋滕子京谪守巴陵郡，重修此楼，才有了范公文章，天下美谈。而作者感慨，张、滕之后,代不如前,何时再有这样"政通人和,百废俱兴"的干才出现?吴獬当时还有题岳阳楼一联:"每眼前望吴楚东南,辄忧防海;只胸中吞云梦八九,未许回澜。"那时正值《马关条约》签订,深处忧患之中,他乃是借这两副对联发忧国忧民之叹。无可奈何之际,只好说"噫!微斯人,吾谁与归?"

出乎尔，反乎尔

下笔且留神，生于斯，死于斯，君休手辣；
捉刀难诿过，出乎尔，反乎尔，谁肯心甘。

——清·刘韫良撰 （见《壶隐斋联语类编》）

【小识】

文学、影视中，常可见古代衙门中各种师爷、幕僚，这些人并不算官，但却辅佐官员处理些日常公务，无官阶而有权势。其中有类唤作"刑名"的，主要负责刑事案件处理。这些人和老百姓接触最紧，往往打个官司，报审诉状，先得经他们之手。心存正直的，则帮着圈点指导，也能伸张正义；倘若存心不良，便刁难于人，甚至篡改证据，只凭几句话，就能混淆黑白。故而这些人，古时也称作"刀笔吏"，是说其笔如刀，能救人，也能杀人。

前人就记载，古时苏州李某，因债务为难一寡妇，寡妇羞愧难当，就在雨夜于李家门口自缢。于是李某找到当刀笔吏的同乡陈社甫，讲清经过，这陈社甫便让李某将女尸的鞋子换掉，并击鼓"喊冤"，他又在李某诉状上加了句："八尺门高，一女焉能独缢；三更雨甚，双足何以无泥？"糊涂的县官看后，认为证据不足，疑似有人移尸图害李某，就让李某只赔了一副棺材了事。陈社甫这个刀笔吏，两句话就颠倒是非，大事化小，难怪人皆认为，做刀笔吏的，要慎之又慎。

清末贵州，刘韫良得知一朋友将任刑名，便写了一联相赠："下笔且留神，生于斯，死于斯，君休手辣；捉刀难逭过，出乎尔，反乎尔，谁肯心甘。"乃在告诫朋友，手中那点权力看似是小，也往往生死攸关，凡事务要秉公执法，三思而行。就像古代一副药王庙对联所说："临症要矜持，减病未能增病易；处方须审慎，救人常少杀人多。"掌握刑名之人，其下笔就有如下药，救人杀人，分毫之间。

廉不沾名品益高

勤能补拙才偏敏；

廉不沾名品益高。

——清·王鼎撰 （见《楹联补话》）

【小识】

清道光大学士王鼎为人谦恭，时人赞其正直无私。道光二十一年（1841年）夏，黄河开封段决口，王鼎奉命救灾，正值林则徐因虎门销烟之事牵连，远戍伊犁途中。王鼎敬重其人，当林则徐路过河南时，便以林则徐擅长治水为由，将他留在身边协助治理水患，其实是想找个机会让这个名臣免受边陲之苦。

林则徐确实有治理水患的经验，他是出于公心，接受王鼎邀请。自此二人吃住坝上，昼夜抢修，终于堵住决口。谁知河堤竣工之日，懦弱的清廷并未买王鼎的账，依然下旨让林则徐前往戍边。在此期间，王鼎为林则徐书赠一联："勤能补拙才偏敏；廉不沾名品益高。"像林则徐这样的人，才华出众却勤勉自励，名满天下却朴素务实，从不见他沾名钓誉，令王鼎也敬佩不已。

魏晋有胡质、胡威父子，都是官员，胡质为人清廉，且注重家风。某次，有人问胡威，你们父子相比谁更清廉？胡威说："我父亲清廉但总怕别人知道，而我却总怕别人不知道，相比父亲，我感觉很惭愧。"后人便常用"清慎"来赞扬胡质，"清"字难做，

"慎"字更难做，一个清廉之人，还能慎独慎微，不图清名，那正是"廉不沽名品益高"。

古人曾在一副对联说："有守尤贵有为，徒博清名，何补民生国计。"反观一些人，毫无作为，懒政庸政，以"不做事就不出事"为理由，却还顾博取自己那点"清名"，对国计民生，有何补益？

民不可欺

民不可欺,常忧获戾于百姓;
官非易做,惟愿推恩到万家。

——清·魏源撰 (见《清联三百副》)

【小识】

晚清魏源因较早"睁眼看世界"为人所知,他为清政府提了许多"师夷长技以制夷"的方略,但并未做过大官,五十一岁时才出仕,在江苏几个地方当过知县,但每到一地,都能整顿吏治,关心民生,善政不胜枚举,时至今日,高邮等地人士还念念不忘。在地方上任时,他常写这副对联鞭策自己。

古人曾在衙门口立过一块石头,上面刻着四句话:"尔俸尔禄,民脂民膏,下民易虐,上天难欺。"时刻提醒为官者,民不可欺。魏源也认识到不欺于民的重要性,他时常感叹,尽管自己是个饱读诗书的学者,但要做好这个为百姓谋福利的官员并不容易。有次,他带领乡民抗洪,连日昼夜劳作,以致两眼红肿"状如蟠桃",可见其用心程度。他在联中总结自己几年县官的经验,那就是"惟愿推恩到万家",万家,自然是大多数百姓。凡事只要对大多数百姓有利,尽管去做,个人名利又何足在乎。

与魏源态度不同,古时某个县官方到任,就飞扬跋扈,欺压百姓,一副官威。恰逢县衙对面戏台重修,有人就写了一副对联:"台上莫漫夸,纵做到厚爵高官,得意无非俄顷事;眼前何足算,且看他抛盔卸甲,下场还是普通人。"用意很明显,是提醒对面那个作威作福的县太爷:民不可欺,否则丢盔卸甲,下场有时还不如普通人。

有杜陵千万间，庇寒士之心

时维孟冬，是周正十二月，成舆梁之候；
制非广厦，有杜陵千万间，庇寒士之心。

——清·孙多璐撰 （见《二守居士联稿》）

【小识】

位于广州增城的"增江晚渡"，为昔年"增城八景"之一，但遇到春潮水涨，这清波荡漾的渡口也让两岸百姓常苦于过河之难。清光绪年间，安徽人孙多璐来此担任知县，看到此景，又发现雨季百姓等候过江时，还经常面临暴风骤雨袭来后无处安身之苦。他立即动员各方募集资金，在江上修了一座通行桥，又在桥头建起一座六角亭，以便行人遮风避雨。落成之日，他为小亭写了一副对联："时维孟冬，是周正十二月，成舆梁之候；制非广厦，有杜陵千万间，庇寒士之心。"

"周正十二月"即按照周历的十二月推算，便是后来通行的夏历（农历）十月，古人所谓孟冬季节。舆梁，指桥梁，《孟子·离娄下》有"十二月，舆梁成"之句，孙多璐句句用典，以描述建造的具体时间和项目。下联中想到杜甫名诗，即使这便桥、小亭，算不上千万广厦，但也有杜甫"大庇天下寒士俱欢颜"的发心，事情虽小，也是实实在在地为民办实事。

同治年间，京畿一带麦子歉收，"民困已深"，正在京城任职的曾国藩得知此事,认为这虽不是自己直接职责之事,但他不想坐视不管,还写下一联自勉:"战战兢兢,即生时不忘地狱;坦坦荡荡,虽逆境亦畅天怀。"他想尽自己的能力,为这件事去出点力。对民生之事,以战战兢兢的心态对待,以坦坦荡荡的胸怀尽力,虽逆境也无愧于心。

时维孟冬,是周正十二月,华兴梁之候,制非广厦,有杜陵千万间庇寒士之心

何忍難答苓健更
試從裳影問初心

试从衾影问初心

何忍鞭笞夸健吏；试从衾影问初心。

——清·佚名撰 （见《歙事闲谭》）

【小识】

在徽州某地县衙，有人写过这副对联，一问一答，形成流水对。鞭笞，这里指衙门的刑罚。贾谊在《过秦论》里就说秦始皇"执敲扑以鞭笞天下"，是言其暴政。健吏，简单理解即干练的官吏，但也是一个饱受争议的词语。因为在很多时候，健吏就是个唯政绩表现的人，在史书中，这样的人大多是个酷吏的形象。此联作者显然也是不提倡做健吏，何忍以对百姓的严苛，来博得自己精明能干的名声？质问过后，他认为要从"衾影"处叩问初心，叩问自己是否青白无私，问心无愧。衾，就是被子，北齐时有句话，"独立不惭影，独寝不愧衾"，又曰"衾影无惭"，是说即便在一人独睡的私密生活中，也不做丧德败行之事。古人云"但立直标，终无曲影"，只要身正不怕影子斜，自然梦稳心安，衾影无惭。

清朝有一个叫谢秋槎的地方官，退休后恰逢七十寿辰，他给自己写了副寿联："无可颂扬，百姓膏脂，未尝染指；有何欢喜，七旬夫妇，难得齐眉。"当了半辈子地方官，没什么值得颂扬之处，但聊以自慰的是，未曾搜刮过一点民脂民膏，始终能洁身而自好。而令自己幸运的是，年届七旬，夫妇健在，举案齐眉的幸福生活，还有什么虚荣可羡慕呢？

名场似弈无同局；吏道如诗有别裁

名场似弈无同局；吏道如诗有别裁。

——清·顾奎光撰 （见《素月楼联语》）

【小识】

世事难料，如同棋局一样，如何下子，结局总是未知，所以杜甫感慨："闻道长安似弈棋，百年世事不胜悲"，迷茫中的陆游也有诗："俗心浪自作棼丝，世事无穷似弈棋。"

清人顾奎光宦海沉浮良久，在无锡任上，回顾自身经历，感叹地说道："名场似弈无同局，吏道如诗有别裁。"名场，是官场，是名利场，也是芸芸众生。金人元好问就感叹"名场奔走竞官荣，一纸除书误半生"，历来涉足名场者，有洁身自好、慎独慎微的，当然也有深陷其中、忘乎所以之徒。顾奎光比作棋局的名场，更多的是自己在一方任上，所经历的种种境遇、遭际，或喜或忧，身处的环境、形势总是千变万化，怎么下子，怎么摆布，每一场"棋局"都不相同，这就要求下棋者自身须保持定力。

故而下联中，他的体会是"吏道如诗有别裁"，吏道是为官之道。处在复杂环境中，要善于经营，用现在的话说，是要有能够驾驭复杂局面的能力，这样如写诗一般，审题、运笔、布局、入韵、起承转合，安排妥帖，也能别出心裁。处乱而不惊，临危而不惧，艰险而不避难，正如一古联所言："每临大事有静气；不信今时无古贤。"

内省

典籍里的中国
名联新说

人生那有空闲的光阴

天下断无易处之境遇，

人生那有空闲的光阴。

——清·曾国藩撰 （见《曾文正公手写日记》）

【小识】

咸丰九年（1859年）的初冬，饱受逆境考验的曾国藩夜难久寐，他在日记中说，那天"四更即醒"，窗外夜静云沉，思索了一副对联："天下无易境，天下无难境；终身有乐处，终身有忧处。"拂晓之际，"又改作二联"，一副是"取人为善，与人为善；乐以终身，忧以终身。"另一副是"天下断无易处之境遇；人生那有空闲的光阴。"他在日记中未说出到底何事，让已经天命之年的曾国藩，在"易境"与"难境"之间辗转无眠。

人生百世，顺逆难定，凡要打开新的境遇，想必都是逆多顺少。上联一声感叹，古今无数共鸣。但"莫问收获，但问耕耘"的曾国藩偏偏不服，人生光阴，终究在自己如何支配。他告诫子弟，古之成大事者，无不是"夜以继日，坐以待旦，盖无时不以勤劳自励"。不教一日闲过，披荆斩棘，纵身处逆境，不过尔尔。古人所谓"为之，则难者亦易矣；不为，则易者亦难矣。"

在曾氏日记中还发现，他那夜所作"取人为善，与人为善；乐以终身，忧以终身"一联，其实在数月前已打了底稿。此前他将下联写作"忧以终身,乐以终身",是范希文之"先忧后乐";后来又把"乐"置于"忧"前,句子的略微调整,是心态的微妙变化,"坦坦荡荡,虽逆境亦畅天怀"(曾国藩语)。

人生譬如朝露,光阴怎可轻逝。自强不息,每天都崭新如斯。

十分红处便成灰

一半黑时犹有骨；十分红处便成灰。

——清·徐宗干撰 （见《楹联新话》）

【小识】

清人朱应镐《楹联新话》记载了这样一则故事，清同治年间的福建官场，流行"红"与"黑"的官话，即逢迎得势者谓之"红"，人人都会追捧，反之，郁郁不"得志"者则为"黑"，人人弃而远之。素来官声不错的徐宗干到任福建巡抚后，着手整顿吏治，便以"咏炭"为题，写下此联，示以众人，一改当时竞相为"红"的风气。

联语表面写了炭烧到一半时，虽然还有些貌黑不耐看，但"骨气"仍在，若要等到烧得通红耀眼时，也就离火灭灰烬不远了。一块木炭，也能看出为官、为人之道。红极一时纵好，但也不能忘了应有之"骨"，守得初心，方得始终。在后来任上，徐宗干也一如既往，不负众望。同治五年（1866年）逝世后，左宗棠为其盖棺定评说："循良著闻，居官廉惠得民，所至有声"，并上奏朝廷"优诏褒恤"。

此联精辟妙喻，令人深思，颇值品味。据说清代大书法家邓石如有一方闲章，刻的也是"十分红处便成灰"。对于"安自宜乐，闲自宜清"的这位清代文豪来说，"黑"早已无所谓，"红"更是无所求。也许是家风浸染，他的六世孙、两弹元勋邓稼先也是这样，"事了拂衣去，深藏身与名"。

要过去么

要过去么,过去便能通碧落;休下来了,下来难免入红尘。

——刘尔炘撰 (见《果斋全集》)

【小识】

向兰州城南五泉山径直西行,过"乐到名山"坊,欲去林泉叠翠的"小蓬莱"处,有一青砖黛瓦廊桥,题额"企桥",是桥形如字。入口处,有兰州乡贤刘尔炘一联:"要过去么,过去便能通碧落;休下来了,下来难免入红尘。"

此联写在上山入口方向,应是"企桥上行联"。往来之人,必经过时抬头一看,起首则是一令人疑惑的发问,"你要过去么?"

言下之意，是"你为何要过去"，是为了通向"碧落"。这"碧落"，显然不仅是碧霞满空的天空，而是一种释怀。再看下联，是对"过去之人"的劝解，既然"过去"，还得慎重下来，下来就不免流入"红尘"，这滚滚红尘，未必都经受得住。此处以"红尘"呼应"碧落"，让过桥之人思维跳跃，"过"与"不过"，心底必有一番较量，而联语点到为止，像禅语，似哲诗，别有风味。

在桥的另一端，刘尔炘还题有一下行联："问来来往往人，今日之游，水意山情都乐否；到活活泼泼地，任天而动，花光草色亦欣然。"这是对下山之人而言，一问一答，语言则轻松许多。其实"过"与"不过"，这位老翰林已给出了参考答案，就在这最后落笔的二字——"欣然"。

竹解心虚是我师

水能性淡为吾友；竹解心虚是我师。

——清·刘墉集 （见《联语粹编》）

【小识】

3月22日，世界水日。又引发人对"水"的思考。

老子说，"水善利万物而不争"，上善若水，充满厚德。庄子与老子一脉相承，他进而说，"遗身而自得，虽淡然而不待"，不以物喜，不以己悲，宁静而能致远。所以清代名人刘墉在为人题赠这副对联时，应该是效仿老庄之道，先放空了自己的心态，学水之淡然谦卑，实则是海纳百川的大智慧。

下联中，刘石庵进一步诠释谦卑之理，以水为友的同时，以竹为师，学它"虚心"之状。但竹子不仅"心虚"，它还"有节"，一竿翠竹能进退有度，并不是无缘由的自卑，而是深解虚心之道,联中一个"解"字用得很妙。

其实这副联并非他的原创,唐人白居易早就有诗《池上竹下作》:"穿篱绕舍碧逶迤,十亩闲居半是池。食饱窗间新睡后,脚轻林下独行时。水能性淡为吾友,竹解心虚即我师。何必悠悠人世上,劳心费目觅亲知。"刘墉将此摘来,只改了一字就书写赠人,从艺术手法上说,将"即"改为"是",倒没多大意义。

前人记载,刘墉在地方为官时,"砥砺风节,正身率属,自为学政知府时,即谢绝馈赂,一介不取,遇事敢为,无所顾忌,所至官吏望风畏之。"其砥砺风节、遇事敢为之姿,不正是那一竿进退有度的翠竹么?

且自思量莫恨谁

欲除烦恼先无我;且自思量莫恨谁。

——明·戚继光撰 (见《中国的对联》)

【小识】

据说这是明代抗倭名将戚继光的一副自题联。史书说戚继光"为将号令严,赏罚信,士无敢不用命"。作为三军上将,他是先做到了"无我",心中才会有下兵,能心底无私,赏罚分明,不因人迁就,自然会锤炼出"戚家军"这样的王牌。

俗话说,"劝君莫烦恼,烦恼催人老"。烦恼,随时会有,但总是因人而异,因为"世上本无事,庸人自扰之",天下不少烦恼,都是自我而来,因为放不下我的名,我的利,我的如此种种,太看中"小我",自然不能成"大我"。想要根除烦恼,则必须"无我",这不是佛家的超悟,而是放下自私的"我","无我"的基本,便是"不自我"。

在安徽黟县古村落,有人将此题作家训:"欲除烦恼须无我,历尽艰难好作人",自私乃是人之本性,想要放下自我,尤其是面临各种欲望之下,确非易事。所以必要经千难万险,磨砺心志,养成一个宠辱不惊的心态。清人有一首绝句恰到好处:"人世无如出路难,旅情参透客心寒。欲除烦恼除欣羡,万事皆宜作反观。"对于那些饱受磨砺之人,备尝艰苦,不再轻易欣羡,更容易找到一双洞穿世界的慧眼。

傲骨梅无仰面花

虚心竹有低头叶；傲骨梅无仰面花。

——清·郑燮 （见《对联丛话》）

【小识】

松竹梅因其凌霜恃雪、不畏严寒的特殊秉性，被称为"岁寒三友"，自古为文人品格的象征，尤其竹叶、梅花，一青一粉，无论诗草、画稿，皆喜调和，是君子之物，有名士风流。

清代大诗人郑板桥的这副名联，便是以梅花、竹叶为蓝本，借竹之空心、梅之傲雪，来寄托个人情志。人皆知虚心为美德，但坚守不易，关键要像这竹叶，该低头处且低头，时刻以谦逊之姿来示人；而梅花"凌寒独自开"，纵有不屑风雪的铮铮傲骨，但很难见仰面朝天、不可一世的开放，梅之操守，乃是有节有度，有傲骨却无傲气。郑板桥不愧丹青妙手，塑造两个生动的比喻，让人揣摩不已。

同样是丹青名家，清代书画家黄易也写过一副咏梅题竹之作："格超梅以上；品在竹之间。"以梅、竹为衬托，点到为止，发人遐想，让本是虚象的"品""格"见到"风骨"，读其联而能识其人。

性格再分明点的，就如明人秦旭所书："窗含竹色清如许；人比梅花瘦几分。"梅花本是枯木老干，人怎可比梅花瘦？所"瘦"者不过贪心欲念。看这人家，窗无别物，点缀几枝竹叶，人无俗欲，留得一点梅香，好一个"室雅人清"！

虚心竹有低头叶
傲骨梅无仰面花

展拜守家中之训

馨香分郭外之田，夕膳晨馐，讵敢作拾尘野祭；
展拜守家中之训，左昭右穆，何须繙争坐名书。

——清·吴镇撰 （见《松厓对联》）

【小识】

临洮人吴镇，为清中期著名诗人。曾为颜氏祠堂题写此联，因所写主要为颜氏名人、孔门高足颜回的故事，后来还被刻挂在山东曲阜的颜庙。

作为孔子最得意的门生，"贤哉，回也！"已成千古之誉。某次，孔子问颜回，为何不去做官？颜回说，自己在城郭内外有点田地，足以种粮、采丝，自给自足，而且每天跟随老师学习，更"足以自乐也"。孔子称赞他"不以利自累"，能知足常乐。

又一次，孔子被困他乡，几天吃不饱饭，弟子们好不容易找来一点米，便由颜回、仲由在一间破屋里烧火做饭，不巧屋顶的土灰落到饭里，颜回见有的米粥被污，怕老师吃了不干净，又不忍心丢弃，就自己拾捡吃下。这一幕正好被人从远处望见，就向孔子打小报告，说颜回偷吃。孔子认为这不是颜回的为人，回来询问情况，果不出所料。这便是颜回"拾尘"的故事。吴镇以这两个颜回的典故来写颜氏宗祠，意在彰显清贫乐道、立德修身的家风。

下联"家中之训",即是赫赫有名的南北朝时颜之推所作《颜氏家训》,"争坐"则是颜家另一位大名人,唐代大书法家颜真卿的名作《争座位帖》,其写作初衷是批评一个官员为获取当权宦官的垂青,违反规制为其安排了座位。"左昭右穆"正是古代座位的排序方法,这里指社会秩序。吴镇是想劝勉颜氏子孙,常把家训拿来看看,自然规规矩矩,不会去阿谀奉承,更不至同流合污。如《争座位帖》有一句话:"满而不溢,所以长守富也;高而不危,所以长守贵也。"

忠厚传家久；诗书继世长

忠厚传家久；

诗书继世长。

——佚名撰 （见《分类新式对联大观》）

【小识】

江南钱氏，人才辈出，堪称千年望族。有人解读这个家族的昌盛"密码"，正在一部《钱氏家训》当中。"子孙虽愚，诗书须读""忠厚传家，乃能长久"，这是钱氏家训的核心。这些理念，与这副家训楹联不谋而合。

"忠厚传家久"，其"忠"在忠实赤诚，尽心竭力，其"厚"在宽厚仁爱，与人为善。"忠厚"二字，都是至诚至善的品性，"人而好善，福虽未至，祸其远矣"，以此传家，正大光明，美德无私，负载万物，自然传之子孙，长久不衰。正可谓"传家有道唯存厚；处世无奇但率真"。而做到这些的不二法门,是诗书继世,明智达理。若说忠厚是航向,那诗书便是通航的路径。所以皖南民居中家家都爱写这样一副联:"世间数百年旧家,无非积德;天下第一件好事,还是读书。"

我曾做过统计,如要评选史上流传最广的几副联,这一副肯定入选。这些年,曾在数十部清代、民国的线装书、铅印本上见有刊载,文人墨客、大刊小报转发不断,曾在江南的祠堂、客家的小楼、陇西的家院和北京不少胡同的老门板上见过,许多人家把他写作中堂、刻在墓碑、挂于书斋,有关部门弘扬核心价值观的海报上使用过,某次台湾印制的年历片上也有……可见古往今来,世人对忠厚传家、诗书继世的认可一以贯之,这也是中华民族传承千年的美德。

欲知世味须尝胆

欲知世味须尝胆；
不识人情只看花。

——清·梁直奉撰 （见《楹联丛话》）

【小识】

清福建长乐人梁直奉，为清代名臣、学者梁章钜的伯父。梁章钜回忆说，从小"少承庭训"，父亲就为他讲解家中每副格言联的含义，若有人来求书，父亲、伯父们也总是以格言联书赠，父亲告诉他，别人求书，如不相赠格言，"即所谓无益之事也"。某日，伯父梁直奉为人书赠一联："欲知世味须尝胆；不识人情只看花。"父亲便问他，你可知此联之深厚乎？"汝伯父所书，乃涉世良方！"后来，梁章钜渐渐明白联中之意，自称"终身用之不尽矣。"

胆是苦的，所以勾践要卧薪尝胆来自我激励，否则他担心雪耻的意志会有所消沉。梁直奉以为尝胆能知世味，可见世事之"味"，也多艰苦。因为历经世事磨炼的人清楚，艰苦备尝，方才成长。而"胆"还有胆略、胆识之意，为人处世，既要不怕苦，更要敢于进取，历经艰辛，排除万难，"艰难方显勇毅，磨砺始得玉成。"

有人解读下联，说是苦于世道无情，只有深宅紧闭赏花解闷,其实不然。从上联鼓励"尝胆"的勇气来说,这副联是催人奋进的。此看花,多是走马观花、雾里看花之意,此联恰好相反,是说为人处世,一定要看清世道人情,不能稀里糊涂,"知人知面不知心"。梁章钜父亲说这副联是"涉世良方",正是入世之道,可见亦不是消极避世。

半生误我是聪明

两字听人呼不肖；

半生误我是聪明。

——张学良撰 （见《时人联话》）

【小识】

长辈给孩子起名，倘没有特殊原因，皆是挑好看的字，或立德，或成才，大多都寄托着美好祝福。对于本人，就名中那一两个字，自然比别人琢磨得多。像张学良先生，学良二字，这应是普天下父母共同的希冀。《出师表》说："此皆良实，志虑忠纯"，这是对贤者的赞誉，"良"字背后，少不了忠诚、仁善、宽恕、勤俭之道。当然，张学良，学张良，向汉代张良这位智者学习，这两字放在张姓后，还另有一番深意。况且张学良，字汉卿，更是在敬仰张良。

少帅张学良从小意气风发，但身处纷纭变局，顾虑也不少。回想起时局和自己的成长历程，他突然觉得有一天"名字"也会成为压力。于是，就此写了一联："两字听人呼不肖；半生误我是聪明。"每当听人叫"学良"，总觉得自己做得不够好，将近半生，"一事无成"，终究是吃了自作聪明的亏。此联是他赠送幕僚杨云史的，此后，其父张作霖的火车被日本炸毁。几个月后就有好事者将此联在报上刊载，自然引人联想。更有甚者，说是此联为"九·一八"后所作，实则江湖演绎也。

不过张少帅的一生，确实传奇，到底聪明与否，历史自有公论。

走错了便坠入深坑

莫道是空门,要进来须踏着实地;
紧防有岔路,走错了便坠入深坑。

——清·赵绍伯撰 (见《对联话》)

【小识】

清人赵绍伯登云南鹤庆龙华山,拾级而上,见眼前岔路,远处"空门",联想自己处境,遂有感而发写下这副对联。看似"空门",只要踏着实地一步步走来,依然感到充实。前进中的"岔路"在所难免,务要明辨是非,谨防坠入"深坑"而追悔莫及。

除了个别神话的演绎,几乎没有人可以料定前途。像清人刘韫良以"棋盘"为题写棋盘山的这副对联:"浩劫总茫茫,黑白不分,世界都归争战里;先机谁了了,苍黄糜定,江山全在危险中。"可以肯定的是,纵是前途茫茫,只要明辨是非、区分黑白、寻求实地、警惕深坑,依然可以占得先机。

话本小说《西湖佳话》中有一联:"何须有路寻无路;莫道无门却有门。"看似禅语,实则直指生活。有的人并非走投无路,放着踏踏实实的路不走,却专挑无益于世的路、无法无天的路、无情无理的路、害人害己的路,最终在岔路上碰得头破血流。一时看不到门路,不要轻易说无门,只要敢为成功找方法,终究有门会自开。此联可贵在辩证地看待出路问题,敢问路在何方?路在脚下而已。

造物最忌者巧
萬類相感以誠

峻峯仁兄屬書其先世聯語即請
正掔
左宗棠

万类相感以诚

造物最忌者巧；万类相感以诚。

——清·张英撰　（见《对联话》）

【小识】

据毛泽东的图书管理员徐中远介绍，毛泽东晚年读到这一副对联时十分赞赏，特意用红铅笔在上面画了两个大圈，徐先生认为，这是毛泽东素来诚以待人之故。

这副对联的作者，是清代康熙朝的名臣张英，他也曾因一个诚以待人的故事家喻户晓。即有名的桐城"六尺巷"，"千里家书只为墙，让他三尺又何妨。万里长城今犹在，不见当年秦始皇。"在面对邻里纷争之时，张英以一封家书留下与人为善的千古美谈。正因有这样的胸怀，他更能认识到，万物并生，最忌讳的是巧而不诚。这"巧"显然不是巧夺天工之精巧，而是虚伪、欺诈的投机取巧、巧立名目、巧取豪夺、巧言令色。万物之间，必然各有所长，但一味争长忌短，以伪诈心机示人，终究难以服人。所以古人说："惟诚可以破天下之伪，惟实可以破天下之虚"，只有以诚待人，朴实无华，才能相容于万类。

著名的《颜氏家训》也认识到了这一点，颜之推在告诫子孙时就特意强调："巧伪不如拙诚"。这里用"拙"来修饰"诚"。拙，在中华文化里是个有大智慧的字。老子说"大巧若拙"，实则是大智若愚，知其有所为，而知其有所不为。

愿诸君勤攻吾短

人苦不自知,愿诸君勤攻吾短;弊去其太甚,与尔辈率由旧章。

——清·李湖撰 (见《古今联语汇选》)

【小识】

清人李湖为人正直,乾隆年间任贵州巡抚,因直言劝谏被朝廷嘉奖;任云南巡抚,不畏权势,敢于揭发总督贪污;任广东巡抚,平息海盗,安定民生,深受百姓爱戴。他常对人说"宁得罪上官,无得罪百姓",治理一方,当"以爱民为心"。某次,他在府衙题写一副对联:"人苦不自知,愿诸君勤攻吾短;弊去其太甚,与尔辈率由旧章。"他是先以自警,来带头转变作风。

能主动邀请同僚"勤攻吾短",说明其海纳百川的胸怀,也表现出强烈的事业心和责任感。"尺有所短,寸有所长",须知人皆有长短,难得李湖认识到"弊去其太甚",有些性格、作风方面形成的弊病,确实很难纠正。立竿见影的良策,就是虚怀若谷,以人之长来补己之短,并和大家一起"率由旧章",坚持按制度和规矩办事。

晚清干臣曾国藩也有一类似对联:"虽贤哲难免过差,愿诸君谠论忠言,常攻吾短;凡堂属略同师弟,使寮友行修名立,方尽我心。""谠论忠言"出自宋人对苏轼的赞誉,指正直忠诚之言。往往忠言逆耳,倘若听不得不同意见,刚愎自用,必然误事。然放眼如今,大搞"一言堂",甚至一意孤行的不在少数,皆是得意忘形,而苦于不能自知。

心作良田百世耕

善为至宝一生用;心作良田百世耕。

——清·佚名撰 (见《北京门联集粹》)

【小识】

在北京东城区府学胡同34号,一座京味四合院门口,两个红彤彤的门扇上,镌刻着一副隶书题写的门联:"善为至宝一生用;心作良田百世耕。"小院可能几易其主,但一百多年来,门上这两句话散发的正能量,却成为每一个过往之人的行为准则。

孟子说"君子莫大乎与人为善",老子也说"善行,无辙迹",自古以来,以善为宝,宽以待人,是人生之大智慧。善和良,也总是并道而驰,善重乎行,而良重在心。良心若良田,善恶有别,仁义常施,需要不断用心去耕种。故而这个小院的主人最初题写此联时,最想告诫子孙的,还是要一生为善,勤修心田,方能一生受用,百世耕耘而不辍。

在北京许多老门联上,为善总是出镜率很高的词汇。在宣武区粉房琉璃街65号,镌刻着八个大字门联"为善最乐;读书便佳",看似简单,实则蕴含着深厚底蕴。史书说,汉光武帝刘秀有个儿子刘苍,"少好经书,雅有智思",有人问他干什么事最快乐?他说"为善最乐"。也有人说,此联曾为朱熹所作,但已无从考证,而其积极高尚的精神情怀,则流传千载,早已深入寻常百姓家。

自家门径自家求

云阶月路引人来，乐水志在水，乐山志在山，随处襟怀随处畅；
学海书城延客入，见仁谓之仁，见智谓之智，自家门径自家求。

——刘尔炘撰　（见《陇上大儒刘尔炘》）

【小识】

这是近代陇上大儒刘尔炘题给兰州五泉书院的门联。乐山乐水，见仁见智，流传千载而为人津津乐道，但学海浩淼，书城浩瀚，千年来又有多少人能一探门径？

五泉书院是兰州府立书院，是当地最高学府。刘尔炘曾在光绪年间两次出任山长，他执教期间，以"力求实学"为教学之本，不局限于儒家经典，而是"天算、舆地、军政、财赋、中外交涉者"均鼓励学生去读，以期为国家作有用才。他为学生订立学习条约，鼓励学生立志、存心、善于抉择、循序渐进等。他建议学生，读一部便要有一部收获，从容体味其中真意，且要融入自己的身心，阐发自己的见解，"读书不从自己身心上体贴，虽读破万卷，书自书，人自人，道理终不明白"，这也正是他联中所要表达的两重境界：一是选好专题，结合个人所长"读进去"，畅游期间，与古人交；二是结合个人感悟"读出来"，见仁见智，去开辟自家门径。切不可"书自书，人自人"，读了许多，最后原把书还给了作者。这个道理，至今仍让我们受用。

刘尔炘曾在日记中说，师道虽尚严格，但也要从容乐教，"常存父母爱儿心"，使学生有"悦心之趣"，才能深入去学，师者如春风化雨，润物无声，"必和风之吹拂，微雨之缠绵也"。他欣喜这样的景致，曾在兰州两等小学堂门口悬挂的一联，正是这般写照："都教存忠爱心肠，看到处园林，百鸟朝阳成乐土；真个是文明气象，这满门桃李，万花捧日上春台。"

曾三颜四；禹寸陶分

曾三颜四；

禹寸陶分。

——清·郑燮撰 （见《苏州园林匾额楹联鉴赏》）

【小识】

据《养苛杂记》所载，乾隆年间大臣宋宗元重修苏州网师园，请当朝名士郑板桥为园中濯缨水阁题写此联。曾三是何？禹寸谓何？不识者不知所云，其实板桥先生大才，用这八个字，竟暗含了四个典故。

联中曾、颜指孔子两大得意门生曾参和颜回。《论语》记到，曾参曾说"吾日三省吾身"，以此来自省自励；又孔子对颜回说，君子当"非礼勿视，非礼勿听，非礼勿言，非礼勿动"，后人便以"颜回四勿"来指君子修身。《晋书·陶侃传》写着，陶侃珍惜时光，常对人说："大禹圣者，乃惜寸阴；至于众人，当惜分阴。"在当时，分是比寸还小的计量单位，陶侃以为，古之圣贤如大禹者，都在珍惜寸阴，像我们这般平庸众人，更应从分阴珍重。

郑板桥以这样四个故事熔于一联，题在友人墙壁，劝人反省修身，惜时有为，虽写在园林，也可作格言看。据说，后来有人怕路人看不懂，在此联前各添一句："学问无穷，曾三颜四；光阴有限，禹寸陶分"，意思倒浅显了，但失其真趣，有画蛇添足之嫌。

曾三顏四
禹寸陶分

丁巳夏八月上澣
板橋道人鄭燮

要闲下留些退步

两脚端着实踏来，由险中打个翻身，居然安稳；
一心里从高走去，要闲下留些退步，切莫匆忙。

——清·刘韫良撰 （见《壶隐斋联语类编》）

【小识】

贵州素有"八山一水一分田"之说，崇山峻岭多，山间供行人歇脚的亭子也不少。清末贵州楹联大家刘韫良曾有题半山亭一联，"两脚端着实踏来"这是说上山之人，只要一步步踏实走来，即便山路崎岖，也行得安稳。上山如此，为人又何尝不是，脚踏实地，才能心地安然。再看下联，从亭子离开之人，一般都奔着更高处而去，可一路只管向前，却忘了有时也须"退步"，待回过头来，已发现错过了太多风景，因此他劝人"切莫匆忙"，慌忙中容易乱了阵脚。

半山亭有进有退，就容易让人多想，仅刘韫良就留存下几十副这样的山亭对联。在棋盘山半山亭他写道："先或后，后或先，着着争先，进步休差一点；险忽平，平忽险，时时防险，留心加紧十分。"这是借下棋鼓励进取，既要把握时机，也须处处谨慎，否则一着不慎满盘输。进取纵好，但更要守好进退之度，在另一处半山亭他接着说："不高却也不低，难得到这般地步；可上仍还可下，须认真那个关头。"进也不是，退也不是，人生好比登山，往往走到中间最难，这时，裁判全在自己，继续上应当有个上的态度，若要下便能承受下的压力。

还有个亭子建在十字路口，这比上下山更难抉择，而刘韫良以为："此间境界本来宽，面面皆空，看尔从何进步；以后程途谁可限，头头是道，劝君总要留心。"任何十字路口，都没有最好的出路，只有更好的走法，前途无限，关键看你怎么用心。

欲登绝顶莫辞劳

遵道而行,但到半途须努力;

会心不远,欲登绝顶莫辞劳。

——邝石泉撰 (见《解读南岳楹联》)

【小识】

古人有辞青之俗,即在重阳这天郊游登高,天高云淡,"一年一度秋风劲,不似春光,胜似春光,寥廓江天万里霜。"

在南岳衡山有一半山亭,前人曾在某次登高时留下一联:"遵道而行,但到半途须努力;会心不远,欲登绝顶莫辞劳。"是说登山之人,沿途曲折向上,到这半山亭恰好一半路程,切莫半途而废,还须认对道路继续攀登,要知道登临绝顶后,"山登绝顶我为峰"是何等豪迈壮观,怎肯轻易辞劳。

《红楼梦》里,香菱与黛玉说诗,正到精妙处,宝玉打岔道:"既是这样,也不用看诗。会心处不在多,听你说了这两句,可知'三昧'你已得了",所谓"会心"在心境相通,领会无碍。此联将"会心"用在登峰,犹在言明身处"半路"之人的出路,一在坚心不摧,二在信心不离。

常言道"行百里者半九十"。"山再高,往上攀,总能登顶;路再长,走下去,定能到达",我们身处一个船到中流浪更急、人到半山路更陡的时候,千帆竞发,万云翻滚,只要遵正道,会初心,须努力,莫辞劳,惟有志者事竟成。

天下第一件好事，还是读书

世间数百年旧家，无非积德；
天下第一件好事，还是读书。

——清·姚文田撰 （见《楹联丛话》）

【小识】

祠堂是古人的宗族纽带，一般家祠中都刻有家训，楹柱上也镌有家联，这些文字，共同承载着一个家族的精神文脉，即是家风。从祠堂楹联看家风，如果用大数据统计，可能出现频率最多的两个字，就是德与书。像这副清代学者姚文田写的家祠联，就被后人广为传抄，大江南北，许多家族都把它作为家训传之子孙，"天下第一件好事，还是读书"甚至成为家喻户晓的名言。

"夫君子之行，静以修身，俭以养德。"德不立，则子孙必有灾殃。自古以来，家训中都是以德为先，一个家族数百年真正要开枝散叶、瓜瓞繁荣，都是靠德行传世，古今中外，皆是如此。有一副家祠联说得好："种十里名花，何如种德；修万间广厦，不若修身。"所以《三字经》最后，作者会说"人遗子，金满籯。我教子，唯一经。"以能够教化言行的一部经书传子，而不屑他人纵有千金的遗产，用最近流行的网络语言，这也是一种"凡尔赛"式的自鸣得意。

树德的最好方法是多读书，这是古人日积月累实践得来。能在祠堂里给子孙们说的话，想来必是最真切的感受。可总有人不以为然，比如最近纪检监察机关对"大老虎"肖毅的审查调查通报就指出，"不重视家风建设，寡廉鲜耻、道德败坏"，正是德育的缺位。宋代大诗人陆游有一段家训说："子孙才分有限，无如之何，然不可不使读书。"毕竟世事无常，充实自己，比什么遗产都可靠。

人到无求品自高

事能知足心常惬；
人到无求品自高。

——清·陈锷撰 （见《阅微草堂笔记》）

【小识】

清代大学者纪晓岚常对人说，他的老师陈锷曾经手题此联悬于书室，时人评曰"两言可以千古矣"，是指其所言深邃，为千古不破的至理名言。

知足而怡然自得，心情才会舒畅，老子说"知足者富"，古人也说"不知足者，虽处天堂，亦不称意"，从知足到无求，更是人品高度的升华。无求不是毫无所求，这里是不与人争。湘人袁慎斋有一书斋联："事必三思，作得来还要行得去；原理一定，利于己不免损于人。"芸芸众生，损人利己而不惜争夺者大有人在，皆是因从自己私利出发来确定"原理",总想走捷径、贪便宜、图舒服,则难免伤及他人。

当代名家赵朴初有一自题联:"不矜威益重;无私品自高。"赵朴初是当代硕学耆老,却毕生和蔼谦逊,功高而甘享"下等福",如其名朴素如初。20世纪50年代,他担任华东民政部副部长等职,经手财物无数,但离任时账目分毫不差,周恩来总理得知后称赞说:"赵朴初是国家的宝贝啊!"季羡林说他是"口碑载道,誉满中外",但"这样一位名人,一位大人物,却丝毫没有名人的架子,大人物的派头,同他一接触,就会被他那慈祥的笑容所感动,使人们如坐春风,如沐春雨。"不矜、无私,几个字简单而不易做,恰是其一生"无求品自高"的写照。

骋怀

典籍里的中国
名联新说

花香不在多

室雅何须大；
花香不在多。

——清·郑燮撰 （见《郑板桥对联赏析》）

【小识】

镇江焦山别峰庵，有"板桥读书处"，翠竹环抱之中，恰是郑板桥笔下画意。书中记载，当年小斋三间，桂花一庭，春茶半盏，板桥先生在此终日伴以诗书，勾兰、写竹、皴石，确是"乐琴书以消忧"。在无拘无束的心境下，他为别峰庵写下这副联，以简浅的语言，烘托出不同凡俗的诗人情趣。点到为止，欲说还休，知足常乐，看似居室环境，实则是人生态度。

另见郑板桥题兴华李园静坐亭一联："种十里名花，何如种德；修万间广厦，不若修身。"这便进一步道明"何须大""不在多"的旨趣所在。花木芬芳，自然本真，何来偏见，世人不过移情花木而已。故养花人之旨趣不在花，在养德、养心。

每每写到花木，板桥的笔触一如既往地返璞归真，精神纯粹，像他那首题在竹石图上的小诗："几枝修竹几枝兰，不怕春残，不畏秋寒。飘飘远在碧云端，云里湘山，梦里巫山。赠君莫作画图看，笔也清闲，墨也清闲。"

室雅何須大
花香不在多
板橋

海云犹带远峰青

岸树已消残叶绿；
海云犹带远峰青。

——清·林则徐撰 （见《林则徐集》）

【小识】

清道光十六年（1836年）十月十一日，即将离任江苏巡抚的晚清名臣林则徐，为疏浚水利一事，轻舟简从来到盐城天妃闸，面对古城胜景"铁柱潮声"，沉浸于海碧天青，随口吟咏此联。他在当天的日记中写道："望海云一带有似远山，因得一联云：'岸树已消残叶绿；海云犹带远峰青。'是夜月明如昼。"由"绿"到"青"，再到"昼"，日夜交替，层次分明，海天一色，气象饱满，顿开胸襟。

福州人林则徐天然近海，又天生喜海。在江南淮海道任上，他亦曾为镇江焦山水晶庵摘前人句题一联："江月不随流水去；天风直送海涛来"，亦是何等自信、何等豪迈。在江苏宦迹七载，这位"苟利国家生死以，岂因祸福避趋之"的名臣，政声颇著，时人冯桂芬评曰："为政所至，得民心甚，而吾吴为最久……莫不知其为好官。"此时的他，尽管也面对满地荆棘，但能坦怀以待，放手去干，无私无畏，无愧无怍，倒是颇得海天之气。

三年以后在广州任上，他于查办鸦片的大本营——广州钦差大臣衙门大堂前，贴上了那副传世之作："海纳百川有容乃大；壁立千仞无欲则刚。"凛然正气一以贯之，如赫赫之海日，如煌煌之宣言！

胜固欣然，败亦可喜

人言为信，我始欲愁，仔细思量，风吹皱一池春水；
胜固欣然，败亦可喜，如何结局，浪淘尽千古英雄。

——清·黄体芳撰 （见《名联观止》）

【小识】

莫愁湖畔棋胜楼为金陵名胜，始建于明洪武初，相传明太祖朱元璋曾在这里与大将徐达对弈，君臣之"棋"，孰胜孰负，数百年来概无定论，但却为文人雅士留下了绝好的谈资。棋胜楼不

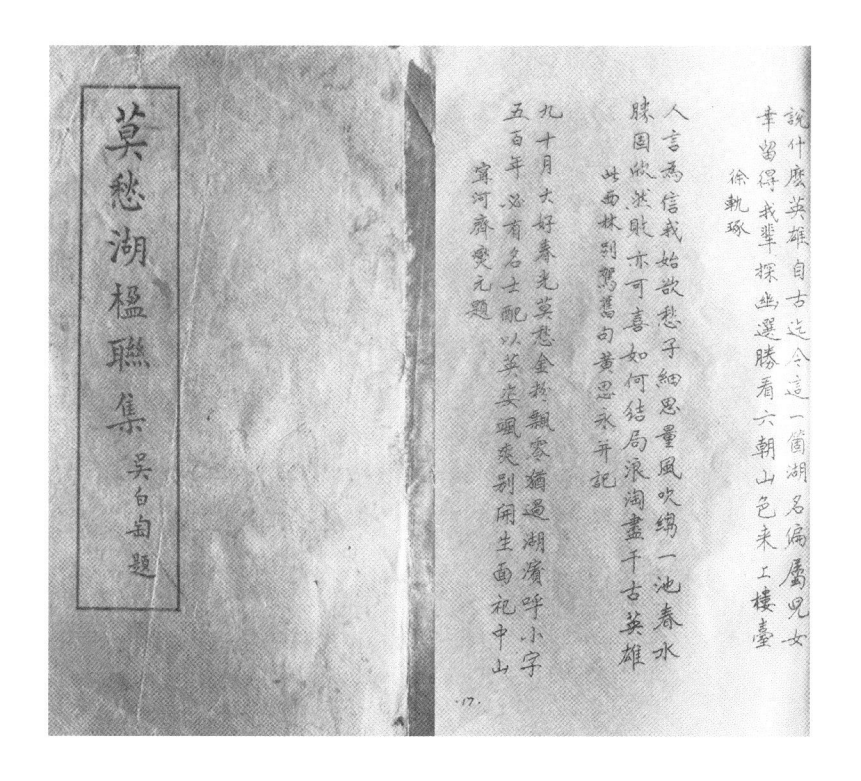

大，而历来题咏者络绎不绝，多半都是就"棋"来各抒己见。

南唐冯延巳《谒金门》一词有名句"风乍起，吹皱一池春水"，但南唐中主李璟不以为然，怼了句"吹皱一池春水，干卿底事？"竟也成了名句。黄体芳落笔化用此句，看似轻描淡写，实则是引导游人莫要纠结于传说往事，那些都"干卿底事"，倒不如凭栏静对，怜惜那动人的一池春水。

下联依然就"棋"来写。名句"胜固欣然，败亦可喜"，最早出自苏东坡《观棋》一诗，用在这里，也合适不过。结尾处，黄体芳又引用苏诗，一是和上联同引古人诗句相呼应，二是来进一步说明，曾几何时，叱咤风云的朱元璋也好，徐达也罢，千古英雄不过都浪花淘尽，纠结于胜败，仍是不知还是"局中人"而已。

黄体芳裁剪古人诗句如同己出，拿捏得当，每每教人回味。写了无数武侠小说，谈论了多少江湖胜败的梁羽生先生，评价此联，则用了"潇洒"二字。

饭煮胡麻雪煮茶

新年何所欣,云为侣伴石为枕;佳客无以待,饭煮胡麻雪煮茶。

——清·刘一明撰 （见《栖云笔记》）

【小识】

"烹雪",是古人过冬时,一个极富诗意的动作。明代人说:"茶以雪烹,味更清冽……幽人啜此,足以破寒。"

某年腊月,大雪封山,清嘉庆年间的兰州兴隆山道士,亦是诗人的刘一明,猫在山上,独自欣赏岩壁间一副被雪浸润的春联:"新年何所欣,云为侣伴石为枕;佳客无以待,饭煮胡麻雪煮茶。"擅长医术的他就地取材,用雪煮茶,佐之以胡麻饭,想必别有特效。好不容易来个到访客人,冻得脸面红紫之际,喝他一碗热滚滚的雪茶,应该也很舒服。只不知久居兰州的山西人刘一明,会不会像老兰州一样,说得那"舒坦"二字。

煮雪之外,寒冬也可以煮酒。民国时兰州一处园林,名之"印雪",取"鸿泥印雪"之意。厅中有一长联颇为典雅:"鸿钧气转春,正值二铭堂构,飞革兴歌,喜从烟柳丛中,佳音听黄鹂两个;泥火炉当月,敢传九老钵衣,诗篇招饮,笑向雪梅影里,美酒酌绿蚁千杯。"上联写景,下联全然是唱诗煮酒的味道。"绿蚁"是酒的别名,与"黄鹂"相对,工整贴切。和煮茶不同,煮酒要有几分烈性,故而联中,不止是与客静坐,还有谈笑风生。笑梅花雪影,笑绿蚁金樽,笑苍狗浮云。放怀天地外,笑傲宇宙中,心底都煨存一炉泥火。

人间风雨千百次

水上漂流数十载,就凭这一张网,几颗钩,福也福,寿也寿;
人间风雨千百次,无奈我青箬笠,绿蓑衣,去便去,来便来。

——清·佚名撰 (见《中国楹联鉴赏辞典》)

【小识】

渔翁,在古诗文中总有着特定的意象,或是"青箬笠,绿蓑衣,斜风细雨不须归"的自如,或是"孤舟蓑笠翁,独钓寒江雪"的自鸣,或是"白发渔樵江渚上,惯看秋月春风"的自信,或是"烟销日出不见人,欸乃一声山水绿"的自由,还有太公渭水、严陵春江,写不尽浪绪波心,闲愁快意,小小钓钩,全凭文人下线。

像这副古代某渔翁自寿联,则是由前人无数关于钓翁的诗意中化来,颇与张志和《渔父》异曲同工,是"以淳古淡泊之音,写山林闲适之趣"。渔人以自叙的口吻,讲起自己水上漂流数十载的渔民生涯,若有福寿,全在一张网,几颗钩,生活所系在此,情趣操守也在此。而几十年漂泊后渐渐悟出,人生不过也是"一张网,几颗钩",能惯看秋月春风,"古今多少事,都付笑谈中",那安福乐寿者又有几人?下联接着借题发挥,捕鱼生涯经历了千百次风雨,也如同一生的磨砺,我依然是青箬笠,绿蓑衣,质朴本色,来去自如,自得其乐,也自信于风雨,更逍遥于江风山色。

又想起了饱经磨难的苏东坡,"竹杖芒鞋轻胜马,谁怕?一蓑烟雨任平生。"

放江山入我襟怀

不设藩篱,恐风月被他拘束;
大开户牖,放江山入我襟怀。

——清·朱彝尊撰 (见《澄影庐联话》)

【小识】

清初著名诗人朱彝尊,浙江嘉兴人,其乡建有山晓阁,为风景秀丽之所,朱彝尊曾居于此,每日吟风诵月,好不自在,并为之写下这副文字潇洒的对联。

历史上最不喜欢设置藩篱的人,便有陶渊明,他曾说过"久在樊笼里,复得返自然"。朱彝尊深解其意,表意是说阁楼里的门墙,限制了赏景的视野,所以他将阁楼敞开,以免好的景致被门墙拘束。藩篱、户牖这些墙柱、门窗,其实都是锁住他心胸襟怀的暗窗。"不设藩篱""大开户牖",让身心最大程度地亲近自然,才能无拘无束,襟怀豪迈,心境自然,"翛然而往,翛然而来而已矣。"

长沙"也可园"也有一联:"也不设藩篱,恐风月畏人拘束;可大开门户,就江山与我品题。"在首字嵌名,以示专属,好在自然无痕。两地、两联,异曲同工,应该是两座园林的主人都生性豁达,能挣脱名缰利锁,以山水畅怀,对那"取之无禁,用之不竭"的自然馈赠,心领而神会。

巖有狂枝秀雲表
松下橫琴鶴遍聽

蜀郡張大千

岩前倚杖看云起

岩前倚杖看云起;松下横琴待鹤归。

——元·曹文晦撰 (见《新山稿》)

【小识】

3月23日,世界气象日,放眼观风云。想起民国时张大千曾在靖远题写的一联:"岩前倚杖看云起;松下横琴待鹤归。"层峦叠嶂,松木凌云,一鹤,一琴,一书童,一派大千笔下的泼墨画境,潇洒自得,好似王维诗中的"行到水穷处,坐看云起时",亦如曾文正一联:"大笔横挥,颠张醉素;名山高卧,鹤骨松心。"

然此联,之前有不少书,说作者是写过《浮生六记》的沈复,可能这种意境,与沈复笔下的江南生活比较搭调。但其实,是从元代诗人曹文晦一首七律中摘句而来,诗的下一句是"白眼看人多变态,青云得路有危机",这位"看客",却与张大千、沈复的悠然不同,所看之云,更多是风云变幻,琴在山水,而人在江湖。

民国时,有一政要隐退,后来日本侵华,华北沦陷,日军威逼利诱欲使其出任伪职,其人拒绝后,曾自书一联悬壁:"此心平静如流水;放眼高空看过云。"同样是"看云",已是一个身经风云之后的观者感受,不像不知变幻的初看者,高冷中更多几分平静,"不畏浮云遮望眼",却也难能可贵。

别为经纬见文章

尽洗铅华存太素；别为经纬见文章。

——清·陈长复撰 （见《仁寿山房对联钞》）

【小识】

陈长复为古郡陇西才子，雍正元年进士，但因在京候选时不幸病逝，史书对他的记载很少，只知他"为文高迈雄奇，吐弃一切"，性格亦难受拘束，时人称为"旷代逸才"。

青年时寄居古寺读书，他曾自题一联："但使六经能注我；何妨三教俱为邻。""六经注我"语出宋哲陆九渊，是古代大儒能够娴熟驾驭经书的自诩。此时他正埋头苦读，对于身旁寺庙的香火钟磬无动于衷，领会经典，心无旁骛，"万物并育而不相害"，又何妨三教九流。这里"三教"既见实写，也隐喻纷繁复杂的世界。

寒窗苦读时，陈长复曾写过不少自勉对联。"学海津梁须大眼；文渊渡口在虚心"，以"大眼"渴求知识，又以"虚心"追求进步，这是他的为学之道。面对清苦生活，他时常苦中作乐，门窗破旧，只能糊纸防风，尽管如此，还不忘以联自励："尽洗铅华存太素；别为经纬见文章"。古代妇女以铅粉化妆，只有洗净世俗的"伪装"，才能看到本来面目，"清水出芙蓉，天然去雕饰。"自己真正在乎的，不在外表的"铅华"，而是内在的"经纬"，这样的胸襟见识，都已注入在文章之中。

曾见他在另一副联中写过，"发泄出至性文章"，正因至真至性，才有了"旷代逸才"。

药是当归，花宜旋覆

药是当归，花宜旋覆；虫还无恙，鸟莫奈何。

——清·黄遵宪撰 （见《对联话》）

【小识】

戊戌维新失败后，曾以驻多国大使参与新政的黄遵宪，最后是在多国声援下化险为夷，孤舟归渡岭南。从此号"人境庐主人"，过起了"结庐在人境，而无车马喧"的日子，并为所居人境庐写下此联。

中药当归为人熟知，而不细心的人却不知，联中处处机关，处处"双关"。旋覆，也是中药，即旋覆花，一种菊科草名，与当归俱是调气、通血之药。奈何，是鸟名，即杜鹃鸟，又名子规，声凄切，古人常借以抒哀怨之情。恙，则是致人心病的毒虫。《易传》记载："上古之世，草居露宿。恙，噬人虫也，善食人心，故俗相劳问者云'无恙'，非为病也。"我们常说"安然无恙""别来无恙"即由此来。

此联接连嵌入药名、花名、虫名、鸟名，看似闲情巧对，文字游戏，实则分析这些药花虫鸟的特性，暗合其双关的名称，无一不是为家国、为自己的遭际做不平鸣。此时的他无奈静居，只能以花鸟为伴，室外时局艰难，可却有欲说难说的悲哀。此联正如时人所评："警弦之意，跃然言外。"

黄遵宪归来不过六七年便抑郁而逝，终年五十八岁。友人蒋智由作一挽联："如此乾坤，待卧龙而不起；正当风雨，失鸣鸡其奈何。"鸟鸣奈何，鸡鸣奈何，奈何奈何！

任庭前花落花开

白鸟忘机,看天外云舒云卷;
青山不老,任庭前花落花开。

——清·康熙撰 (见《楹联续录》)

【小识】

桐城人张英,系康熙名臣,淡雅简静,素有清名。"千里家书只为墙,让他三尺又何妨。万里长城今犹在,不见当年秦始皇。"著名的"六尺巷"故事,大度谦让,正是张英对儿孙的告诫。

晚年归里后,张英潜心山居,与世无争。康熙亲笔为他书赠一联:"白鸟忘机,看天外云舒云卷;青山不老,任庭前花落花开。""忘机"出自《列子》,是说有人伸手在喂海鸥,海鸥便落在掌心,慢慢嚼食;而某次此人想要抓住一只海鸥,供人玩乐,便怎么诱食,海鸥也不肯靠近。列子说是这人有了"心机",令灵敏的海鸥有所提防。海鸥起初能被靠近,是因喂食之初,其人心底无私。

心底无私天地宽,自然如云舒云卷,任凭什么风雨,依旧能花落花开。这两句熟知的句子,最早见明人洪应明小品文集《小窗幽记》:"宠辱不惊,闲看庭前花开花落;去留无意,漫随天外云卷云舒。"康熙化用此句赠予张英,即是对其淡泊明志、始终如一之誉。

清代同样知名的小品文《围炉夜话》的作者王永彬曾有一联："俭可养廉，觉茅舍竹篱，自饶清趣；静能生悟，即鸟啼花落，都是化机。"张英及其子张廷玉等一时显赫，却能退居山林，乐处于茅舍竹篱，养心在鸟啼花落，以俭养廉，是其知"趣"也。

学问深时意气平

精神到处文章老；
学问深时意气平。

——清·佚名撰 （见《新刻对联大全》）

【小识】

联中"老"字，应当作老练解释。写文章追求辞藻、章法，固然重要，可终究是表层，真正好文章在精神贯注，所谓一气呵成、酣畅淋漓，提纲挈领、振聋发聩，举重若轻、点石成金之作，均是精神脉络清晰流畅使然。

欲成老练之作，不在技法和修辞，而在风骨，这是非经过一番历练积累才会有的感悟。想起金庸武侠小说《倚天屠龙记》中张三丰教张无忌练习太极剑法，张三丰只演示了三次，张无忌具体招式一次比一次忘得快，张三丰却说"忘得干干净净"才好，所传不在"剑法"而在"剑心"，"神在剑先，绵绵不绝"，领会了精神，即便信手拈来，也是"无招胜有招"。这种平和之气的养成，只在学问深时，自然可得。当然，并非所有的人都能先达到"无招胜有招"，张无忌能经简单点化并有所成，关键还在此前已积累的雄厚内力、挫折磨炼以及自身悟性。否则，如宋青书辈，纵有良好资源也一无所获。

有人说此联是劝人磨平棱角的"佛系"人生，我看未必。所谓老练说的是功夫境界，所谓平和说的是胸怀境界，真正"内力"深厚的人，不是畏难，恰是处乱而不惊，不是避世，而是百川以归海，这方是深厚涵养之人。这种人"知多世事胸襟阔；阅尽人情眼界宽"，终才是"笔下留有余地步；胸中养无限天机"。

精神到处文章老

学问深时意气平

少荃李鸿章

扁舟又趁浙江潮

适从云水窟中来，山色可人，两袖犹沾巫峡雨；
欲向海天深处住，邮程催我，扁舟又趁浙江潮。

——清·丁绍周撰 （见《自怡轩楹联剩话》）

【小识】

"楼观沧海日，门对浙江潮。"每年农历八月十八，是钱塘江大潮最壮观的时候，就连苏轼也感慨，"八月十八潮，壮观天下无。"

这样的潮水，总能激发豪情。清同治年间，诗人丁绍周由四川调任浙江，遥想波涛澎湃的浙江潮，在路上写下一联："适从云水窟中来，山色可人，两袖犹沾巫峡雨；欲向海天深处住，邮程催我，扁舟又趁浙江潮。"刚刚离任四川，他难忘巴山蜀水，就连自己袖口都沾有巫峡之雨。唐代刘禹锡曾有诗："巫峡苍苍烟雨时，清猿啼在最高枝。个里愁人肠自断，由来不是此声悲。"丁绍周取巫峡雨，仍是旅途之人依依不舍的别情。下联一句"欲向海天深处住"便已由川入浙，驶向新程，他说邮程催我，要去赶上这"潮头"。行色匆匆，以景抒情，是以激昂之潮，来表达自己对未来的期许，文字乐观向上，催人奋进。

在浙江巡抚衙门，曾有清代乾隆名臣方观承的一副对联："湖上剧清吟，吏亦称仙，始信昔人才大；海边销霸气，民还喻水，愿看此日潮平。"上联写西湖故事,以衬其地,下联则说他在任上的主要功绩,便是在修整海塘时,将三十五万余亩所谓"废地"交由贫民耕种,因此他与丁绍周不同,不随激荡潮来,而是期待海静潮平,以让黎民安养生息。他将民心喻为潮水,是涨是落,深知皆在自己所为。

灯如红豆最相思

书似青山常乱叠；
灯如红豆最相思。

——清·葛庆曾、许乃普撰 （见《两般秋雨庵随笔》）

【小识】

清人梁绍壬《两般秋雨庵随笔》记道，友人葛庆曾在家中悬有一联"语极清新"，即是知名度极广的"书似青山常乱叠；灯如红豆最相思"。不少人都将此联冠在纪晓岚名下，书中交代，乃是葛庆曾有了上句，自觉无佳对，嘉庆榜眼许乃普对出下句，两人珠联璧合，便有这传世之作。

"书似青山常乱叠"是一种状态，案上、床头、柜中、壁角，并非无序之零乱，而只有一本本读过，一本本欲读，一本本仍须再读，才可能乱叠，那放得齐整的，大多是束之高阁，或装点门面的人。这乱叠不像砌砖石，将其比作青山，是一本本叠来，也是一路跋涉登峰，一本本领略"风光"，眼底有丘壑，胸中纳风云，重峦叠嶂，自然气象万千，正所谓"门外有山堪架笔；庭中无处不堆书"。

唐代王维有《相思》名作："红豆生南国，春来发几枝。愿君多采撷，此物最相思。"相思之物的代表，便成红豆。古人的油灯，刚一点光，说灯如红豆，形象生动。一个灯下伏几之人，或锦书数行,或愁词一阕,或凝神而思,一点微光,也让心灵柔和。

这副联简单从书房中定格了两个普通镜头,却真实而纯粹,很容易教天下读书人共鸣,如前人所评:"疏慵平淡,蕴藉风流,读此联能想见此人风貌。"

无可争处，联峰山色静于棋

有独醒时，出海河声凉到枕；
无可争处，联峰山色静于棋。

——清·徐鋆撰 （见《对联话》）

【小识】

北戴河渤海之滨有联峰山，延绵如屏风，倚于海岸，登其峰，可见海天一色，辽阔万方。山上有"醒园"，大抵取"众人皆醉我独醒"之意，曾有清人徐鋆题联："有独醒时，出海河声凉到枕；无可争处，联峰山色静于棋。"是说这园中主人，自喻"独醒"之人，听闻这海潮之声，顿觉万籁寂静，海风吹来，凉到枕边，一切都冷静下来。情由景生，实乃是豪杰之悲鸣。

近代名士朱启钤曾为此山题记，写的是"渤海襟其前，晴日当空，水山一碧。长城东峙，奔牛矗北……松影潮声，行歌互答，觉人天相感，物我俱忘。"此园中人，因独醒而与众不同，因不同而哪怕处境寂凉，山风萧瑟，也作沧海观。此人有这般胸襟，自然感慨，何必争名夺利，奔波不息。所以下联说"无可争处"，这联峰山也同一棋盘，静谧待人，坐看天下争锋，笑谈"往事越千年"，终究会风平浪静，"一片汪洋都不见"。

古人常言，"不与人争得失，惟求己有知能。"心平气和，静观其变，才能襟山带海，把控棋局。

菽水家常可养亲

盐梅志远不媚灶；
菽水家常可养亲。

——清·陈长复撰 （见《仁寿山房对联钞》）

【小识】

清代陇西人陈长复，为文高迈雄奇，曾给自家厨房题写此联，可见其才子风范。

盐梅是盐和梅子，因盐味咸，梅味酸，古人将其作为调料，并借这两个不同味道的调和，来比喻和谐之道。因为咸酸虽不同味，但调在饭菜里都很可口。古人说"盐咸梅醋，羹须咸醋以和之。"后来，便又用盐梅指调和鼎鼐的贤才。民国镇原人慕寿祺也在厨房写过："想前后情形，曾遍尝酸甜苦辣；具烹调手段，才会用酱醋油盐。"所谓"烹调手段"，亦安邦之道也。

《论语》中有个小故事，有人问孔子，不少人喜欢向灶神祷告说些好话，颇像后来祭灶的"上天言好事"，他问这有用吗？孔子必然是否定的，他说"获罪于天，无所祷也"，如果不顺从天道，天理都不容，向谁祷告也无济于事。后世便以"媚灶"来指阿附权贵。"盐梅志远不媚灶"自然是志向高洁。

下联中"菽水"一词，也与孔子有关。菽，即豆子，简单以豆子、清水为食，说明很清苦。孔子曾对弟子说，对待父母，

鹽梅志遠不媚竈
菽水家常可養親

"啜菽饮水尽其欢，斯之谓孝"，只要能让父母欢心，哪怕只有粗茶淡饭，也是孝道。陈长复引用此典，既委婉说出家中清贫，也以"家常养亲"之意，再言君子之风。

"休说餐蔬无兼味；须知菽粟有真香。"从调料、灶台谈到了处世之道，此联可谓"小题"大作，别有风味。

置身霄汉，更宜心境放平

举步艰危，要把脚跟立稳；置身霄汉，更宜心境放平。

——清·佚名撰 （见《云南名联荟萃》）

【小识】

在昆明西山，悬崖陡峭处有一"龙门"，身入其间，向下望去，感觉人在空中，总觉脚下不够踏实。明嘉靖大才子杨慎在《云南山川志》中写此处就是"苍崖万丈，绿水千寻，月印澄波，云横绝顶"。这时，当你再转身离去，看到古人题写在龙门的这副对联，想必感受会更深一步。

"举步艰危，置身霄汉"，既是眼前景，也暗喻人之心。往往到这种危急关头，莫慌莫忙，把脚跟立稳，将心态放平，才有利于下一步的攀升或回转，否则一不小心脚下踩空，可能坠入深渊而追悔莫及。所以登过"龙门"的人，总有不一样的感触。就像晚清两代帝师翁同龢，经历了不少大风大浪，在自家园中就写过一副短联："放开眼界；立定脚跟。"显然是经验之谈。

放开眼界，是要知道天下之大，远不及你能想象。如清人钱南园这副联："置身须向极高处；举首还多在上人。"置身须高，不甘心止于低处是好事，可眼界还应宽，要知道天外有天，人上有人。同时，立定脚跟，是要以静制动，看清形势而后再有所为，此时置身霄汉，真可谓"世间有水皆归海；天下无山不是云"。当然，如前人"脚跟须爱虚中实；眼界当于窄处宽"，就更高人一等。

举步艰危要把脚跟立稳

置身霄汉更宜心境放平

昆明西山龙门石窟联原署赵铁清题 足联又见刻于达天阁石柱昇有款识曰此联悬西山石室听泉谏记滇南名胜中谓为一时传诵 今夏重游于此同仁杨如生昆等三同道镌石爰书以附诸君 民国十九年庚午六月望日

乙未夏正岁昆明赵浩如补书之

花明槛外,触目时尽是大文章

鸟语枝头,会心处皆为真学问;
花明槛外,触目时尽是大文章。

——清·佚名撰 (见《书家联锦》)

【小识】

"观云霞,悟其明丽;观白云,悟其卷舒;观山岳,悟其灵奇;观河海,悟其浩瀚,则俯仰之间皆文章也。"这是清人王永彬《围炉夜话》中的一段,说的是观世间万物,云霞揭示明丽雅致,白云参悟卷舒进退,山岳领会雄奇灵动,海河感叹博大浩渺,自然万物,一一都可以给人启悟,只要用心感悟自然,自然必不会亏待于人。

清人有一副为人乐道的书斋联:"鸟语枝头,会心处皆为真学问;花明槛外,触目时尽是大文章。"即是劝人要善于发现、欣赏自然之美,从自然之美中领会真学问,在自然之情中书写大文章。

宋人翁森有《四时读书乐》一组诗,从春夏秋冬四季,分别阐明亲近自然之理,其中就有名句"好鸟枝头亦朋友,落花水面皆文章"等,在全诗最后他写道:"读书之乐何处寻?数点梅花天地心。"古人常说"天地有大美而不言",数点梅花,开谢有度,就是自然规律,人观其态,是要领悟天人合一之道,构建人与自然生命共同体,让"天地与我并生",而"万物与我为一"。

山不矜高自极天

水惟善下方成海；
山不矜高自极天。

——清·毛俟园撰 （见《随园诗话》）

【小识】

清人袁枚在其《随园诗话》中讲到，友人毛俟园因其好诗，曾以一句相赠："水惟善下方成海；山不矜高自极天。"是言水能善利万物，不争而汇集成海；山能托举四方，不傲而高峙云天。

"泰山不让土壤，故能成其大；河海不择细流，故能就其深"，谦让之德，自古为美。郑板桥曾自题说："学浅自知能事少；礼疏常觉慢人多。"揣摩其意，亦在养晦韬光，励志有为。我曾见有人写给子孙的不少家训联，其中如"世道每逢谦处好；人情常在忍中全"，"让三分何曾亏我；退一步不是怕人"，"扪心只有天堪恃；知足当为世所容"，等等，皆可作与人为善的至理名言。

清人杨芳有一副联颇值得玩味，"忌我何尝非赏识；欺人毕竟不英雄。"世间之事不可能总是皆大欢喜，有时遭人嫉妒在所难免，曾国藩就说"不遭人嫉是庸才"，换个思路看，他能嫉妒我，何尝不是赏识我某个方面有过人之处，这样想就少了几分计较，多了一点豁达，不用他人之狭隘来为自己添堵；换作自己，则多设身处地为他人着想,不可恃才傲物,欺凌于人,只有虚怀若谷者才是真正英雄。

古人说"观海得深,瞻天见大",何以为海天襟怀,比如"我将无我,不负人民"。

风骨

典籍里的中国
名联新说

结发从戎，争传飞将

遗迹剩卢龙，滦水平山，想曩时结发从戎，争传飞将；
残年射猛虎，短衣匹马，动异代执鞭欣慕，何必封侯。

——清·佚名撰 （见《艺苑联话》）

【小识】

"李将军广者，陇西成纪人也……广居右北平，匈奴闻之，号曰'汉之飞将军'。避之数岁，不敢入右北平……"每次读《史记·李将军列传》，总是心绪难平，司马迁以饱含深情的文字，让"飞将军"之形象呼之欲出。这其中一个著名镜头，便是李广射虎的故事。"广出猎，见草中石，以为虎而射之"，走近一看，居然是一块大石头，而箭镞已经深入石中，可见其臂力之雄。右北平留下了许多李广的传奇，在这里的卢龙古邑，也即是唐诗"但使龙城飞将在"的"龙城"，当后人修建李广楼来纪念他时，自然会想到这些故事，包括这副题写李广楼的楹联。

凭吊卢龙古迹，眼前滦水如襟，平山如带，不远处便是传说李广射箭的虎头石，想起他当年结发从戎的军姿，这里的一草一石，仍在传说他的神话。"君不见沙场征战苦，至今犹忆李将军。"说起他来，短衣、匹马、飞箭、射虎，勃勃英姿，千百年来令人钦慕，连杜甫也说"短衣匹马随李广"，又哪管他"冯唐易老，李广难封"。

《史记》中说，李广郁郁终了之时，曾不无深情地对麾下将士说，"广结发与匈奴大小七十余战"，沙场奔波六十余年，可终究天意难料，人心难测。司马迁感叹，李广无奈自刭后，"天下知与不知，皆为尽哀"，所谓生不逢时，又何须再辩，"'桃李不言，下自成蹊。'此言虽小，可以谕大也。"

落落宏才同汉庭

吾乡司马相如,一样文心,落落宏才同汉庭;
此地登龙有幸,独开尘眼,茫茫巨浸看河流。

——清·王增祺撰 (见《中国名联鉴赏》)

【小识】

司马迁祠在陕西韩城,东临黄河,西枕梁山,墓前芝水萦回,形势壮丽。清光绪年间,四川华阳人王增祺出任韩城知县,在主持修葺司马迁祠后写下此联。

开篇即以他们四川另一个复姓司马的著名人物,汉代文学家司马相如与之比较,说二人"一样文心,落落宏才",均在汉代文坛分一席之地。说到"文心",最著名的就是《文心雕龙》,其书中就说,"夫文心者,言为文之用心也。"说到为文之用心,二司马确是相当。《文心雕龙》的作者刘勰,就称司马相如为"辞宗",而又称赞司马迁为"博雅弘辩之才",看来并非王增祺,古人早已将二人并称了。后来,鲁迅在写《汉文学史纲要》时,也把司马迁和司马相如放在一起评述,"武帝时文人,赋莫若司马相如,文莫若司马迁。"

下联"登龙有幸"也有故事。传说大禹治水至龙门而止,这"龙门"就在司马迁祠所在韩城数里外的黄河北岸,李白有诗"黄河西来决昆仑,咆哮万里触龙门"。"巨浸"为巨大河流,宋人有

"长江巨浸,弥漫无际"的句子。"茫茫巨浸"是为万里长河,超凡之势。

王增祺这里虽以视野所限的"尘眼"自谦,实则以"登龙"之幸、"巨浸"之象,来祝福自己在这一方文心独具的土地上,磊落光明,再开茫茫之气象。

江山亦借草堂传

天地尚留诗稿在；
江山亦借草堂传。

——慕寿祺撰 （见《求是斋楹联汇存》）

【小识】

唐肃宗乾元二年（759年）秋，安史之乱后的种种遭际，让杜甫倍感凄凉，他决心西行，去寻找一点安宁。经长安到秦州，后又挈妇将雏，跋涉至同谷，即今陇南市成县。

在同谷正值隆冬，饥寒交迫，只好采栗充饥。尽管如此境遇，他仍以那至高情怀写下不少佳篇，一如既往，或悲天悯人，或感时伤物，或寄怀追忆。实在是生活无奈之际，他取道东南，才入蜀而去。从秦州到同谷，杜甫在陇东南留下了千古难抹的诗痕，是这片山水之幸事。如据传明人杨贤题成县杜甫草堂所说："唐室只今无寸土；草堂终古属先生"，那让他颠沛流离、忧愁牵绕的大唐早已烟消云散，寸土更无，而这山崖下并不起眼的草堂，却永远属于诗圣先生。

为怀念这个唐朝走来的诗人，同谷曲水蜿蜒处，不知何年，就建起了杜公祠，一座在陇南的杜甫草堂。民国陇上文史大家慕寿祺也为之撰有两联。一联说："回首望秦州，谷远时萦行客梦；驰心在唐室，江清鉴及老臣忠"，这是就其本事而实写，犹喻杜诗为史诗；另一联则包举大气："天地尚留诗稿在；江山亦借草堂传"，不禁感慨，万古落木，萧萧而下，但那煌煌诗稿，仍留存天地而不朽，与杨贤所题可谓异曲同工，并进而感叹，雄浑如此江山，也因人而重，这眼前山水，正是因这小小的草堂而闻名，进而再赞颂诗圣之伟大。杜甫曾有赠人诗句"诗卷长留天地间"，谁曾想千年以来，已是自题。

青山有幸埋忠骨

青山有幸埋忠骨；白铁无辜铸佞臣。

——清·松江徐氏女撰 （见《岳庙匾联》）

【小识】

岳飞墓在杭州西湖之滨，栖霞岭南麓，自南宋嘉定十四年（1221年）后，一直为历代人民缅怀岳飞之所。

墓前阶下，有四个跪着的铁铸人像，但凡游人至此，导游都会告诉你，这是当年残害岳飞的秦桧和夫人王氏，以及参与诬陷的张俊、万俟卨（音 mò qí xiè）。跪像至少从明代就已出现，数百年来，遭人唾弃。清代有"松江徐氏女"，乃巾帼英杰，为跪像铁栅题句："青山有幸埋忠骨；白铁无辜铸佞臣"，至今仍镌刻墓阕，映衬着郁郁青山。

联中"青""白"二字，看似

寻常，其实最费思量。不妨想想，能埋忠骨之山，必是"万古长青"之"青"，这里用苍山、翠山、名山等等，似都不如"青"能体现那个"忠"字；同样，"白铁"并非只说铸铁的颜色那般简单，何以"无辜"，而是"白白无辜"之"白"、"清清白白"之"白"，因为连这生冷的铁，都觉得用来铸造奸臣之像，是"无辜"的。就一个"白"字，已入木三分。

前人对此还有一戏谑之联："咳！仆本丧心，有贤妻何至若是；啐！妇虽长舌，非老贼不到今朝。"这是以秦桧夫妇被人唾弃后互相抱怨的口吻，来警示那些"夫唱妇随"者，不怀好心，终无好果，如岳墓另一联中所言："看到坟前铁像，千古忠奸不可逃。"

夕阳亭里,伤心两地风波

千古痛钱塘,并楚国孤臣,白马江边,怒卷千堆夜雪;
两朝冤少保,同岳家父子,夕阳亭里,伤心两地风波。

——明·杨鹤撰 (见《西湖梦寻》)

【小识】

"赤手挽银河,公自大名垂宇宙;青山埋白骨,我来何处吊英贤。"在西湖南路,明代名臣于谦的墓阙与栖霞岭下的岳飞墓隔湖相对,两个忠魂长眠青山,令凭吊之人,总是心伤两瓣。

明万历四十二年(1614年),御史杨鹤修葺于谦祠堂,此时,距于谦遇害已过去157年。明正统十四年(1449年),英宗朱祁镇北伐瓦剌战败被俘,发生"土木之变",于谦力排南迁之议,坚请固守,率二十万众奋起抵抗,终为明王朝迎来一丝转机。景泰八年(1457年),由俘虏归来的英宗又策动复辟,宫廷争斗中,以"莫须有"之罪使于谦含冤遇害。《明史》赞其"忠心义烈,与日月争光"。后来御史杨鹤为祠堂题写此联,"千古痛钱塘"是说于谦是杭州人,且葬于钱塘,很容易让人联想到奔涌而来的钱塘潮,传说那是楚人伍子胥在吴王夫差听信谗言被迫自刎、尸沉江中后化为的怒波,于心有愧的吴人,常见他乘白马素车,站在潮头,虽是心虚而生的臆想,但其英气仿佛,"怒卷千堆夜雪"是因不屈而鸣。

官居少保的于谦,论罪"莫须有",与宋代的少保岳飞悲恸相当,故说"两朝冤少保,同岳家父子",每当日落湖波,长亭伤怀,想起这两个忠魂,"长使英雄泪满襟"。而"风波",也是暗扣岳飞风波亭的典故。夕阳残照中,可映见于谦祠斑驳的碑文:"大抵忠臣为国,不惜死,亦不惜名。"

仗义半从屠狗辈

仗义半从屠狗辈；负心多是读书人。

——明·徐英撰 （见《楹联丛话》）

【小识】

南明隆武二年（1646年），清军攻陷福州，晚明名臣曹学佺自缢殉国。不数日，一个叫徐五的屠夫也随他投江，让人不禁惊叹。

研究明史的人都敬重曹学佺，这个出身寒微的进士很有骨气，曾因得罪魏忠贤被削职为民。在家赋闲时他结识了徐五。曹学佺见街边一个柴屋破旧，门口却有副"问如何过日；但即此是天"的门联很是不俗，近前询问，主人姓徐名英，人称"徐五"，以屠狗为生。曹学佺看他虽家徒四壁，但墙上却悬有二联，一副"金欲两千酬漂母；鞭须六百挞平王"，另一副即是流传甚广的"仗义半从屠狗辈；负心多是读书人"。

曹学佺与徐五一席话后，很是投缘，遂从此定交。在他看来，徐五虽从事时人眼中低贱的屠狗行当，但其人存仁义，明大道。不信，翻看历史，与荆轲莫逆之交的高渐离，助刘邦成就霸业的樊哙，李白《侠客行》里"救赵挥金锤"的朱亥，都是"屠狗"出身。然他们均深明大义，俱是史家笔下疾恶如仇的豪侠。当然，徐五能为曹学佺这样的大文人殉节，肯定未曾看不起读书人，他骂的"负心人"不过是趋炎附势之人。他们身处危亡之际，最知操守可贵。徐五这联，若有偏颇，也是真性情。

一副古联说得好："唯大英雄能本色；是真名士自风流。"

明月无心自照人

清风有意难留我；明月无心自照人。

——明·王夫之撰 （见《古今联语选萃》）

【小识】

湘西草堂，在湖南衡阳石船山下，明末清初大儒、世称"船山先生"的王夫之在此讲学时，曾题写此联。

王夫之本一儒生，明亡后，这个热血青年亦曾举兵阻止清军南下，他还自题一联"留千古半分忠义；存大明一寸江山。"但朝代更替的车轮已不可逆转，辗转多年后，他回到衡阳筑起草堂，潜心治学，一发而不可收。

从字面看，这是一副草堂写景联，上联一贬"清风"，尽管对我"有意"，但任我来去无踪，"放浪形骸之外"，清风虽好，也不及我之自在；下联则褒"明月"，谓明月高悬，光辉普照，德泽万物而无"私心"。结合王船山的经历，明眼人一看即一语双关，以"清风"暗指清廷，以"明月"牵怀明朝，看似人尽皆知，却又十分含蓄，平淡中潜伏机杼。

谭嗣同说，"五百年来学者，真通天人之故者，船山一人而已矣。"其"经世致用"思想，更被誉为"湖湘文化的精神源头"。而他人生轨迹的重大转折，从湘西草堂而始，挂在草堂的这副对联，未尝不是其心路标签。此时再来解读，也许历史之外，还可以说，昨日之我如清风已去，今日之我若明月照来。

为天下读书人顿生颜色

由秀才封王,主持半壁旧河山,
为天下读书人顿生颜色;
驱外夷出境,自辟千秋新世界,
愿中国有志者再鼓雄风。

——清·丘逢甲撰 （见《台湾杂谈》）

【小识】

1662年2月1日,荷兰驻台湾长官揆一签字向民族英雄郑成功投降。写满殖民耻辱的《热兰遮城日志》记到这一天为止。

1895年,甲午战败,当台澎诸岛要割让日本的消息传来时,辞官返乡的台湾诗人丘逢甲咬指写下"誓不服倭"的血书,和乡民们一起自发抗击,他们的精神坐标,正是两百多年前誓保台湾的郑成功。

为鼓舞士气,他在老师台湾巡抚唐景崧原联的基础上,改写了这副题郑成功祠堂的佳作。据民国《对联话》记载,唐景崧旧联是:"由秀才封王,为天下读书人别开生面;驱异族出境,语国中有志者再鼓雄风。"同时期的《南亭联话》则记载,此联为唐景崧出句,丘逢甲属对。然孰先孰后,已不重要。

郑成功从一个秀才,到万人敬仰的延平郡王,苦苦撑起半壁江山,自然为读书人增得颜色;而后来驱荷保台,更是鼓舞着无数国人的斗志。清康熙皇帝也有缅怀郑成功一联:"四镇多二心,两岛屯师,敢向东南争半壁;诸王无寸土,一隅抗志,方知海外有孤忠。"构思略同,不过立场不同。丘逢甲将唐联"别开生面"改为"顿生颜色",感情色彩显然更强烈,尤其中间新加的两句,更说明此联乃借题发挥,实为抗倭之宣言书,至今读来还让人心潮澎湃。

二分明月故臣心

数点梅花亡国泪；二分明月故臣心。

——清·佚名撰　（见《秋籁阁联话》）

【小识】

1645年南明弘光元年，也是清顺治二年，清军逼迫扬州城下，四月二十五日发动更为猛烈的进攻，南明王朝的兵部尚书、抗清名将史可法率领城中百姓奋死力拼，终究城墙一角还是被清军的红衣大炮击塌，清军踩着尸体和瓦砾堆冲进扬州城中，史可法拒绝投降，慷慨就义。清军将领多铎一意孤行，下令部下残忍屠杀扬州百姓，竟延续了十天，死亡数十万人，史称"扬州十日"。扬州城内尸积如山，史可法遗体也难以辨认，后来有人取其衣冠葬于扬州城外梅花岭上。这梅花岭"山上下红白梅花，百数十本"，皆具英雄气，这副史可法祠堂联所说"数点梅花亡国泪"，即由此来。

"天下三分明月夜，二分无赖是扬州"，"二分明月"是扬州的专属，联中引用此说以切其地。然夜月所映衬者，是其忠诚之心。几瓣梅花，化为亡国遗憾之泪；二分明月，犹鉴千古可泣之心。史可法的事迹取义成仁，千秋共仰。

为纪念他，前人还曾有一副："殉社稷只江北孤城，剩水残山，尚留得风中劲草；葬衣冠有淮南抔土，冰心铁骨，好伴取岭上梅花。"有人说剩水残山、冰心铁骨，"读之尤感余痛"，而风中劲草、岭上梅花，足可以表华夏儿女之气节。

小草在山为远志

小草在山为远志；闲云出岫本无心。

——清·江春霖撰 （见《中华对联大典》）

【小识】

初春时节，万物复苏，绿油油的一丛草，也能带来满目生机。

晚清御史江春霖为人正直，曾八次弹劾袁世凯，又弹劾几位亲王，都无所惧，有"清末第一御史"之称。后来被罢官后，他也光明磊落，作此联以明志。《博物志》一书曾说："苗曰小草，根曰远志。"《世说新语》也记道："处则为远志，出则为小草。"联中"远志"，其实为小草作为中药的别名，但江春霖一语双关，是言其既然退隐"山林"，便甘于做那不知名的小草，又何必去争名逐利，招摇若树，不如像陶渊明笔下的闲云，少一些是非之心，"云无心以出岫，鸟倦飞而知还"。

一颗"小草"甘于寂寞，又虚怀若谷，素有坦荡之襟。金代诗人元好问有诗："小草不妨怀远志，芳兰谁为发幽妍"，是慕其高洁；明代学者庄昶有诗："浮世虚名非得已，出山小草却悲人"，是借古人急功近利之典，来告诫贪慕虚名者。史料记载，江春霖罢官回乡后，家乡莆田万人空巷，欢迎他入城，时人说"足以代表真正民意"。他早丧偶，在京做官时不续娶，回到老家一不置田产，二不盖新屋，三不养奴婢，到老都是一颗本色的"小草"。在朝做正直官，退居是清白人，即便嚣张如袁世凯者，到死都对他敬畏三分。

养先忧后乐之心

充海阔天宽之量；
养先忧后乐之心。

——清·曾国藩撰 （见《曾国藩楹联嘉言》）

【小识】

1811年11月26日，曾国藩诞生于湖南湘乡，今日恰逢其诞辰二百一十周年。

毛泽东曾说，"予于近人，独服曾文正"，是其道德文章，皆可为典范。然而曾国藩的成功并非偶然，首先在于他十分自律，且能自强。数十年间，他写了无数对联用来自箴，如他所说，"用以自警也"。像这副"充海阔天宽之量；养先忧后乐之心"，心系天下，胸襟非凡，即是他一生写照。他曾言："取人为善，与人为善；忧以终身，乐以终身"，并又说"天下无易境，天下无难境；终身有乐处，终身有忧处"，无时无刻，不以忧乐大义来自警。

咸丰九年十月，当时湘军正在吃紧关头时他写下一联："养活一团春意思；撑起两根穷骨头"，并对下属说道，危难关头，"当竖起骨头，竭力撑持"，"咬定牙根，徐图自强而已。"

同治三年四月，他发觉自己"有懒散不振之气"时，又自励一联："疆勉行道；庄敬日强"，鞭策自己要自强自立，"痛戒无恒之弊"。为了锻炼恒心,他数十年每日坚持看书、写字,从未间断。

在困境中,他说"不为圣贤,便为禽兽;莫问收获,但问耕耘";对待生活,他认为"布衣蔬食养筋骨;奇字高文观古今";出将入相,他提醒自己"盛时常作衰时想;上场当念下场时"……一副副自箴联,不断让曾文正日趋强大。难怪时人感慨:"其深识远略,公而忘私,尤有古人所不能及者。"

若非有骨岂能贫

但使无颜皆可富;若非有骨岂能贫。

——清·徐士林撰 (见《古代廉政对联选注》)

【小识】

"但使无颜皆可富,若非有骨岂能贫?双睛不染金银气,才是英雄一辈人。"这是乾隆年间大臣徐士林与人共勉的一首诗。后人将其中精妙的两句摘出,常作为衙署对联,贴在墙壁以为激励。

"但使无颜皆可富,若非有骨岂能贫",是说自己但使去贪污腐败,做那不要脸的勾当,今天早已"发家致富",至于今日依然清贫,是因还有那点清正不阿的骨气存在。正所谓"居身勿使白圭玷;立志直与青云齐",只要清白如玉,自当志齐云天。徐士林为官任上,时常告诫下属"只要这点心干干净净",就无愧苍天。身为一省巡抚,他十分自律,出门从不摆仪仗,常是一单车、两三随从,"行李一囊而已"。后来他因病返乡病逝途中,随身所携财物竟都不够料理后事。谁能想到,当时他还在最富庶的两江任上。徐士林以其言行一致,兑现了诗中所言"才是英雄一辈人"。

清代被誉为"天下第一清官"的张伯行有句名言:"谁云交际之常,廉耻实伤;倘非不义之财,此物何来?"谁说"礼尚往来"只是简单的日常交际,有些官员手中财物明显不是正常所能得,倘非不义之财,又从哪里而来?弄不好就是双睛沾染了"金银气",在诱惑面前,不敢去做英雄。

为人树起脊梁铁

为人树起脊梁铁;把卷撑开眼海银。

——清·谭嗣同撰 （见《湘楚楹联》）

【小识】

光绪二十四年(1898年)九月二十八日,在北京宣武门外菜市口,谭嗣同等"戊戌六君子"慷慨就义,临刑前他大声疾呼:"有心杀贼,无力回天,死得其所,快哉快哉!"

在这年四月,他自家中北上参加戊戌变法之时,大抵已做好了舍生取义的准备。临别前,为妻子留下一副对联:"为人树起脊梁铁;把卷撑开眼海银",这是他与妻共勉。生逢乱世,就怕脊梁不硬。后来许多资料都显示,其实当初他有机会躲逃,但他硬气地说,倘若变法要流血,便自他而始,他即束手就擒,为的是以自己一死,来警醒世人,正所谓"我自横刀向天笑,去留肝胆两昆仑"。

古时医家称人的眼睛为"银海",撑开眼海银,即目光如白银一般明亮,是通过把卷读书,点亮慧眼之意,而谭嗣同正是一位目光敏锐、思想独立之人。康有为曾赞扬他说:"挟高士之才,负万夫之勇,学奥博而文雄奇,思深远而仁质厚,以天下为己任,以救中国为事,气猛志锐。"这正是他脊梁铁硬、眼海如银的写照。

少年谭嗣同曾随在甘做官的父亲住在兰州,十八岁那年,他在一首《自题小照》的词中写道:"曾经沧海,又来沙漠,四千里外关河……拔剑欲高歌,有几根侠骨,禁得揉搓?忽说此人是我,睁眼细瞧科。"一副豪侠之情,剑胆琴心,舍我其谁!

千年复见黄河清

万山不隔中秋月；

千年复见黄河清。

——清·左宗棠撰　（见《兰州园林旧识》）

【小识】

1885年9月5日，一代名臣左宗棠逝世。他是同治五年（1866年）九月接到陕甘总督调令，同治八年才由陕入甘，第一次进入省城兰州，已经是同治十一年七月。也许是到北方生活不适，对水就格外关注，抑或他早在几年前就下令士兵沿途栽种杨柳的"生态观"，入住陕甘总督署后不久，他就命人凿池蓄水，亲题"饮和池"，并为一旁澄清阁题联"万山不隔中秋月；千年复见黄河清"。

"万山"一句从黄庭坚诗中集来，"千年"一句，左宗棠曾自称是来自"千年难见黄河清"的俗语。民间以为"圣人出，黄河清"，千年难得一见的，并非清澈黄河，而是济世利民的圣贤。其实黄河本就清澈，只是雨季冲刷泥沙染黄了河水。左宗棠那年来时，概无大雨，河水较清，这让初次见到的一个南方人很是意外，进而联系自己身负重任，他立刻想到"黄河清"的民谣，"这不是在说我左宗棠吗？"

近代曾为左宗棠立传的秦翰才先生就说过："文襄公志大、

言大，自小有夸大狂。"他还每每以"今亮"（当今诸葛亮）自喻。有这样张扬的性格，眼见秋月高悬，河水清明，他很自然地写下这雄视万方的对联。当然得意中，也有即将远征的自信。借此渲染舆论，也是战时状态下，提振士气的一个手段。

那月不久，他在家信中说："我以一身承其弊，任其难，万无退避之理。"他还说，自己要来西北时，有人看好，也有人嘲讽，他都概不介意，"天下事总要人干，国家不可无陕甘，陕甘不可无总督，一介书生，数年任兼圻，岂可避难就易哉。"正是有这样的抱负和担当，他才一举西进，创下奇功，赢来片隅的海晏河清。

博爱从吾好；宜春有此家

博爱从吾好；

宜春有此家。

——孙中山撰 （见《中山古今楹联选集》）

【小识】

1918年，孙中山到广东梅县探望同盟会老会员谢逸桥。谢家有小楼"爱春楼"，春影婆娑，环境可人。孙中山受主人之托，为小楼题写对联："博爱从吾好；宜春有此家"，以燕颔格（在第二字，如燕之颔）嵌入"爱春"二字，营造出一幅春风人家的画面，又以其身份，将毕生所推崇的"博爱"思想巧妙融入，意境深远。

有人统计过，孙中山一生题字中，写得最多的内容就是"博爱"。他曾誓言要以"博爱"为己任，建立一个"天下为公"的"大同世界"，为千家万户造就一个幸福和谐的"宜春人家"。他为博爱奋斗一生，南京中山陵入口石坊上镌刻的也是这两个字。"博爱从吾好"又何尝不是自题。

中山先生一生奔波革命，业余偶有所题，也不乏精品。如题日本内田良平柔道场一联："白虹贯日；紫气滔天。"虽只八字，气象开拓，充盈以柔克刚之气。再如挽蔡锷将军一联："平生慷慨班都护；万里间关马伏波。"他将并肩作战的蔡将军，比作班超、马援这两位为国尽忠的名将,妥帖不失大气。因为各种原因,也有一些传世的所谓中山对联,如"养天地正气;法古今完人""满堂花醉三千客;一剑霜寒四十州""安危他日终须仗;甘苦来时要共尝"等,其实均非先生之作。或许他觉得将这些正大气象的联语赠与革命同志,与人共勉,不失为弘道之路也。

浮舟滄海

立馬崑崙

木保同志留念

蕭嫺年八九

浮舟沧海；立马昆仑

浮舟沧海；立马昆仑。

——周恩来撰　（见《周恩来诗联集笺注》）

【小识】

1898年3月5日，周恩来同志诞生于江苏淮安驸马巷。

1913年入天津南开学校时，他与同学王朴山等志同道合。南开学校《毕业同学录》中评介他："君性温和诚实，最富于感情，挚于友谊，凡朋友及公益事，无不尽力。"1917年某日，当得知王朴山将怀揣救国理想赴日留学时，心绪难平的周恩来为挚友书赠一联送别："浮舟沧海；立马昆仑。"

"东海有沧溟，西极有昆仑"，沧海、昆仑自古就具恢宏之象，唐诗有"沧海得壮士"之悲慨，也有"长剑倚昆仑"之豪气，青年周恩来意气风发，八个字雄浑超迈，已见不凡。在王朴山东渡日本后三日，周恩来也踏上东渡求学的旅程，巨轮行驶在茫茫大海，更加激发了青年才俊的一腔豪情，他写下那首著名的小诗："大江歌罢掉头东，邃密群科济世穷。面壁十年图破壁，难酬蹈海亦英雄。"此联此诗，正应了那句话："沧海横流，方显英雄本色。"

据周秉德女史所辑《周恩来诗联集笺注》，留日期间，周恩来还曾为王朴山赠一联："共扶元气回阳九；各放光明照大千。"这是从清人曾国藩诗中摘句而来，虽旧句新题，然放眼时局，"共扶元气"之志向，"各放光明"之期许，亦足见领袖襟怀。

从无字句处读书

与有肝胆人共事；
从无字句处读书。

——周恩来撰 （见《周恩来诗联集笺注》）

【小识】

周恩来同志的这副赠人联流传很广，也有记载，说是他青年时在天津南开学校求学时所作，但无论何时何地，其进步意义一直未减。

"有肝胆"之人，必是热心肠、大丈夫、真性情。唐人罗隐有诗"国计已推肝胆许，家财不为子孙谋"，是勉励为官者要为国奉献，不计私利，并能以身示范；清人谭嗣同在就义前吟咏出"我自横刀向天笑，去留肝胆两昆仑"的豪言，仍是"苟利国家生死以，岂因祸福避趋之"的情怀；而陈毅同志在缅怀李大钊同志时也写下了"先驱好肝胆，松柏耐岁寒"的句子，高怀大义，如出一辙。与这样的人共事，既可见青年周恩来"为中华崛起而读书"之壮志，也可窥"壮士"周恩来乐与志同道合者投身革命之豪情。

革命者自当胸怀天下，因此怎可囿于书本纸张里的寻章摘句、咬文嚼字，要读便读天下之大文章，"无字句处"在风云变幻的时局，在日新月异的潮流，在激流勇进的事业，在饱经沧桑的故土和人民。"周公吐哺"，志存高远。

與有肝膽人共事
從無字句處讀書

一九八七年元旦啟功

洗岳飞三字奇冤

霹雳数声,攻秦桧一生罪孽;
滂沱大雨,洗岳飞三字奇冤。

——杨节钦撰 (见《宁乡耆旧联选》)

【小识】

近代杨节钦,为湖南宁乡耆宿,是刘少奇同志的启蒙老师,他人如其名,尤重名节。抗战时,为国请命者多,但也少不了恬不知耻的卖国求荣之人。某日,宁乡岳王庙演戏,有汉奸在座,恰逢晴天霹雳,大雨倾盆,杨节钦便以看戏遇雨为题,借题发挥,撰下一联:"霹雳数声,攻秦桧一生罪孽;滂沱大雨,洗岳飞三字奇冤。"

世所周知,岳飞以"莫须有"的三字奇冤含恨而逝,其中奸臣秦桧罪不可恕。杨节钦结合岳王庙的主题,以岳飞、秦桧的故事,说这晴天霹雳是老天爷发怒,控诉秦桧遗臭万年之罪孽,而天降滂沱大雨,也是想洗刷岳飞的千古奇冤。

故事当然不止这些。看看身旁那些狗仗人势的汉奸,令乡民们敢怒而不敢言。杨节钦正好抓住这次机会,借古讽今,以电闪雷鸣般的宣泄,鞭挞汉奸们卖国求荣的丑恶嘴脸。他这对联引起更多爱国者的共鸣,当地另有一高手也以岳王庙为题写了一联:"我若奉诏班师,大敌当前,十二金牌召不转;君果精忠报国,权奸在位,三千金甲杀回来",以岳飞故事反其道而言之,结合当年时事,读来令人振奋。

切莫奢侈过分

毋忘孤苦出身,看诸儿绕膝相依,已较我少年有福;
切莫奢侈过分,闻到处向隅而泣,试问你独乐何心。

——黄炎培撰 (见《民国名联》)

【小识】

民国初,民主人士黄炎培自题此联于书斋"非非有斋",述今昔之感,抒自箴之情。"隅"指墙角。汉刘向《说苑》记载:"今有满堂饮酒者,有一人独索然向隅而泣,则一堂之人皆不乐矣。"以喻因受冷落而孤独无望之哀。

黄炎培写此联时,正值军阀混战、民生凋敝之时,他告诫自己莫忘少时孤苦,如今有儿孙绕膝,已经知足,但由己及人,想到战火未熄,还有多少向隅而泣、流离失所之人,自己怎能安心独乐,熟视无睹?此联充盈着先忧后乐之心,如他所说"我不求生存利己,否则思想与行为不可不随时随地把自己痛加鞭策"。

黄炎培靠教育改变了自己的命运。受他影响,子孙也多从事教育工作,是以先正己而后正人。抗战时期,某次他在一所学校演讲,鼓励大家坚决抗日,其子黄大能正好坐在台下,讲着讲着,黄炎培激动不已,突然伸手指向儿子高声喊道:"大能,你站起来!听着!日本人打起来,如果你贪生怕死,做了汉奸,日本人不杀你,我们也会杀了你,如果你上战场光荣牺牲了,我们全家都感到光荣。"黄大能后来说:"他(黄炎培)非常的爱国……打胜的时候他高声欢呼,打败仗的时候他痛哭不已,手臂上还戴着黑纱。"黄炎培以此言传身教,树立家风,子孙自然以天下众乐为己任。

每饭不忘天下事

今试思世变何如哉，横流沧海，频起大风波，河山带砺是谁家，愿诸生尝胆卧薪，每饭不忘天下事；

士多为境遇所累耳，咬得菜根，才算奇男子，将相王侯宁有种，看前哲断齑画粥，读书全靠秀才时。

——清·吴熙撰 （见《绮霞江馆联语偶存》）

【小识】

清末湘潭人吴熙，曾游历数省，深知晚清积弊，晚年开坛讲学，以济世育人为己任。某次，他为学生饭厅写下此联，乃是时事艰危、"横流沧海"之时，提醒学生认清局势，已经到了大好河山到底会沦为谁家的危亡时刻。他希望学子们卧薪尝胆，效仿古人咬定菜根，断齑画粥，勤学苦读，切不可混沌终了。即便每次吃饭，都不能忘了天下大事，更不怕身处逆境，要争做那自立图强的"奇男子"。

从明代东林党人"风声雨声读书声，声声入耳；家事国事天下事，事事关心"，到吴熙的"每饭不忘天下事"，再到后来徐特立同志赠青年人的"有关家国书常读；无益身心事莫为"，引导青年学子心怀"国之大者"，是千百年来持之以恒的要义。

20世纪20年代，湖南反日斗争蓬勃开展，青年学子熊亨瀚不遗余力地宣传革命思想，鼓励爱国学生投入反帝运动。为鼓励弟弟投身革命,他撰写一联相赠:"读书岂是抬身价;学剑须当振国魂。"这是那个时代热血青年的崇高认识。1928年,年仅三十四岁的熊亨瀚英勇就义,正如他诗句所言,"碧血已教天地老,敢抛热血洗乾坤。"

佳话

典籍里的中国
名联新说

重寻五十年旧事

共赏万余卷奇文,远撷紫芝,近搴朱草;
重寻五十年旧事,一攀丹桂,三趁黄槐。

——清·左宗棠撰 (见《左文襄公联语》)

【小识】

那是140多年前的一个春天,作为陕甘学子楷模,已经"湖湘子弟满天山"的陕甘总督左宗棠,拉开了甘肃历史上一场最大规模的科举考试。

赴任甘肃后,考虑到甘、陕分省而治已两百余年,但甘肃学子参加乡试,还要远赴西安,近者数百里,远者何止千里,因此很多人确因路途遥远,精力,尤其财力难支,硬生生放弃了考试。这也是有清以来甘肃人才凋敝的一个重要原因。"非科名无以劝学,非劝学则无读书明理之人",在《请分甘肃乡试并设学政》奏折中,左宗棠认识到,在当时只有兴科举,才能大兴文教;只有兴文教,才多"明理之人",甘肃才有希望。于是他排除众难,在奏请分闱后,于城中西北,今兰医二院处修建甘肃贡院。光绪元年(1875年)贡院落成之日,他写下此联。

"远撷紫芝,近搴朱草"是对学子的美好期许;"一攀丹桂,三趁黄槐",则是极高妙的写法。因乡试落笔时值中秋,学子们仿佛"一攀丹桂",欲上"琼楼";而过去一轮乡试要苦等三年,不正是"三趁黄槐"吗？以两棵树木代指考试，自然高妙。不过，也有感慨。就那句"重寻五十年旧事"，这是左文襄在自喻。其实科举这块"敲门砖"，左宗棠也屡试不第，回想自己五十多年的成长经历，他最能体会在甘肃这个"苦瘠甲天下"的地方，想靠一篇文章出人头地，有多难！

莫放春秋佳日过

莫放春秋佳日过；最难风雨故人来。

——清·佚名撰 （见《联语粹编》）

【小识】

晋陶渊明会享受时光，在《移居二首》其二中，他有"奇文共欣赏，疑义相与析。春秋多佳日，登高赋新诗"之句，以春秋之佳日，品读辞章，唱和诗情，当然不能放过。而撰联者化用陶潜诗意，更意在莫负光阴之警策。

下联也是从古诗化用而来。"最难风雨故人来"典出杜甫散文名篇《秋述》："秋，杜子卧病长安旅次，多雨生鱼，青苔及榻，常时高车之客，旧雨来，今雨不来。"同样是长安的雨，却因主人仕途无望、前后际遇不同，前来的宾客态度迥异，让"病困"中的杜甫有感于人情冷暖，"名利卒卒"，世态炎凉。因杜甫这一说，此后"旧雨""新雨"便成了老友、新友的代称。不过最难得的，还是风雨交加中，多几位知心"旧雨"，"故人"之"故"，不在于时间久，而在于两相知。

此联一则勉励人珍惜时日，莫负岁华，一则又借光阴易逝，感慨"人生得一知己足矣"。珍惜时光，珍惜友情，生活便也会珍惜与你。庚子夏，新冠肺炎疫情稍缓后复学返校，北师大附中以此联做大型展架，立于学生出入口，历经疫情风雨，用这两句来勉励莘莘学子，此情此景，读来温馨动人。这样很有人文关怀的标语，其教化作用，可用杜甫的一句诗——"润物细无声"来形容。

花放春和佳日至

富藏风雨故人来

有志者事竟成

有志者事竟成,破釜沉舟,百二秦关终属楚;
苦心人天不负,卧薪尝胆,三千越甲可吞吴。

——明·胡寄垣撰 (见《醒睡录》)

【小识】

项羽破釜沉舟,决心死战而后生;勾践卧薪尝胆,忍辱负重以图强。千百年来,这两个历史故事传为佳话。而《后汉书》中说,汉光武帝刘秀夸赞名将耿弇"常以为落落难合,有志者事竟成也。"也让"有志者事竟成"六个字,成为另一个家喻户晓的成语。这副联化典娴熟,激励有为,满满的正能量。传世以来,已不知成为多少奋进者的座右铭。

但问起作者,许多人都异口同声,乃大名鼎鼎的清代作家蒲松龄。其实这是个"乌龙"。据清人邓文宾《醒睡录》记载,此联早在明朝就已出现,作者胡寄垣,湖北人,年轻时发奋读书,题此联来自励。吴恭亨《对联话》则记载,明末抗清名将金正希也曾写此明志。他们都比蒲松龄早许多。

为何蒲松龄的版本广为人知?原来是20世纪80年代,某君在《贵州青年》杂志上发表了三段"新编故事",其中一段就是说蒲松龄在屡试不第的情况下,于镇纸上刻下此联,以发愤图强。从此,这副所谓"蒲松龄镇尺联"不胫而走,直到1994年作者不得已于《对联》杂志上澄清事实,说明这个故事系其人杜撰。

一段新编的对联故事,传播经历也如此传奇,可谓又一"聊斋"。

嘉节号长春

新年纳余庆；

嘉节号长春。

——五代·孟昶撰 （见《宋史·蜀世家》）

【小识】

在五代后蜀，某岁年关将至，蜀主孟昶命学士题写桃符挂在宫门，以示喜庆。谁知大学士写的春联，这主子并不入眼，竟自己动起笔来，写下个："新年纳余庆；佳节号长春"。这一年，是公元964年，距今已有千年。

孟昶这副春联被不少史料都记载下来，是因为他也没有想到，这两行字会成为他皇帝生涯的谶语。写下这联后第二年，宋太祖赵匡胤挥兵伐蜀，孟昶举城投降，后蜀遂灭亡。当时北宋派来的接管将领叫吕余庆，而赵匡胤的生日，被一干拍马的下属奉为了"长春节"，就这么凑巧，可怜的孟昶先纳"余庆"、又号"长春"，谁知这副春联竟暗合了来年的运势。这在当时迷信的国人看来，无疑是要刷爆朋友圈的段子。国家没了，春联却传了下来。

古今不少学者都认为，这是已知传世最早的楹联。其实自古至今，人们但凡写副春联，多少都会对来年有所期冀，像那副经年不衰的春联"和顺一门添百福；平安二字值千金"……我相信，包括当初的孟昶，也不过是希望嘉节和顺，来年的"春景"能够久长。只不过这次，历史和他开了个玩笑。

愿逢老子再骑牛

未许田文轻策马；愿逢老子再骑牛。

——清·佚名撰　（见《对联话》）

【小识】

农历牛年，说起与牛有关的典故，最有名的几个中，便有老子骑牛过函谷关的故事。

相传老子离开洛阳，一路向西，过函谷关时，关令尹喜见天中一团紫气浮来，认为有贤人经此才会有此吉兆，于是赶紧迎候老子，再三挽留下，老子为尹喜留下五千言皇皇巨著《道德经》，这便是"紫气东来"之说。函谷关另有楹联"紫气犹存贤令尹；青牛重度古函关"，说的也是此事。

上联所说"田文"，则是大名鼎鼎、战国时门客满天下的齐国孟尝君。《史记·孟尝君列传》讲了一个后来人尽皆知的故事，孟尝君出使秦国被扣留，门客们想出各种营救办法，有擅钻洞者，从一狗洞入，偷出白裘献给秦王爱妾以说情，一行人逃至函谷关下，又有一门客靠学鸡叫报晓骗开城门，遂有了"鸡鸣狗盗"的典故。

一个东来，一个西去，这副前人题写函谷关的楹联，就与函谷关有关的两个故事分别评论，对"鸡鸣狗盗"之不屑，对"紫气东来"之向往，跃然纸上，扣题精准而神形兼备，恰如《对联话》所评"不能搬向他处"，是专为此关所铸造也。

草堂人日我归来

锦水春风公占却；草堂人日我归来。

——清·何绍基撰 （见《草堂楹联语粹》）

【小识】

正月初七，古人称为"人日"，传说女娲造人时，前六天分别造出了鸡狗羊猪牛马六畜，第七日造出人，因此，被先民们认为是"人的生日"。南朝《荆楚岁时记》记载，这一天，要搞一点活动，其中就有郊游赋诗的习俗。

于是大唐上元某年（762年左右）正月初七，蜀州刺史高适写下名篇《人日寄杜二拾遗》："人日题诗寄草堂，遥怜故人思故乡。柳条弄色不忍见，梅花满枝空断肠。""杜二拾遗"即寓居成都的大诗人杜甫。为感念高适，杜甫后来也写了一首《追酬故高蜀州人日见寄》，开

篇即是"自蒙蜀州人日作,不意清诗久零落"。有了两位唐诗大咖的唱和,人日游草堂,后来就成了成都百姓的一项年节风俗。

咸丰二年(1852年),大书法家何绍基任四川学政,入乡随俗的他在人日游览草堂后写下此联。"锦水春风"写草堂风光之所以秀丽,是因有杜公遗爱,虽千百年青春宛在,风物长留。人日这天,自己也效仿前贤游览草堂,遥思古人风采,怡然而后自得。"公占却",看似是杜甫占却了草堂风光,实则是草堂因杜甫而增色,倒不如说是"占却公",字间充满了对"公"之仰慕;"我归来",则可见何绍基认为能够承续杜甫遗风之自负。

万里桥西,百花潭上,人日这天归来者,无不春风得意。

人从宋后少名桧

人从宋后少名桧；我到坟前愧姓秦。

——清·秦大士撰 （见《西湖古今佳话》）

【小识】

乾隆时有一状元秦大士，江宁（今南京）人，才思敏捷，又诗书画诸艺皆能。某日，偕友人游览西湖，当走到岳飞墓时，友人指着墓前秦桧夫妇赤裸全身、双手束缚且跪倒在地的两个铁像对他说，你看这奸臣跪在墓前，千百年来，一直遭人唾弃，真是让秦家人颜面丧尽。这哪里是说秦桧，分明"指桑骂槐"，拿秦大士开涮。当时还有种说法，秦桧也是江宁人，就有人流传，秦大士正是秦桧之后，所以友人这番话，无论如何，都让他下不了台。

尴尬之中，秦大士不加辩解，而是当场写下一联："人从宋后少名桧；我到坟前愧姓秦。"巧妙地解读"秦""桧"二字，扬抑有度，让本处于下风的自己，瞬间反转，世人反而因此更钦佩其状元之才。用现在的话说，他用一副对联，巧妙地将一次舆情风险转危为安，还推上了"热搜"。

松、柏、樟、桧等常绿乔木，古时常被用作人名，可自从岳飞蒙冤后，人们便耻于用"桧"。宋代还有人题岳飞墓诗："坟畔休留桧，行人欲斧之"，自宋以后，的确很难再见到用"桧"起名的人。元代时，还有人将一棵桧树劈开两叉植于岳飞墓前，名为"分尸桧"，都是借桧树表达对秦桧之憎恨。树本无辜，是秦桧遗臭万年，但树竟因人遭殃，只有一声唏嘘。

两小无猜,一个古泉先下定

两小无猜,一个古泉先下定;万方多难,三杯淡酒便成婚。

——方地山撰 (见《大方联语辑存》)

【小识】

方地山,号大方,性情放荡,为民国奇人。袁世凯次子袁克文曾拜其为师,两人结为好友,后来还成了儿女亲家。

但联姻时,正值袁世凯称帝,讨袁之声愈烈。大方深明大义,曾多次劝说袁克文,袁克文亦不赞成其父荒唐之举,便写了一首诗明志,其中有"绝怜高处多风雨,莫到琼楼最上层"的句子,即言明"高处不胜寒"之理。大方见后,便以此诗大做文章,并送到《大公报》排版,拟公开表明立场。但袁世凯闻之大怒,派人紧急摧毁了版样,并将袁克文软禁在北海,将方地山也监视起来。在这样的背景下,当两家结亲,大方为女儿出嫁写贺联时,自然想到了"万方多难",这出自杜甫的一首忧国忧民的诗句。当时国家混乱,他亦处境艰难,婚礼皆一切从简,只在旅馆中三杯淡酒而已。之前订婚时,也没有丰厚彩礼,仅是交换了一枚古钱。古代称钱为"泉",取"流行如泉"之意。

尽管条件艰苦,但大方为豁达之人,他将此联还是写出了新意。"两小无猜",以一个古钱下定,已经足矣。而且细细品来,颇有古君子之风。

空同倚剑上重霄

积石导流趋大海；空同倚剑上重霄。

——清·左宗棠撰 （见《左宗棠全集》）

【小识】

万里黄河，奔腾不息，在中华文化符号中，常注以汹涌气脉。就像清末陕甘总督左宗棠题写兰州望河楼一联："积石导流趋大海；空同倚剑上重霄。"也常被评说苍劲有力。

积石，即积石山，空同，系崆峒山，均是陇右富有传奇的名山。《尚书·禹贡》说，上古时大禹治水"浮于积石，至于龙门"。诸多文献都有"导河积石"之说，即认为大禹治水从积石山开始，如清人《秦边纪略》云："盖黄河入中国，始于河州，禹之导河积石是也。"黄河是华夏文明之源，其文化源头可从积石说起，这令陇右之人颇感自豪，故而左宗棠坐镇甘肃后，登河楼而望，自然以这雄壮瑰奇之说来衬托笔下豪情。

站在望河楼，必然看不到远在数百里外的崆峒山，同样是气势烘染需要，左文襄以"雄视三关，控扼五原"的崆峒山喻为"倚天剑"，豪情中更带有几分自信。当时正值西进收复失地之时，他或许想到了杜甫诗作《投赠哥舒开府翰二十韵》，这是歌颂平定西陲大英雄哥舒翰的，诗最后一句正是"防身一长剑，将欲倚崆峒。"左宗棠也期盼诗中所说的"青海无传箭，天山早挂弓"，也期待勋业"第一功"，大战在即，作为一方统帅，他需要提炼甘肃的地域精神，以此来激励士气。

西征前有此联，左宗棠气势上已胜了一筹。

人生得一知己足矣
斯世當以同懷視之

疑父道兄屬
海文張何瓦基句曰

人生得一知己足矣

人生得一知己足矣；斯世当以同怀视之。

——清·何溱撰 （见《烟屿楼笔记》）

【小识】

每当歌颂友谊，不少人总会想起这副被认为是鲁迅所写的对联，背后则是他和瞿秋白的革命友谊。这是1933年，鲁迅赠给瞿秋白的对联，因二人身份特殊，这副联也成了当今必读的名联之一。但在歌颂他们的友谊时，却少有人就对联本身探究一番。如能进一步看看原件，哪怕是影印件，就会发现旁边那行被忽略的小字："洛文录何瓦琴句"，洛文是鲁迅众多笔名中的一个，而何瓦琴才是真正的作者，即清代学者何溱，字方谷，号瓦琴，浙江钱塘人。

清人徐时栋《烟屿楼笔记》记载说，"何瓦琴溱集禊贴字属书。"可见这是何瓦琴从"禊贴"《兰亭序》中逐字集来。令人不解的是，鲁迅本人也写得很清楚，是"录何瓦琴句"，可偏偏那么多人视而不见，于是一传十，十传百，让鲁迅先生也背了个"拿来主义"的罪名。

鲁迅在何时书赠瞿秋白？原作未落时间，但据许广平回忆，是在1933年3月初，当时瞿秋白和夫人杨之华住在上海，与鲁迅相近。两年后，即1935年6月18日，瞿秋白同志壮烈牺牲，二人从此永诀。鲁迅三弟周建人曾说，这副联虽不是鲁迅原创，但"这句话代表了两人的共同心愿"。

江山永柳各千秋

才与福难兼,贾傅以来,文字潮儋同万里;
地因人始重,河东而外,江山永柳各千秋。

——清·杨季鸾撰 （见《楹联漫话》）

【小识】

品评人物，不少人喜欢拉人作衬。如清人杨季鸾题广西柳州柳侯祠这副联，文写柳侯，即唐代大文学家柳宗元，而开笔则从三个古人说起，因人见事，旁敲侧击。

"才与福难兼"是上联的基本论断，是说天下有才之人，十之八九命途多舛。因为柳宗元到柳州，就是因政见不和，被贬谪到这当时的偏远之地。与他同命相连的，还有汉代名臣贾谊，他因被贬为长沙王太傅，史称"贾傅"。此外著名的贬官，还有和柳宗元并列"唐宋八大家"的韩愈和苏轼。韩愈因讽谏被贬至广东潮州，苏轼因政敌打压被贬到海南儋州，他们可谓"同是天涯沦落人"，但落笔话锋一转，尽管如此，这些大文豪在悲惨命运中的性灵没有泯灭，他们依然能创造出不朽的传世之作。

下联"地因人始重"是想进一步说"山不在高，有仙则名"，对柳宗元来说，除了家乡河东，他后来谪居的永州、柳州，人们至今建祠设祭，并未将他忘记，其品德文章，早在这些地方千秋与共，又何必在乎当年沦落。

再说个题外话。有个细心的朋友闲聊，说贾谊被贬的南方偏远之地，是汉代的长沙，到了唐代韩愈，则在广东，再到宋人苏轼，已至海南，从这副联中，也可见古人谪居之地的变迁。而如今这些当年所谓的"蛮荒之地"，早已富庶盛于神州，说来也很奇妙。

苏公再见，千秋黄巷重黄楼

白傅早归，一代福人居福地；
苏公再见，千秋黄巷重黄楼。

——清·余小霞撰 （见《楹联丛话》）

【小识】

福州三坊七巷，汇聚了清代以来许多名流。其中黄巷，便有晚清名臣、被誉为一代楹联宗师的梁章钜故居——黄楼，因唐代名流黄德温在此为宅而名。梁章钜的生日是七夕前一天，五十八岁那年，他在黄楼过了一段闲暇时光。他将小楼重新修葺，友人余小霞赠书一联："白傅早归，一代福人居福地；苏公再见，千秋黄巷重黄楼。"

"白傅"即唐代大诗人白居易，他因官授太子少傅，世人相称白傅。五十八岁时，白居易借病辞官，以一个闲职过起了半隐居的生活，颇像现在某些单位的"内退"，还算在岗，但事情已经很少。梁章钜曾自述："余于五十八岁引疾归里"，正好与白居易"同病相怜"、同岁隐退，余小霞得亏有多大的学问，找到这么恰如其分的典故作衬。白居易是史上不多几个乐享晚年的大诗人，余小霞也是借此希望梁章钜从此安享余生，不再为名禄所累。

但这位老友并非"安分"之人，他把这些时间都用来写书、编书。梁章钜勤于笔耕，在当时十分有名。好友林则徐就说，举国上下，著述之丰，"无出其右者"。这也就有了下联，在黄楼编纂"黄卷"之说。而与苏公又何干？史书记载，苏轼曾在徐州当太守时，率众抗洪成功后，修了一座黄楼以为纪念。余小霞以梁氏黄楼，比之苏氏黄楼，学识人品，也就不言而喻。其用典贴切，对仗工妙，更是名家手笔。

看眼前鸢飞鱼跃，无非活泼天机

一瓢草堂遥，原诸君景仰先型，
对门外岳峻湘清，想见高深气象；
三蒿桃浪暖，就此地宏开讲舍，
看眼前鸢飞鱼跃，无非活泼天机。

——清·彭玉麟撰　（见《湖南名胜楹联》）

【小识】

船山书院在湖南衡阳东洲，湘水环绕之处，那是清光绪四年（1878年），湘军名将彭玉麟为纪念明末清初思想家"船山先生"王夫之所支持创建，并为书院题写此联。

有人说，近代以来，湖湘大地为何人才辈出，溯源当从王船山说起，他的实事求是、经世致用思想，构筑了有清以来湘人的精神谱系，因此清代即有不少人将王船山当做湖湘文化的文脉所在。所以彭玉麟此联起笔所说"草堂"，正是建于衡阳的王船山湘西草堂，他希望书院学生敬仰先贤，面对门外峻拔南岳、清澈湘江，要从天地中感悟大道，做一个像船山先生那样恪守气节、心怀天下的经天纬地之才。

史料记载，彭玉麟建成书院后，"延聘师儒，甄别生徒，整饬院规，给发膏奖"，即延请名师，对学生择优录取，明确管理规定，并奖罚分明，书院风气自然为之一新，"海内传经问学者踵相接",附近几个县城的学子也纷纷南下求学,湖南学府一时有"学在船山"之誉。彭玉麟也欣喜看到,几年时间,就出现了自己在下联中所期许的景象,老师宏开讲舍,学子"鸢飞鱼跃",桃荣春暖,一派生机勃勃。

扶筇花外听书声

讲艺重名山,与诸君夏屋同栖,
岂徒月夕花晨,扫榻湖滨开社会;
抽帆离宦海,笑太守春婆一梦,
赢得棕鞋桐帽,扶筇花外听书声。

——清·薛时雨撰 (见《藤香馆小品》)

【小识】

杭州崇文书院建于明万历年间,为浙江四大书院之一。清同治四年(1865年),一代名士薛时雨从杭州知府任上主动退隐下来,要去这里讲学。放着"市长"不做,宁愿当教书先生,这在当年也是一段奇闻。也许是为打消世人以为他不过一时兴起,迟早还会复出的念头,他为书院写下这副楹联。

"夏屋"是说开阔的屋舍,这里即言讲堂。从"讲艺重名山"到"夏屋同栖"都是说自己兴建书院,乐于和学子切磋琢磨。但他的讲学,有别以往严肃的科举教育,更加注重讲文修艺,引导学生关注书本以外的知识,亲近自然,扫榻迎宾,倡导交流。结句"社会",乃结社集会之意,颇似今时陶冶学生情趣之社会课。而薛时雨就曾带着学生泛舟西湖,让大家在舟中造句,他在一旁批改作业。这种教学方式,新颖而别致。

古书说,苏轼被贬到浙江昌化时,遇一妇人对他说:"你昔日富贵，不过是一场春梦。"世人便呼此老妇为"春婆"，所谓"春婆一梦"，即感慨富贵无常。薛时雨在下联引用也曾在杭州担任太守的苏东坡的故事，是笑权贵者，何必在乎太多。对他来言，如今远离尘嚣，"棕鞋桐帽"，安然自得，每日最幸福的事，就是扶着竹杖，在山花之外静听琅琅书声。有人说下联就像一张泛黄的老照片，课堂窗外，一个拄杖而立、面容慈祥的"老校长"。

据记载，薛时雨自主讲崇文书院，而后二十年再未离开讲席。择一事，终其一生，也是件乐事。

不忘书味似儿时

儒馆辟边城，渐户多弦诵，士励廉隅，快养人材为世用；
郡斋邻讲院，喜公暇论经，夜深闻读，不忘书味似儿时。

——清·李彦章撰 （见《榕园楹帖》）

【小识】

诗皆有韵，可以吟诵。古人学诗，以配弦乐而歌者为弦歌，无乐而读者为朗诵，弦诵之音，即为诗书韵味，而更以"弦诵相授"来比喻教学之状。清嘉庆进士李彦章，官居广西北部后，颇有政绩，勤政之余，最开心的事，就是听那家家户户传来的弦诵之声。

道光初年，他任职思恩，即今天的广西环江毛南族自治县，历朝皆以为边陲。李彦章到任后，认为兴办教育是移风易俗、培养人才的首要之举，于是他带头捐了工资，为思恩修建西邕书院，并写下这副联，欣喜表露这座边城得以普及儒馆，重视教育，以更好培育梁柱的激动之情。一个"快"字，可见求才之心的迫切。

好学的李彦章特意将书院建在公署旁边，这样既可及时督学，也可随时切磋，他尤喜公事闲暇，去书院与人论经，在夜深人静时，弦诵之声常不绝于耳，这让他想起自己年少时勤学苦读的样子。他无法忘怀的"书味"中，有好学之意，如他另一联所说"须知太守本书生",而作为一方主官,更不乏一个过来人,对边城子弟像他这样以"知识改变命运"的期许。

如今,在环江仍有个著名的"一师一生一学校"的故事。环江龙岩乡朝阁小学,只有58岁的教师刘显岳和学生周雄坚守,每周五天,刘老师既教小周读书,也照顾他的生活。高山之上,尽管只有一个学生,刘老师依旧会认真敲响上课的铁钟,有如弦诵之声,敲响希望。

飞雪连天射白鹿

飞雪连天射白鹿;笑书神侠倚碧鸳。

——金庸撰 (见《金庸作品集》)

【小识】

2018年10月30日,一代武侠宗师金庸随风而逝,这副由他武侠小说名串成的妙联,也成为时代绝响。

曾几何时,谈及金庸武侠,都绕不开这两句话。然而,对于这副联,金庸先生却曾经自我评价"说不上工整",在这方面,他比其他作家要谦虚得多。若单以格律来说,此联确有瑕疵,但能将14个小说名,且都用第一个字串成这样一副有"侠客行"风格的对联,已十分难得,更不因以律碍意。

11年前,位于先生家乡海宁的金庸书院落成,我的一副对联在应征作品中被选为一等,刻挂于书院藏书楼:"拂剑我长吟,教碧血屠龙,金樽倚鹿,万代江湖同笑傲;寻书天渐晚,恰苍原跃马,皓雪飞狐,一楼神采共参详",正是受先生此作启发,以其意聊表敬意而已。

经过这些年的广为流传,先生这副书名联,早已成为金庸武侠小说的标签。大家在追思他的时候,再细数联中每一个字,皆能道出背后的一段"武侠梦"和那些年匆匆流逝的岁月。就像一部金庸武侠剧主题曲唱的那样:让青春吹动了你的长发\让它牵引你的梦\不知不觉这红尘的历史已记取了你的笑容……

飛雪連天射白鹿

笑書神俠倚碧鴛

金庸

笑向儿童先问岁

麦穗如何,笑向儿童先问岁;
桃花无恙,重来岭峤正行春。

——清·林昌彝撰 (见《素月楼联语》)

【小识】

晚清福建人林昌彝,因少时有西洋经商的经历,尤其留心时务,著作中有不少鸦片战争期间抵御外侮的对策。《南京条约》后,福州被辟为通商口岸,他痛恨英人占据,亲绘《射鹰驱狼图》,并将居所改名为"射鹰楼",寓意射取割据之"枭鹰"。

某次,他为广东兴宁县衙大堂题写一联:"麦穗如何,笑向儿童先问岁;桃花无恙,重来岭峤正行春。""岭峤"代指岭南一带。"麦穗如何"是说当地收成怎样?作为一方主政者,他的视角很独特,一不看材料、二不听汇报,而是田间地头走一遭,向孩子们问问情况。因为再小的孩子,能不能吃饱饭他是知道的。向儿童"问岁",还有一个重要原因,就是儿童天真无邪,不会说谎。你看那"皇帝的新衣",不就是天真的孩子才敢去揭穿吗?

"邻里桑麻接,儿童笑语喧",在古诗文中,经常可见儿童嬉戏田间的镜头,无论是"牛牿乘春放,儿童候暖耕",还是"儿童喜我至,典衣具鸡黍","黄发垂髫,并怡然自乐"总是最好的太平景象。林昌彝联语中一句"笑向儿童",也是满怀希望。

问学

典籍里的中国
名联新说

家有奇书未为贫

人无傲骨终必贱；家有奇书未为贫。

——佚名 （见《革命烈士联语》）

【小识】

"人不可有傲气，但不可无傲骨"，徐悲鸿的这句话，用在民国报人邵飘萍的身上也十分契合。以笔为枪，奔走呼号，他曾言："报馆可封，记者之笔不可封也。主笔可杀，舆论之力不可蕲也。"内蒙古大学出版社《革命烈士联语》记载，邵飘萍曾书写此联，挂于室壁，以志其怀。上下联一"贱"一"贫"对比鲜明，所谓"贫贱不能移"，在于傲骨淬其品志，诗书饱其精神。以此为座右铭，邵飘萍当得上"是一个具有热烈理想和优良品质的人"。

奇书，必不是奇玄怪诞之书，是"养吾浩然正气"之书，是"立心立命继绝学"之书，是"未曾经我读"之书。清人张骐在一联中说："奇书贪录如增产；佳卉分培当树人。"奇书不嫌多，恨不来一个"贪"字；而奇书也不易得，清人何玉田也写道："幸一第成名，君为老亲娱暮景；迟数年作宦，天留暇日著奇书。"这是他赠朋友的对联，倘若多几天暇日，应当还能为世人留下不少可读的奇书，看似有憾，实则对一个读书人来说是很高的褒奖了。

何玉田知道，奇书要和朋友共赏。于是不知从何年起，一副"得好友来如对月；有奇书读胜看花"的楹联广为传诵，誊抄悬刻者不计其数，可见此道不孤矣！

坐上同观未见书

门前莫约频来客；坐上同观未见书。

——宋·楼钥撰 （见《困学纪闻》）

【小识】

楼钥，南宋文学家，累迁吏部尚书、参知政事等职。为人"持正有守"，颇得官声。宋人王应麟《困学纪闻》记载，某年春节，楼钥自撰一春联："门前莫约频来客，坐上同观未见书。"实际是一副"杜门谢客"联，春节时，打着"拜年"旗号，各种身份的"频来客"不堪其扰，与其费这些精力周旋，倒不如劝退来人，利用节日空闲，安安静静多读几本好书。

史书记载，楼家几代人均喜藏书，善本逾万卷，楼钥亦"博极群书"。从这副春联，足可见其惜时如金，嗜书如命。楼钥杜绝"频来客"，并非不近人情，由下联"同观"二字可见，只是乐意和志同道合者切磋琢磨，好书共赏，"谈笑有鸿儒"。

"未见书"看似奇奥，实则为最低标准，凡是自己还未读过的书，均是"未见书"，历来文人，都以此为乐事。陆游曾说过"老病犹贪未见书"，是读书之痴；黄庭坚有诗曰"得读人间未见书"，是读书之愿；宋人刘挚"椽笔贪抄未见书"，是读书之法；宋人刘子翚的"饱读平生未见书"，则是读书之幸，味道各有不同。当然，流传最广、最引人共鸣的，还是那副古联："书有未曾经我读；事无不可对人言。"

山似论文不喜平

友如作画须求淡；山似论文不喜平。

——清·翁照撰 （见《随园诗话》）

【小识】

常听说"文似看山不喜平"，每觉譬喻生动，后来才知这原是清人诗文。

清代大诗人袁枚在其名作，《随园诗话》中说："江阴翁征士朗夫《尚湖晚步》云：'友如作画须求淡，山似论文不喜平。'"原来此联是从江阴人翁朗夫诗中摘来。翁朗夫本名翁照，终老未仕，在江南富有诗名，沈德潜《清诗别裁》等都有较好的评价，奈何他这首《尚湖晚步》如今已很难觅得全诗，但其中这一联，却经随园老人之手，与不少读书作文之人引发共鸣。袁枚后来在一篇文章中，索性将后句改为"文似看山不喜平"，如今已经家喻户晓了。

翁照此句，先说交友，重在一个"淡"字，正如古贤所云"君子之交淡如水"，淡雅纯洁之谊如传统的文人画，不饰重彩浓墨，而是意在笔先，墨有蕴藉，流水高山，点染得度。下联说作文，则重在"不平"，如同看山一般，风景绝佳处多在层峦叠嶂间，按照袁枚的说法，文章平平淡淡，像整整齐齐的"井田方石，有何可观？"好的文章必须"惟壑谷幽深，峰峦起伏，乃令游者赏心悦目。或绝崖飞瀑，动魄惊心。"他最后用八个字一笔点题："山水既然，文章正尔。"

辛未初夏

吾知其畫竟不能山作論文不善乎

邵亭莫友芝

種樹如培佳子弟
擁書權拜小諸侯

沃臣孝廉屬隸
時在丁亥小陽書於挹華盦

种树类培佳子弟

种树类培佳子弟；拥书权拜小诸侯。

——清·佚名撰 （见《对联话》）

【小识】

植树节说起种树，有人是在"栽树"，有人则是"栽人"。正所谓"十年树木，百年树人"，就像这副清代名士竞相抄写的联语："种树类培佳子弟；拥书权拜小诸侯"，将栽培树木，喻为培养子弟，但求多得佳木。这也是任何为师者最朴素的愿景，像毛泽东的岳父，也是老师的杨昌济，就曾有"自闭桃源称太古；欲栽大木柱长天"一联，抱着这样的希望，板仓先生的"大木"岂止柱于长天。

清人徐庭翼曾记下一个小故事，某家园中些许柿子树，到丰收时节还不结果，"家人欲伐之"，徐庭翼写下一首小诗相劝："莫嫌此际花垂树，宽俟他年果满枝。种树类培佳子弟，亟期成就本非宜。"这是借阐说种树之道，言明育人之理也要得当得法，不能急于求成。

再说下联，诸侯是大权贵，作者却以能拥书而自立"诸侯"，是该有多么嗜书。《魏书·逸士传》说时人李谧好学，"丈夫拥书万卷，何假南面百城"，遂有了坐拥书城这个成语。王安石也乐于此道，他曾在诗中四题"拥书"之趣，如"朝阳映屋拥书眠，梦想钟山一慨然"等。在江南锡氏梅园有一联："藏书何止三万卷；种树须教四十围"，依然喜欢那一手批阅，一手栽培，古之夫子，大概都这个形象吧。

三更灯火五更鸡

何物动人，二月杏花八月桂；
有谁催我，三更灯火五更鸡。

——清·彭元瑞撰 （见《楹联丛话》）

【小识】

《楹联丛话》记载，乾隆时期，曾担任《四库全书》副总裁、官历五部尚书的彭元瑞，少年时勤奋苦读，于书房中题写此联以励志。

"三更灯火五更鸡"是古人谚语，古时读书人，时常三更天仍在挑灯夜读，到五更鸡鸣，即起床再读。通过两个时刻，灯火与鸡鸣两个意象的对比，极尽描摹了刻苦之状，很能感染人。据传有一首署名唐代大书法家颜真卿的《劝学诗》即由此来："三更灯火五更鸡，正是男儿读书时。黑发不知勤学早，白首方悔读书迟。"宋代哲人邵雍亦有诗句："二月杏花八月桂，三更灯火五更鸡。"彭元瑞此联从邵诗化来，不过更有一层深意。

古人寒窗苦读，多是为了科举功名。一般每年二月举行会试，称作"春闱"，八月举行乡试，称作"秋闱"。二月的杏花，迎春早发，八月的桂花，清香四溢，是这两个时节最有代表性的物象。彭元瑞看似写春秋时节杏、桂之动人，实则是在"催我"金榜题名，蟾宫折桂。其立意虽有时代的局限，然生动文采，及勤勉之精神，犹可读也。

青春曾是几多时

青春曾是几多时,莫轻抛十载韶华,杜牧鬓丝空老大;
年少正宜图远道,请更上一层境界,元龙豪气未消除。

——刘世凤撰 (见《湘潭名胜楹联选》)

【小识】

湖南湘潭曾有一青年楼,湘人刘世凤以"青年"为题,写了这副联语。拉来古人"杜牧""元龙"作衬,将两个故事娓娓道来。

李白有一首《江南春怀》,是借怀春而感叹,"青春几何时,黄鸟鸣不歇。天涯失乡路,江外老华发……"韶华易逝,华发渐多,这样的伤感在所难免。十年光阴,对于杜牧来说,曾在诗中反复纠结。他在《送友人》中说:"十载名兼利,人皆与命争。青春留不住,白发自然生。"在《题禅院》中又写道:"觥船一棹百分空,十岁青春不负公。"这还不够,在一首《书怀》中又感慨:"满眼青山未得过,镜中无那鬓丝何。只言旋老转无事,欲到中年事更多。""油腻"的中年,琐事缠身,杜牧的青春也曾是"青青园中葵",杜牧的鬓丝却奈何"老大徒伤悲"。从青葱到白头,"时光已逝永不回,往事只能回味。"

下联的主人公是三国时的陈登,陈元龙,名重天下,有"欲卧百尺楼上"之志,《三国志》说"陈元龙湖海之士,豪气不除。"豪气,就是豪迈矫健之气,人到暮年,更喜说"少年豪气想元龙",是要一往如初,以青春之豪迈奋发,砥砺一切征途。暮年如此,更何况青春正年少。

領異標新二月花 鄭板橋

刪繁就簡三秋樹

板橋先生蘊書卷也奇發於政治筆墨如其一事也同治己巳陳介祺刪並記

领异标新二月花

删繁就简三秋树；领异标新二月花。

——清·郑燮撰 （见《郑板桥对联赏析》）

【小识】

二月早春，便有几枝鲜艳的花朵迎春吐蕾，压抑了一个冬天，突然看见一抹亮色，精神都觉得爽朗了许多。

清代名家郑板桥很好地抓住了这一季节特点。某次，他见一学生所作文章尽管文采斐然，但不乏冗长之弊，直接批评，又怕打击学生自信心，为此他书赠此联，以二月的鲜花和三秋的老树作喻，并不在写景，而是以此向学生阐述自己有关艺术创作的感悟。

上联意在表达诗文书画等创作上，要简洁凝练，条清理晰，抓住主要精神，像深秋的树木，脱落了繁枝末节，干净利落，老辣刚健。下联意在强调艺术创作不能因循守旧，要注重推陈出新，独树一帜，像早春开放的花儿，敢于冒着寒流而先声夺人，鲜艳灵动，自与众不同。如他所说："学者当自树旗帜，一切不可趋风气。"

郑板桥的绘画以竹兰而闻名，看他之作，的确没有铺天盖地的渲染，往往一丛兰花、几枝竹叶，简简单单数笔墨色勾描，便尽得神韵。揭其旨要：一曰简，二曰新。

波澜皆尽致，各须浚取源头

榕树不腐，桂树不雕，华实未难栽，先在深培根脚；
漓江自南，湘江自北，波澜皆尽致，各须浚取源头。

——吴獬撰 （见《不易心堂联集》）

【小识】

湘人吴獬，为近代名师，在广西任县官，每到一处，俱体察民情，"简政宽刑，与民为善；修文重礼，息讼宁邦"。为净化民风，他尤其重视教育，开坛讲学，总是乐此不疲。

在桂林府廨读书堂，他写下这副联："榕树不腐，桂树不凋，华实未难栽，先在深培根脚；漓江自南，湘江自北，波澜皆尽致，各须浚取源头。"应是其教育理念的核心。在湘桂等南方古村落，动辄可见千年老榕树，榕树遂有"不死树"之称，而桂树，自古就有"桂树华不实"、"桂树不耐老"的评价。在吴獬看来，要成为不朽之榕树，或虚华之桂树，为师者的栽培很重要，并且要先从根基培养。无论修身、立德，识字、为文，都不能忽视基础的夯实。基础打得牢，根基才实而不华，今后再大的风雨，也就禁受得住。宋诗中说，"脚跟盘巨石，吞吐任风波。"

《水经注》称："湘漓同源，分为二水，南为漓水，北则湘川。"湘江、漓水，波澜各得其所，因为各自从源头所获本就不同。水流之地理、气候，如学子之禀赋、勤勉，皆因人而异。上联吴獬说为师者要注重基础教育,下联则转为告诫学子,学堂虽为供水之源,但"师傅引进门,修行在个人"。用一分力,便得一分效。要想今后波澜壮阔,不同俗流,还须不断浚取,才能别开生面。像他另一副衡山书院联所言:"当代需人才,正望着岣嵝峰七十二般云气;自家定功课,莫等他清凉寺一百八下钟声。"

何必三更眠五更起

苟有恒，何必三更眠五更起；最无益，莫过一日曝十日寒。

——明·胡居仁撰 （见《中华对联通论》）

【小识】

看到这副联，不少人总会想起恰同学少年的毛润之，激扬文字，意气风发。却不知，这也是他青年时抄录的座右铭。真正的作者是明代江西人胡居仁。由于伟人垂青，这副名联流传更广，但遗憾的是，多少人题在书房拿它励志，却不知胡居仁这个人。

其实胡居仁也非俗人，是明朝知名理学家，曾主讲著名的白鹿洞书院，开创崇仁学派，名闻当时。因为学问精深，向他问学者络绎不绝，他则告诉来人，"学以为己，勿求人知"，他坚持"主诚敬以存其心"，提倡心要专一，故而教导为学者，做事关键要有恒心。若有恒心，聚精会神，循序渐进，水滴而石穿，自然不用点灯熬夜，耗费精力；若没恒心，三天打鱼两天晒网，忽冷忽热，不能专一，"如二三，则心必昏乱"，又何来益处。

孟子讲过一个小故事，有二人向全国棋艺最好的弈秋先生学习，"其一人专心致志"，跟着老师学，而另一人虽也坐在那听，但心里却寻思着一会怎么用弹弓打鸟，结果高下立判，棋艺自然不如专心听讲的那位。这便是成语"专心致志"的出处。想想弹弓打鸟这人该听的课一节也没少，可仍下不好棋，是师资不强吗？抑或智商不够吗？孟子说"非然也"，"不专心致志，则不得也"。

恐鹈鴂之先鸣

望崦嵫而勿迫；恐鹈鴂之先鸣。

——鲁迅撰 （见《书话文丛》）

【小识】

端午佳节，思念屈原，自然想到他的《离骚》。其中有句"吾令羲和弭节兮，望崦嵫而勿迫"，又有句"恐鹈鴂之先鸣兮，使夫百草为之不芳"。后来，鲁迅先生将此二句集为一联，请书法家乔大壮为他书写，一直悬于旧居，至今仍在北京鲁迅故居"老虎尾巴"的西墙上。

"崦嵫"一词与甘肃颇有渊源。指上古神话中日落的地方，后世学者以为在今天水境内，西汉水源头所在的齐寿山，原句中的"羲和"，也是上古神话中太阳神的驾车者，后来常出现在有关时间的句子里。"望崦嵫而勿迫"意在警醒后人，日落紧迫，勿让时光匆流逝。"鹈鴂"（tí jué）为古杜鹃鸟名，这种鸟喜在春末夏初鸣叫，所以鹈鴂一旦开叫，意味着迎春盛开的百花将要凋零，使"百草为之不芳"。鲁迅取此二句，意在珍惜光阴，他曾说，"节省时间，也就是使一个人的有限的生命更加有效，而也即等于延长了人的生命。"

鲁迅一生都在利用有限的时光奋斗着，他也时常用屈子放怀高歌的精神自勉，这也是他常年悬挂、喜欢这副联的原因。鲁迅同乡挚友许寿裳，写过一篇《屈原和鲁迅》的文章，他说鲁迅对屈原一向持有肯定评价，是因其二人在愤懑、怀疑、批判和追求的精神上，多有拍合，于是，"思接千古，引为同调"。

读书所以励雄心

自立自强，环堵何妨无长物；镜今镜古，读书所以励雄心。

——张心量撰 （见《对联话》）

【小识】

近代湖南慈利人张权，字心量，擅联语，师从楹联大家吴恭亨。曾为友人熊小白自镜园题一嵌字联："自立自强，环堵何妨无长物；镜今镜古，读书所以励雄心。"

环堵，本是形容相对狭小简陋的居室，《礼记》说，"儒者有一亩之宫，环堵之室"。张心量此意显然不是说友人庭院局促，而是借以烘托其清高之风，即便身居"陋室"，犹能自立自强，"谈笑有鸿儒，往来无白丁"，何妨身无长物？

自镜，即揽镜自照，《史记》说："居今之世，志古之道，所以自镜也，未必尽同。"就是以古为镜，知兴替而明得失，"镜今镜古"亦由此来。而其实现的途径，是在书中，故而博览群书，可深明大义，渐而砥砺雄心。所谓雄心，是坚韧博大之心，便又与上联自强之志相照应。

张心量曾取"天行健，君子以自强不息"之意，命名自家庭院为"健园"，也题有一联："天行健在自强，能移山，能填海；吾筑园虽不大，可树木，可莳花。"愚公移山，精卫填海，其发愤进取之精神一以贯之。其师吴恭亨对此颇为肯定，认为观此联，可知其人志向，自励也激励他人，将来造诣，令人拭目以待。

美名不废等身书

高位尚须闻过友；
美名不废等身书。

——清·何绍基撰 （见《对联标语格言汇编》）

【小识】

蒙学读物《弟子规》中有这样一段话："闻过怒，闻誉乐；损友来，益友却。闻誉恐，闻过欣；直谅士，渐相亲。"意思是只喜欢听别人夸奖，而不愿听自己过失的人，益友渐少而损友渐多；反之，对别人夸赞保持理智，却能听得进批评意见的，身边正直诚信之人自然就与他亲近，这样的人，能见贤而思齐，见不贤而内自省，距离贤者就更近一步。清代大书法家何绍基曾从古人字帖中集为一联："高位尚须闻过友；美名不废等身书。"即便身处高位，也时刻需要闻过之友，而真正的美名，并非从吹捧中得来，只有读完等身高的书，才能渐渐从中参悟这些道理。

谈到交友，《论语》说益友良朋须有三个标准："友直，友谅，友多闻"，正直的朋友能令你崇尚正气，诚实的朋友能令你体会善意，博学的朋友能令你增进才干，"闻过之友"正是这样的人。前人期待这样的朋友，便在联中说："恶人留与苍天看；良友如同甘雨来"，不做恶人，不负苍生，渴盼良友，如盼甘霖。毕竟三人行必有我师，人生道路上，得几个良友相知相助，何尝不是幸事。

　　寻求救国图存之法的魏源，就曾贴出"读古人书，求修身道；友天下士，谋救国方"的对联，他需要更多志同道合者和他一起来"睁眼看世界"，这时，大家总会想起古人常说的那几个字——吾道不孤！

案余灯火有天知

家少楼台无地起；
案余灯火有天知。

——清·林则徐撰 (《林则徐联句类集》)

【小识】

林则徐少时家境贫寒，但他苦读不辍，曾在书斋自题此联来激励。咫尺书案，夜半灯火，"穷且益坚，不坠青云之志"。后来他的成长，也应了那句老话，"苦心人，天不负。"

晚年，他因政事掣肘，疾病加身，无奈在老家疗养，回想起少年勤读之时，他为故居再写一联："坐卧一楼间，因病得闲，如此散材天或恕；结交千载上，过时为学，庶几秉烛老犹明。"虽感慨自己小楼得闲，孤云野鹤，"无用"之人一个，实是报国而无门。他曾在给友人信中说，"有才而不用与无才同，用之而不使之尽其才与不用同。"这何尝不是这位"闲人"的自述。故而"天或恕"，乃是"天难恕"也。下联即由隐退转为读书为乐，虽已两鬓苍苍，仕途有涯，而学无止境，自己犹能和少时一样，秉烛夜读，不知天明。其一生勤勉自励，由此可见一斑。

清人陶澍是一位慧眼识珠，曾经推荐过林则徐的名臣。他在四川任职时，曾为蜀中摩云书院题写一联："化雨无私，忆往岁踏雪来过，曾话春风一席；摩云有志，愿诸生凌霄直上，毋忘灯火三更。"无独有偶，也是勉励莘莘学子，要学有所成，少不了三更灯火的风雨打磨。

夜深人静，一点星火透着窗棂光芒微弱，但却照亮了无数"摩云凌霄"之人。

胸无俗事不生尘

架有奇书堪破寂；胸无俗事不生尘。

——清·王杰撰 （见《三秦古今联语》）

【小识】

陕西人王杰是清代西北地区唯一一个状元，在朝四十余年，老成端谨，清正有为，被誉为"道直一身，清风两袖"。嘉庆初年，正是他牵头查办了大贪官和珅。他有副书房联："架有奇书堪破寂；胸无俗事不生尘。"字如其人，可见西北人豁达率直的襟怀。王杰宦迹四十余载，正是以书为友，才能不随波逐流，不同流合污，耐得住寂寞，经得起诱惑，胸中无半点尘埃。

与书为友，以书养性，这在古人看来是"第一件乐事"。见前人一联"竹里坐消无事福；花间补读未完书"，这是难得的清静；再如"除却诗书无所好；恍如造物与同游"，这是自信之胸怀；还如"贫不卖书留子读；老犹栽竹与人看"，这是人生之俊逸；更有"文成蕉叶书犹绿；吟到梅花字亦香"，则见几分清雅淡泊。总之，有书为伴，总不会孤寂。

要静下心来读书，还有个问题须解决，就是要心无旁骛，像王杰那样能做到"胸无俗事"。正是有这样的担忧，清代歙县有一位读书人给自己的警示是："云流不逐心如水；寒彻能回韵胜梅。"云流就是流俗，他勉励自己不去做迎合追逐的浮云，心如止水澄净，即便历经寒彻艰苦而不畏惧，一定坚信自我之精神境界，可胜于凌寒傲放的梅花。纵任云舒卷，时还读我书。

学如逆水行舟，不进则退

学如逆水行舟，不进则退；心似平原走马，易放难收。

——佚名撰 （见《新刻对联大全》）

【小识】

"逆水行舟，不进则退"，是古人常说的话，任何事皆如此，为学自然也是。满足现状，不思进取，且不说"逆水"中还存在的竞争，即便止步不前，其实已经是在退步。学习要持之以恒，贵在能有恒心，可往往那颗心很难坚定下来，像是平原上脱缰的野马，放开容易收住难。前人以此写下这副经典之作，数百年来，提醒着不少学子。

荀子为劝人好学，说了那段苦口婆心的良言："不积跬步，无以至千里；不积小流，无以成江海。骐骥一跃，不能十步；驽马十驾，功在不舍。锲而舍之，朽木不折；锲而不舍，金石可镂。"正是反复强调，学习也好，做事也罢，都要坚持不懈，锲而不舍，就像这副联所说"治学当如蜂酿蜜；读书诚似燕衔泥"，要像蜜蜂酿蜜一样积少成多，像燕子筑巢一样久久为功。蜜蜂、燕子，和荀子所说的驽马，都在不言中为人指路。

在乐青金鳌书院有副对联，也是这个道理，与大家共勉："为学若登山，百级崎岖，进步全凭脚力健；读书如观水，万流奔荡，探源还要眼光明。"

这一寸光阴,莫教任着他容易放过

无绳系日,这一寸光阴,莫教任着他容易放过;
有路登文,那几层阶级,直须拼得俺实地踏来。

——清·朱相国撰 (见《中国书院楹联》)

【小识】

晋代傅玄《九曲歌》中有一句:"岁暮景迈群光绝,安得长绳系白日。"是说暮年晚景,群光暗淡,只可惜没有长绳系住白日,让它慢一点落走。后来便用"长绳系日",比喻挽留时光。

清人朱相国在为河北沧曲书舍题写此联时,听到书院传来的琅琅书声,最先想到的便是莫辜负这大好时光。于是,他以长绳系日起笔,提醒学生,光阴在一刻不停地流逝,不要轻易放过一分一秒。在这有限的时间中,大家都想攀登顶峰,就必须把脚下的台阶一级一级奋力走好。因为任何"顶点"都不是空中楼阁,不允许一步踩空。成功之路,没有捷径,只有珍惜时光,踏实勤奋,不放过、拼得出,才能登峰。

但凡有志者,都懂得珍惜时光。像这副流传很广的家训对联:"物力艰难,要知吃饭穿衣,谈何容易;光阴迅速,即使读书行善,能有几多",即便把有限的时间都用来行仁善、读好书,又能有多少?的确,人生苦短,精力总是有限。白驹过隙,禹寸陶分,"夫天地者万物之逆旅也,光阴者百代之过客也。"

好取汉书常挂角

牛伏起何时,好取汉书常挂角;
萤飞依故址,遥同车渚自流光。

——陈逢元撰 (见《中国书院楹联》)

【小识】

文山书院在湖南澧县,相传为唐代诗人李群玉读书处,后人建此以为纪念,并以他的字"文山"来命名。李群玉读书时,这里就是清幽宜学之所,他在诗中说"从此静窗听细韵,琴声常伴读书人。"此处弦歌不绝,延绵千年。

学者陈逢元又题一联:"牛伏起何时,好取汉书常挂角;萤飞依故址,遥同车渚自流光。"牛伏,是说书院所在地形如卧牛之状,而在书院提到牛,自然又想到"骑牛挂角"的故事。那是《隋唐演义》中的著名人物,瓦岗寨首领李密,少年时家境贫寒,只能一边放牛,一边读书,书无处堆放,就挂在牛角之上,后来用以比喻勤学。"萤飞"即著名的"萤囊夜读"故事,主人公是晋人车胤,相传他当年捕捉萤火虫,囊萤读书的地方就离此不远,后世谓之萤渚,又名"车渚"。作者将这个附近发生的故事搬过来,进一步激励学子勤奋有为。

古人常说:"过如秋草芟难尽;学似春冰积不高",也有说"学似春云积不多",求学唯勤,必须持之以恒,冰冻三尺,非日日积寒不可。2021年,14岁的奥运冠军全红婵成为最耀眼的明星。但成名后,人们才注意到家境贫寒的她,自幼经历了多少磨难。从7岁起,在"全省最差的场地",这个小姑娘每天坚持练习400多跳,教练说在这样的条件下能被推荐参加奥运会,就因为"她是练得最苦的那一个"。她的"奇迹"完全是用顽强刻苦换来,正应了那副古联:"宝剑锋从磨砺出;梅花香自苦寒来。"

寻胜

典籍里的中国 名联新说

出门如见浙江潮

印来明月一潭,青霭冥冥,此地上通星宿海;
傍着大河九曲,黄流滚滚,出门如见浙江潮。

——刘尔炘撰 (见《重修小西湖记》)

【小识】

刘尔炘(1865—1931年),甘肃兰州人,清光绪翰林,民国后任甘肃临时议会副议长等,甘肃近代知名的学者、教育家、社会活动家,晚年潜心学术和公益,善制联语,有"陇上联圣"之誉。

1924年在指导修缮兰州小西湖公园后,刘尔炘题此门联。小西湖在兰州城西黄河南岸,是旧驻藩于此的明肃王莲池,清末杨昌浚从两浙任上赴任陕甘总督,增葺池台,添种树木,以为颇得杭州西湖形胜,遂题额"小西湖",实乃寄托对西湖的爱慕与牵念。刘尔炘此联借题发挥,以湖滨滚滚黄河喻钱塘潮,犹不输气韵。"星宿海",在青海,古人以为黄河之源,亦横出昆仑,上达天宇,故联中有"青霭冥冥"之意,作者借此言西北地理之神奇浑厚,也进一步烘出下联大开大阖的气象。"星宿海"对"浙江潮"于工巧中切地、切题。

西湖为吾邦名胜,历来思慕攀比者众。近代贵州向义先生亦有题贵阳海潮寺一联:"刺船竟去,潮水徐闻,听瑶琴一曲,情移东海；打浆时来，莲歌互答，看长堤十里，人在西湖。"作者自注："（寺）在南明湖畔与翠微阁隔河相望。烟水微茫，楼阁缥缈，前人题曰'小西湖'，殆庶几也。"大抵一潭青碧，都喜以西湖命名，不过一地有一地特点。

兰州的西湖不同于贵阳，就像苏东坡的西湖也不同于白乐天，淡妆浓抹，"西子"总是任人打扮。

尽归此处楼台

八百里湖山,知是何年图画;
十万家烟火,尽归此处楼台。

——明·徐渭撰 （见《徐文长逸稿》）

【小识】

西湖城隍阁高耸湖山,凭栏远眺,尽收三吴胜境。尤其夜幕低垂,华灯初上,星光粼粼,万家楼台,灿然图画间。第一次登临城隍阁,即有幸感受此景,犹记起门前那副落款明代大才子徐文长的楹联,惊呼贴切之至,此情此景,激响栏杆。

熟料后来读到徐文长《榜联》一卷,乃知此联是为其家乡绍兴龙山城隍阁所题,且原联较这个广为流传的版本多出两句:"王公险设,带砺盟存,八百里湖山,知是何年图画;牛斗星分,蓬莱景胜,十万家烟火,尽归此处楼台。"有人说"王公"是与绍兴相关的越王勾践,"险设"二字用在卧薪尝胆的勾践身上,倒也熨帖;紧接着"带砺盟存",则多是虚指,大抵仍是"城头变幻大王旗",而所幸者湖山无恙。下联"牛斗星分,蓬莱景胜",是因白居易谪守时留下"谪居犹得住蓬莱"的佳句,龙山又叫"小蓬莱",且有蓬莱阁,用此以扣其地也。

然而,此联精华,确实在那大气包举的后两句。这样看,杭州人较绍兴人更会"取材",留下的后半部,所言贴切,让人一度怀疑是专为西湖所作。而有趣的是，在西湖紫阳山江湖汇观亭，也悬有此联，千百年文人骚客题咏不尽的西湖，居然让一副对联挂了两处。

徐渭自然不知，自己几行文字被别人"拿去"，还"拿"得如此痴迷。

落江城五月梅花

何时黄鹤重来，且自把金樽，看洲渚千年芳草；
今日白云尚在，问谁吹玉笛，落江城五月梅花。

——清·宋荦撰 （见《清联三百副》）

【小识】

"昔人已乘黄鹤去，此地空余黄鹤楼。黄鹤一去不复返，白云千载空悠悠。晴川历历汉阳树，芳草萋萋鹦鹉洲。日暮乡关何处是，烟波江上使人愁。"唐人崔颢一首《黄鹤楼》，横空千古，被誉为"唐人七律第一"，千百年来，成为吟诵这江南名楼的绝妙好辞。

清人宋荦（1634—1713年）上联中，即化用崔颢诗意，开题反问，是觉曾经仙人骑鹤的传说过于遥远，不如乘兴登楼，凭栏把盏，看眼前江流滔滔，芳草萋萋，真切自在。下联仍从唐诗入笔，化用李白《与史郎中饮听黄鹤楼上吹笛》诗意："一为迁客去长沙，西望长安不见家。黄鹤楼中吹玉笛，江城五月落梅花。"因为这首诗，武汉从此又叫"江城"，黄鹤楼上听玉笛，看梅花，欣赏崔颢名作，成了无数骚人墨客的三大"打卡"项目。宋荦此联由诗入境，即景抒情，不著议论，反见清新自然，尤其落笔两句，如其名荦荦大端。

因崔颢一诗过于有名，故而黄鹤楼题诗，成为中华文化一个独特现象，乃至有人还假借李白之名，说是"眼前有景道不得，崔颢题诗在上头。"题联亦是如此，楼中佳对，不胜枚举，但宋荦此联，必可名列三甲。亦如前人点评崔颢诗："一气浑成……清迥绝伦，他再有作，皆不过眼前景矣。"更有人说，宋荦或此一联，便不负"康熙十才子"之名。

楼高但任云飞过

池小能将月送来

行健先生正之

刘春霖

楼高但任云飞过

楼高但任云飞过；池小能将月送来。

——清·陶澍撰 （见《楹联丛话》）

【小识】

豫园为沪上名胜，"奇秀甲于东南，水石回环，轩亭四映"，中有得月楼，临池而建，绿荫葱茏，取宋人苏麟诗句"近水楼台先得月，向阳花木易为春"而得名。晚清名臣陶澍暂居于斯，题写此联，描摹眼前一池碧水，数角重檐，又移情于景，别贮心机。

纵是楼高，遮不住飞过之云；纵然池小，也能来有情之月。而事实是，本来并不高的小楼，本再普通不过的池水，让作者以"飞云"、"送月"的意象营造，以"高"与"小"的对比呼应，给人以无拘无束超然物外之感。由平常不过的物象转为别有情趣的意象，这是陶云汀的情怀所致，难怪林则徐说他"大度领江淮，宠辱胥忘"，是有此胸襟也。

元代散曲大家张养浩有《廉园会饮》一诗："倥偬常终岁，从容偶此闲。雾松遮老丑，雪石护苍顽。池小能容月，墙低不碍山。殷勤问沙鸟，肯与厕其间。"此诗知名度亦极高，很难说陶澍此联未曾受此诗影响，只不过情景交融，陶联更生动一些，反复揣摩，也可当哲语看。

黄河九曲抱关来

华岳三峰凭槛立;黄河九曲抱关来。

——清·佚名撰 (见《负翁联话》)

【小识】

"终古高云簇此城,秋风吹散马蹄声。河流大野犹嫌束,山入潼关不解平",光绪八年(1882年)春,十八岁的谭嗣同从湖南老家启程,前往父亲谭继洵任职的兰州,途经陕西潼关时,见云丛骤聚,关隘高耸,不禁写下此诗。当时,这副名联就悬挂在潼关城楼之上。

潼关,襟山带河,历来为关中要塞。远眺巍巍华山,近听滚滚长河,人读此联,"一夫当关,万夫莫开"的雄姿尽收眼底。如前人《负翁联话》所评:"雄关高峙,山川壮阔,万千气象,十四字尽之矣。"

清人裴景福《河海昆仑录》里同样记载了他路过这一带时的所见:"自郑州以西,皆傍黄河行,惟此最近。入关行函道中,两山壁立,山皆土结而奇秀如石。"这是说从函谷关到潼关这一带,险峻非常,《史记》等著作也认为,秦人一定程度上也是凭此天险,而能抗拒诸侯。后来有了"百二秦关"的故事,并非是说秦地有一百二十个关口,意思是"秦地险固,二万人足当诸侯百万人也。"在潼关不远处的甘肃平凉六盘山段,山顶牌楼亦有联云:"峰高华岳三千丈;险据秦关百二重",则是进一步就此典来突显六盘山之雄伟,"屹立眼前,亦大手笔也"。

在苍茫的三秦大地,就需要这样有气势的联语,秦人雄浑之霸气,坦荡之秉性,自无须多言。

山势当空出；河声入海遥

山势当空出；河声入海遥。

——慕寿祺撰 （见《求是斋楹联汇存》）

【小识】

"云雷天堑，金汤地险，名藩自古皋兰。营屯绣错，山形米聚，喉襟百二秦关。鏖战血犹殷。见阵云冷落，时有雕盘……"金代词人邓千江，以一阕《望海潮》被誉为"金人乐府第一"，其所描绘的，正是丝路重镇、古城兰州的雄浑气概。

"云雷天堑，金汤地险"，兰州自古又称"金城"，以其山势险峻，黄河横亘，形成天然屏障，为"固若金汤"之故。在旧时河滨白塔山上金山寺，近代甘肃学者慕寿祺题有一联："山势当空出；河声入海遥。"短短五言，亦可见金城山雄水阔之势，与邓千江《望海潮》异曲同工，较王之涣"黄河入海流"也未减其雄姿。而联想兰州丝路咽喉、西北要塞的战略位置，此联更是未见刀锋而已有雄兵列阵之象。

其实这两句也是"拿来主义"，分别集自唐人储光羲诗句"山势当空出，云阴满地来"，和唐人许浑诗句"树色随山迥，河声入海遥"。慕寿祺剪贴自然，用在此处，浑然天成。细品此作，当置身河滨，大声吟诵，听滚滚黄流，足以令心潮澎湃。此时，慕氏另有两联，也可佐之同看，一曰："望白塔盘空，楼阁直连霄汉上；展青天作纸，河山都在画图中。"一曰："古寺对金山，看翠岘扑人眉宇；长桥开铁锁，放黄河入我胸襟。"

不妨踏雪寻来

客已倦游,偶然小住湖山,便欲乘风归去;
人生如寄,留得现前指爪,不妨踏雪寻来。

——清·曹汲珊撰 (见《对联话》)

【小识】

江西永修吴城,为三国孙吴旧址,"西江巨镇,拔起中流,蜿蜒数里,大江环其三面"。其地有望湖亭,依鄱阳湖而建,远眺匡庐,近俯涛声,蔚为壮观。清末,曾国藩曾率湘军在此驻师,并题联:"五夜楼船,曾上孤亭听鼓角;一尊浊酒,重来此地看湖山"。他看之"湖山",放在吴城,除了眼前湖光山色,还另有一番意味。

这要从大才子苏东坡说起。某年,东坡过吴城时,曾于江畔偶得一个石质的古箭头,但在江中行舟,传给左右观看时,不慎失落江中,后来找人潜水寻找,竟然失而复得,东坡惊异之喜,为此作《顺济王庙新获石砮记》,并考证其来由。此后,为纪念东坡,便有人在望湖亭侧再建一座鸿雪轩,也就有了后来清人曹汲珊的题联。

上联是在饱览湖光之后,化用东坡句"我欲乘风归去",倦游而后思归,是大多"偶然小住"之客的普遍心态。下联则仍以苏诗落笔,苏轼《和子由渑池怀旧》有名句:"人生到处知何似,应是飞鸿踏雪泥。泥上偶然留指爪,鸿飞那复计东西。"以此来与上联呼应,纵是寄宿的人生,偶然的路过,也不妨享受难得的时光,追寻美好的印迹,且行且珍惜。

五岳寻山不辞远

我本楚狂人，五岳寻山不辞远；
地犹邹氏邑，万方多难此登临。

——清·彭玉麟撰 （见《疢存斋联话汇录》）

【小识】

泰山为五岳之首，彭玉麟为晚晴中兴四大名臣之一，两者结合，必产生不一样的"火花"。这副彭玉麟题泰山联，就被后世誉为"竟如己出，堪称名作"。

联中四句话均是集自古人诗句。起笔是李白的"我本楚狂人，凤歌笑孔丘。手持绿玉杖，朝别黄鹤楼。五岳寻仙不辞远，一生好入名山游……"彭玉麟为湘军名将，性格刚烈，以"楚狂人"开笔，犹如自题，他又将原作"寻仙"改为"寻山"，更切其登山之事。下联"地犹邹氏邑"，出自李隆基《经邹鲁祭孔子而叹之》一诗，彭玉麟选此句，不仅与上联对仗工整，且巧合泰山之地，仿佛唐玄宗早即为他准备。他登山之时，正逢晚清危局，作为守护一方的将领，他自然有感"多难兴邦"，最后，他集用杜甫《登楼》诗作，"花近高楼伤客心，万方多难此登临"，乃是与老杜一样，发起忧国忧民之心。

四句话不同出处，经彭玉麟这样安排，真是像前人所评，"集成语天然如铸"。整体读来，沉雄豪放，跌宕苍凉，更一气呵成，难怪清末时就有"粉丝"将此联"推为绝唱"，虽略显夸张，也不是没有道理。

貔貅夜啸天山月

雄剑倚层云,貔貅夜啸天山月;
大旗招落日,鼓角霜严敕勒秋。

——清·廖树蘅撰 (见《张掖对联》)

【小识】

廖树蘅为湘中名士,少年时曾游历陇上,在位于张掖的甘肃提督署周达武将军麾下担任幕僚。其间,有感"胭脂在北,祁连在南"的塞外殊异风景,他为军中营门题写此联。貔貅传为上古神兽,用来形容军中猛士,天山、敕勒俱为丝路风光,也是提督署所辖区域。雄剑凌云,鼓角霜寒,联语中一派雄浑气势,前人评说是"带边塞商音",即有边塞雄风。

悲壮的河西走廊自古就盛产边塞诗歌,凉州词、甘州令、敦煌曲子,总教人回味无穷。这种风味,在一些楹联中也体现出来,可将其称为边塞楹联。如河西讲舍这副:"河海此探源,试吸收星宿罗胸,同坐讲堂谈大道;经纶期救国,要上到祁连绝顶,始惊拔地有奇才。"直通星宿海,上达祁连山,语气如地理高瞻。

晚清林则徐曾因禁烟得罪外夷,清廷被迫将他远戍伊犁。林则徐忠肝义胆,早就饮誉天下,途经甘肃时,所到之处无不夹道欢迎,擅长联语的他,留下不少墨宝,其中在河西走廊,有感当时风物,还曾赠人一联:"月明瀚海平沙静;雪霁祁连匹练高。"瀚海,古诗中指茫茫沙漠。此联包举大气,亦充盈着边塞雄风。《国朝先正事略》记载,林则徐戍边途中常写此联赠人,可见大漠戈壁豪迈之象,颇合其海纳百川的胸襟。书中还说,林则徐到西北不数月,"手迹遍冰天雪地中矣",可见人心所向。

有人吹到月三更

胜地据淮南,看云影当空,与水平分秋一色;
扁舟过桥下,闻箫声何处,有人吹到月三更。

——清·江峰青撰 (见《里居楹语录存》)

【小识】

论扬州名胜,最知名者,莫过二十四桥。宋人沈括《梦溪笔谈》记载,二十四桥也名"红药桥",所以姜夔佳作中会有"二十四桥仍在,波心荡、冷月无声。念桥边红药,年年知为谁生。"据说也曾有伊人吹箫于此,自唐代杜牧"二十四桥明月夜,玉人何处教吹箫"后,这个故事就人尽皆知。

清人江峰青的文字总是清新秀丽,写二十四桥这联,由前人故事脱出,衔接流畅,自然生动。以云影当空的景致,联想到王勃《滕王阁序》中"秋水共长天一色",移用此处,不嫌生硬。下联以一叶扁舟入笔,将人带入景中,耳畔忽起箫声,必然是那美好的月色衬托,才更有蕴藉。《对联话》评价此联,"都是寻常字面,一经名手烹调,便若清脆可口。"

陇东人慕寿祺效仿江峰青,也题写一副:"听水边明月无声,兵燹几曾经,红粉依然留小杜;读榜上残诗满壁,雪鸿千古在,品题敢自拟司空。"在沧海幻化中,景色依然,诗情依旧。"小杜"还是杜牧的本事,只是结句"司空"见了巧思。因唐人司空图有名著《二十四诗品》，慕寿祺以此誉二十四桥，不仅合其数目，更是委婉说明，此桥兼备《诗品》所说典雅、冲淡、纤秾、绮丽诸美，"月明华屋，画桥碧阴……取之自足，良殚美襟。"

比当年风景何如

兴废总关情,看落霞孤鹜、秋水长天,幸此地湖山无恙;
古今才一瞬,问江上才人、阁中帝子,比当年风景何如。

——清·刘坤一撰 (见《矛盾轩联话》)

【小识】

"依然极浦遥山,想见阁中帝子;安得长风巨浪,送来江上才人。"观清人宋荦此联,一读便知是从那千古名篇《滕王阁序》中脱化而来。当年"江上才人",二十八岁的王勃神俊无前,语惊四座,尤其"落霞孤鹜"之语,至今传诵,可谓千古不朽。

滕王阁也因王勃诗、序跻身江南三大名楼,在历代题记中,清代封疆大吏刘坤一此联颇为传神。同治年间,几经兵燹的滕王阁再度重建,刘坤一应邀提笔时便想到"兴废"二字,他已查证不出这是这座阁楼第几次重修。好在面前风景无殊,那千年来曾令人心动的落霞依旧,秋水依然,大好湖山给世人的惠赐千载如此,不会因一时楼台的兴废而折损湖山的美好与光辉。

"闲云潭影日悠悠,物换星移几度秋。阁中帝子今何在?槛外长江空自流。"遥想前贤,沧海桑田,古今就在一眨眼间,变化万千而莫测,倘若才人御风重来,眼前境况,又不知作何感想?刘坤一以此设问,引人浮想,是对上联中"兴废总关情"的呼应。作为当时一位风云人物,他眼底的风云自然掣肘于时局。一座楼台之兴废,也能折射一个时代之兴废。

但借江山摅感慨

胜迹别嘉鱼,何须订异箴讹,但借江山摅感慨;
豪情传梦鹤,偶尔吟风啸月,毋将赋咏概生平。

——清·朱兰坡撰 (见《楹联续话》)

【小识】

"壬戌之秋,七月既望,苏子与客泛舟游于赤壁之下……"北宋元丰五年,公元1082年农历七月十六,一代才人苏轼御舟清江,书写下那个时代乃至流传千载的不朽名篇《赤壁赋》,也让"东坡赤壁"成为中华文明史上一个特殊的符号。

东坡曾在另一首名作《念奴娇·赤壁怀古》中写过赤壁之战的故事。但造化弄人,历史上偏偏出现两个赤壁,东坡夜游与三国火烧并非一处。当然也有人为此争论不休。在东坡写下《赤壁赋》的黄州赤壁,清人朱兰坡有感于此,曾撰写一联:"胜迹别嘉鱼,何须订异箴讹,但借江山摅感慨;豪情传梦鹤,偶尔吟风啸月,毋将赋咏概生平。"嘉鱼,即湖北嘉鱼,所谓"三国赤壁"耳。此联首先亮明观点,黄州也好,嘉鱼也罢,何必非要订个讹误,论个正统,不过都是前代文人,借助江山胜迹,聊发感慨罢了。不如趁此良辰美景,吟风啸月,人生之精彩远不止一两篇文字。

这样的观点得到不少人认同,清人还有一联与之共鸣:"昔日黄州何如,今日黄州何如,请君且自领略;这是赤壁也可,那是赤壁也可,何必苦为分明。"还是张之洞一联中有句话说得好:"三苏中天才独绝,若尚论东坡八诗,赤壁两赋,是我公游戏文章",众人争个高下,不就看中苏东坡的才情吗?而在人家东坡先生眼中,一切不过是"游戏文章",你又何必在乎?

冰壶如见古人心

楼上题诗,石壁尚留名士迹;
江头送客,冰壶如见古人心。

——清·后赟撰 (见《投石斋对联文稿》)

【小识】

芙蓉楼在湖南黔阳,此地唐称龙标,已属偏远之塞。大诗人王昌龄因奸臣所害,贬官到此,好友李白闻知,不禁愤然,又不舍别情,写下千古名篇《闻王昌龄左迁龙标遥有此寄》:"杨花落尽子规啼,闻道龙标过五溪。我寄愁心与明月,随君直到夜郎西。"

好在王昌龄随遇而安,在这里任职八年,勤政爱民,据说因爱此地芙蓉,便建了芙蓉楼,某次,他又于此送别好友辛渐,无意间又一篇千古名作——《芙蓉楼送辛渐》——诞生。"寒雨连江夜入吴,平明送客楚山孤。洛阳亲友如相问,一片冰心在玉壶。"这首诗,也让芙蓉楼名扬天下。

清人后赟为芙蓉楼题写一联:"楼上题诗,石壁尚留名士迹;江头送客,冰壶如见古人心。"便是有感于前贤这两段佳话。一片冰心,寄与明月,这是跨越千载的共鸣。再如这副"一片冰心,自是龙标风范;千秋明月,依然太白情怀"。还有"名花好共题诗句;寒雨曾经送客舟。"也是以其事颂其地,难怪人说"过客离亭千古思;清风明月第一楼"。

清末时,芙蓉楼早已旧迹斑驳,有人再写一联:"天地大离亭,千古浮生都是客;芙蓉空艳色,百年人事尽如花。"李太白、王龙标早已随风逝去,你赠我,我送你,百年人事,如花开花谢,千古以来,谁又非历史过客?

红蓼花疏，白苹秋老

凭栏看云影波光，最好是红蓼花疏，白苹秋老；

把酒对琼楼玉宇，莫辜负天心月到，水面风来。

——清·彭玉麟撰 （见《矛盾轩联话》）

【小识】

今岁秋分，离中秋很近，朋友圈中，"最佳赏月之地"的谈兴犹浓，而西湖十景之一的平湖秋月，总在刷不下去的榜单之中。

"万顷湖平长似镜；四时月好最宜秋。"清人石治棠的这副联，将西湖比作平镜，折射出一轮美月，这是平湖秋月的生动白描。古人说"西湖之胜，晴湖不如雨湖，雨湖不如月湖"。而值此深秋，湖天一碧，水月交辉，恍置身于玉宇琼楼，最是一年大好的赏月时候。

1934年夏秋时节，独坐湖滨的陇右才子黄文中，遥望此景，也为平湖秋月写下一联："鱼戏平湖穿远岫；雁鸣秋月写长天。"以鱼、雁的生动视角，描绘出声光并秀的水天一色。后来，湖北大学杨昭恕教授赏识此联，还请国学大师黄侃书丹后予以刻挂，留下"二黄"共写一湖月的佳话。

当然，平湖秋月的诗意表达中，最为人津津乐道的，还是清末名臣彭玉麟的一联："凭栏看云影波光，最好是红蓼花疏，白苹秋老；把酒对琼楼玉宇，莫辜负天心月到，水面风来。"上联红、白两物，极具画面感，下联天、水二象，又有开阔气。清隽洒脱，诗意盎然。如此文字，却不负这一轮秋。

莫空话尊酒斜阳

高登百尺楼，倏尔废，倏尔兴，四顾岸然，此何关天行人治；
俯视万家县，亦有忧，亦有乐，诸君观者，莫空话尊酒斜阳。

——清·田金楠撰 （见《对联话》）

【小识】

三秋寻桂子，叠巘清嘉，眼下这个时节闻到桂花，便是一派诗意风华。

清代《楹联补话》记载，清人林靖光出任易州时，见署中桂花飘香，便在仪门题写一联："召伯他年棠有荫；窦公故里桂犹香。"不知这两个典故，便难解其中之意。《诗经》有《甘棠》一篇，"蔽芾甘棠，勿翦勿伐，召伯所茇"，是赞颂召伯为政有德，对百姓像是甘棠浓荫惠及于人，世人称之"甘棠遗爱"。易州在河北，正是汉代名臣窦婴的故乡，此人虽在史上看法不一，但也是一时俊杰。作者见庭前花开，以古之名臣自喻，是以花之清雅，来说己之高洁，门庭中自然多了几缕清风。

看到桂花，清人田金楠与他的想法还不同。他曾为一座桂香楼题联："高登百尺楼，倏尔废，倏尔兴，四顾岸然，此何关天行人治；俯视万家县，亦有忧，亦有乐，诸君观者，莫空话尊酒斜阳。"他是与范仲淹借登岳阳楼一样，登高一望，感叹兴废无常，而又有几人将万家忧乐挂在心头。与其他登楼观景之人不同，他未沉迷于楼台花木，寄托更高人一层。

六朝烟景落樽前

泛洞庭湖八百里秋波,挂席来游,三楚风涛携袖底;
邀太白楼一千年明月,凭栏远眺,六朝烟景落樽前。

——清·吴汝纶撰 (见《中国楹联鉴赏辞典》)

【小识】

曾国藩四大门生中,黎庶昌精通洋务,张裕钊潜心育才,薛福成注重实业,而桐城吴汝纶则以雄劲之笔,撑起古文桐城派的最后一片天地。在曾国藩、李鸿章幕府期间,"曾、李奏议,多出自他手笔",其意气风发,为当时之盛。

某年,吴汝纶乘舟从湖南抵达金陵,受邀为南京的湖南会馆题联:"泛洞庭湖八百里秋波,挂席来游,三楚风涛携袖底;邀太白楼一千年明月,凭栏远眺,六朝烟景落樽前。"他是安徽人,但因是曾国藩弟子,且在湘军幕下,对湖南自然亲近。上联从自己乘舟而来写起,仿佛一路所乘,皆洞庭秋波,八百里风行而下,尽管已到南京,但三楚风涛,仍然浸润袖底,是以题咏风物,而不忘湘情。

渐而想起家乡的采石矶,可顺便邀约太白楼上的明月做衬,眼前的秦淮河畔,正在这明月映衬下,古都金陵、六朝往事,如烟云落在樽前。自己好比采石矶上的李太白一般洒脱,对酒当歌,看石头城空、后庭花落,古今多少事,一幕幕、一桩桩,在风流文字中浸透出对江山兴衰的沉思。全联动静结合,如桐城古文,神、理、气、味、格、律、声、色"八义"齐备,散文起笔,律句落墨,而一气呵成。

一樽撰天上黄流

终南太华镇东方,杨柳金城,万井挹关中紫气;
葱岭昆仑睇西极,葡萄玉塞,一樽撰天上黄流。

——清·裴景福撰 (见《河海昆仑录》)

【小识】

清光绪三十一年,南海知县裴景福远戍新疆,自广州出发,步行七月后抵达兰州,登上了位于河滨的拂云楼。这楼在陕甘总督署后园,明代始建,后左宗棠任总督时重修,左文襄还曾题联"积石导流趋大海;崆峒倚剑上重霄",对峙山河,为一时之盛。但裴景福以为,"出潼关后,西行二千余里,惟拂云楼能得山川形胜",而左公此联仍不尽美,于是,他亲题一副:"终南太华镇东方,杨柳金城,万井挹关中紫气;葱岭昆仑睇西极,葡萄玉塞,一樽撰天上黄流。"

"终南、太华",分别为陕西终南山和华山,因当时陕甘总督管辖西北诸省,故联中不仅涵盖陕甘风物,更波及西域之葱岭、昆仑,都在指地域广袤、风云壮阔。"杨柳金城"是金城兰州"黄河之滨也很美"的镜头,左宗棠亦有联"陇云秦树穷千里;岳色河声共一楼",与此相映生辉。古时以一里为井,"万井"仍是言其广大,而紫气东来,气象自然非凡。

从兰州河北的金城关,穿过河西走廊,便直通西域,当年东西交流,万国来朝,无不途经此地,作者以西域最有代表性的物产葡萄,来应对杨柳,又切又妙,而那自天上一饮而来的"黄流",正是"黄河之水天上来"。后来,杨虎城将军有题渭源霸陵桥一联,正是从此联脱蜕。

万里而来,又遥瞻万里,裴景福此般才情,足可与古之高岑相媲肩。

五色沙堆成山岳

一湾水曲似月宫,仙境涤尘心,顿起烟霞泉石念;
五色沙堆成山岳,晴天传逸响,恍闻丝竹管弦声。

——清·黄万春撰 (见《名联观止》)

【小识】

"清泉一勺月为牙,四面堆沙映日斜。"敦煌的鸣沙山、月牙泉,听名字就是个教人向往的地方。而来到这里的游客都惊叹,流动的沙粒,在日光照射下,光呈五色,晶莹剔透,像是丝路花雨,色彩缤纷,且沙堆池边,水色沙光,更相映成趣。近代旅行诗人易君左就有诗说:"欲觅桃源世外家,汉唐胜迹此繁华;月牙池畔寻芳草,刮得敦煌五色沙。"前人黄万春正是置身眼前沙泉胜景,题写此联悬于泉边阁台。

所谓"天传逸响",是对"鸣沙"的另一番注解,风吹沙鸣,恍如丝竹管弦之声,雅乐怡人,这般场景,多像是莫高窟壁画中的飞天舞乐,月宫旖旎,仙境婆娑,烟霞点染,泉石空灵,人游到此,耳目一新,必然疑为仙境。

以前曾有一联也说这绚烂色彩:"自有半轮新的皪;天然一块大琉璃。""的皪(lì)",光亮鲜明之意。汉代司马相如《上林赋》有"明月珠子,的皪江靡"之句,用来形容月牙泉这一泓清碧,再合适不过。而说这眼泉是"一块大琉璃",则是置身山巅,俯视大漠,油然生发之感。那泉水,不正是一块翠绿的琉璃,镶嵌在柔软广袤的丝绸之上吗?

物华

典籍里的中国
名联新说

天险化康衢

天险化康衢,直如海市楼中,现不住法;

河壖开画本,安得云梯天外,作如是观。

——清·梁章钜撰 (见《楹联丛话》)

【小识】

镇远浮桥,黄河兰州段古已有之,将木船连接,铺以木板,以木桥供人通行。清末去浮桥,改建铁桥,即后来赫赫有名、被誉为"黄河第一桥"的兰州中山桥。

梁章钜,清福州人,晚清名臣。然为人乐道的是,他勤于笔耕,一生著述八十余种,好友林则徐称赞说,在当时他们那个"朋友圈"里"无出其右"。在这些著述中,他因一部写成于道光年间的《楹联丛话》,被推为是楹联学的开山之祖。成书前的道光十五年(1835年),梁章钜奉任甘肃布政使大半年时间,其间主要就生活在兰州。

镇远浮桥虽远不及后来的铁桥,然在当时,铁索连环,惊涛拍岸,亦颇为壮观。倚仗黄河天险,可直达金关紫塞,架设起通往西域门户的康衢。海市蜃楼,不过如此。而兰州金城,"固若金汤"之名,亦不虚传。河壖,即河滨岸下水草丰茂之处,当时乃至今日,都系兰州城中风景绝佳处。夹岸林荫,遥映北山白塔,远眺万里丝路,近听阵阵驼铃,这是梁章钜眼中的天然画本,为宦游之人留下了美好印象。

河瀆神爲合橋之祀千夫踴躍萬民環觀如畫圖然余擬題橋門一聯云天險化康衢直如海市樓中現不住法河塲開盡本安得雲梯關外作如是觀雲梯關爲淮黃歸海之要區由委游源幾及萬里余曾筦修防者三載臨流回憶夷險頗殊矣河神廟中有查九峰觀察廷華聯曰曾經滄海千臂浪又上黃河一道橋亦自紀其所歷也羅浮山最深處爲酥醪觀是安期生與神女會飲元碧酒處觀中有樓是道人江瀛濤所建黃香石培芳云羅浮山中勦精構惟酥醪觀中一小樓殊擅幽勝余題浮山小志

又是一年春草绿

又是一年春草绿；依然十里杏花红。

——清·佚名撰 （见《中国春联集解》）

【小识】

立春，是二十四节气之首，标志着一元复始，万象更新。"一年之计在于春"，古人对这个节日十分重视，岁首习俗一度替代了春节。在这一天，"迎春""探春""鞭春""打春"，乃至"吃春""咬春"，都很有意义，而"春帖""春词"则是文人们这天的"迎春贺卡"。

南朝《荆楚岁时记》记载："立春之日，悉剪彩为燕以裁之，帖宜春二字。""宜春"是早期春帖最流行的祝词，但风雅的文士总喜欢发挥，大约唐代起，春帖题诗已十分普遍。在敦煌藏经洞，曾发现一张誊录春帖的唐人写经，"宝鸡能僻（辟）恶，瑞燕解呈祥。立春（著）户上，富贵子孙昌……书门左右，吾傥康哉。"不仅押韵，还两两对仗，尤其"书门左右"的习俗，还是我国春联的雏形。

明清以来，春帖则多似春联。明人《汀州府志》说，"春帖，大夫之家俱用五色笺书联句"，颜色比春联丰富，是应和了春天的色彩。而像"又是一年春草绿；依然十里杏花红"，"芳草春回依旧绿；梅花时到自然香""雨洗杏花红欲滴；日烘杨柳绿浮初"这些句子，最常被写。

"柳条漏泄传春早；梅萼芳菲得气先"，不少春帖都喜以梅、柳落笔，花草十分应景，笔触更春光盈盈。

卖花人去路还香

沽酒客来风亦醉；卖花人去路还香。

——清·佚名撰 （见《古今滑稽诗话联集》）

【小识】

古时酒店，门前皆有帖挂，其中不少佳句，可做广告看。

如这副"沽酒客来风亦醉；卖花人去路还香。"一幅"村藏沽酒路，巷有卖花人"的动人街景。因为陆游有诗"小楼一夜听春雨，深巷明朝卖杏花"，这又是清明时节的佳作，自然让人想起"借问酒家何处有？牧童遥指杏花村。"杏花佐酒，就成了酒家门联的不二素材，醉人的自不是酒，而是这杏花和诗情。这样的"广告语"，比起"美味佳肴，欢迎光临"来，自然含蓄生动。

民国上海滩有"小有天"菜馆，门口有联："道道非常道；天天小有天"，你说它是吃饭的情景也好，是人生的感悟也行，乃至儒释道的禅机妙语，机巧中反复揣摩，意味更比酒浓。

天天光临，小酒店也时常遇到一些赊账之人。这不，湖南清泉某饭店挂出一联："富似石崇，不带半文休请客；辩如季子，说通六国不容赊"，石崇是西晋巨富，季子即凭借三寸不烂之舌"合纵六国"的苏秦。即便你富比石崇，也不能请客不带钱，纵然你舌如苏秦，也不要为赊账找理由。可见店家受此之累，本小利薄却遇到"嘴尖皮厚"的"打白条"，挂出这样的对联，也是无奈之举。

系住流莺啼早树

无杨柳不成春,看此间带雨含烟,系住流莺啼早树;
是湖山真可乐,又何处扁舟明月,载将斗酒访诗人。

——王清海撰 (见《甘肃对联集成》)

【小识】

今日是农历"冬九九"最后一天,"数九寒天"至此终结,到了河融地暖、柳吐新芽的时候。

看到河岸上一抹绿色,让人想起近代王清海为兰州小西湖题写的一副亭联:"无杨柳不成春,看此间带雨含烟,系住流莺啼早树;是湖山真可乐,又何处扁舟明月,载将斗酒访诗人。"一幅春意盎然的画卷,尤喜结句"系住"二字,点题生动。早春时候,真是"无杨柳不成春",凭借着二月春风,"万条垂下绿丝绦",这柳,是为春而生。

所以古人写春柳的,也出奇的多,像什么阳关柳、灞桥柳、章台柳、左公柳、陶令柳……总有说不完的故事。书家谢无量有一联:"远山风露里;尘客兰柳中。"对于那些风尘仆仆的人来说,自打一句"此夜曲中闻折柳"后,柳,就又成了送别、思念的代词。而无论你是渭城朝雨里的"客舍青青柳色新",还是"年年柳色,灞陵伤别"的无限感触,对年复一年,"依旧烟笼十里堤"的柳来说,起不起"故园情",度不度"玉门关",说到底"关卿底事"?

柳还是柳,只不过,遇了个多情的"卿"。

与君出钓寒江

为爱烟霞,共尔远寻方药;
能耽风雨,与君出钓寒江。

——清·钟云舫撰 (见《振振堂联稿》)

【小识】

清末某年,四川江津人钟云舫写下此联,联语文辞典雅,像是为山中隐士而题,其实,是在写一个普通的茅草斗笠。

现在见到斗笠不太容易,多数人对斗笠的印象,是文学作品里"竹杖芒鞋轻胜马""一蓑烟雨任平生",是影视作品里的"青箬笠,绿蓑衣,斜风细雨不须归"。这副写斗笠的联,上联是李时珍、徐霞客这样,戴着斗笠,远赴深山寻访的高人,下联是姜子牙、严子陵这般,"独钓寒江雪"的"孤舟蓑笠翁"。钟云舫以两个与斗笠相关的情境,将人带入画面,也像是一则以斗笠为底的谜语。

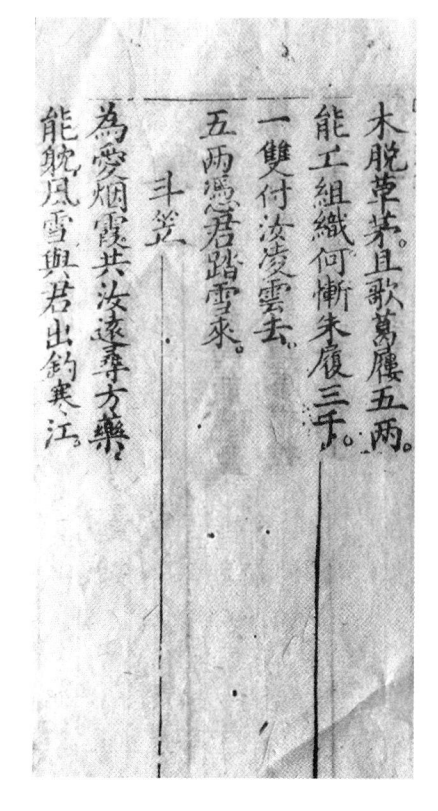

把寻常物件，写出高雅之意。他在这方面还比较擅长，例如"骡马行"这样难写的题目，他也能写出："万里风云，仗我骅骝开道路；一鞭雨雪，看他龙马显精神。"分别取自唐诗"骅骝开道路，雕鹗离风尘"和"四朝忧国鬓如丝，龙马精神海鹤姿"，都是就本物来说，但吐属高雅，不失其理趣。

西北地区，很多农家喜欢晾晒挂面，清末陇西贡生冯鉴堂为此题一联："一阵和风，不辨丝垂杨柳岸；几番春雨，宛如帘挂杏花天"，把乱风吹散的挂面，写得如此有诗意，还未入食，已然齿颊生香。

蓄一池水，窥天地盈虚

养数种花，探春秋消息；蓄一池水，窥天地盈虚。

——佚名撰 （见《古今名人联话》）

【小识】

明人养生名著《遵生八笺》中写有："孟夏之日，天地始交，万物并秀。"由春入夏之时，万物峥嵘竞秀，更能体会出天地之间的勃勃生机。一花一草，采芳撷菲，含苞带露，都是自然生长的讯息传递者，即便是一池静谧的碧水，也能在寒暖变化、水汽凝结、光影沉浮中感受到自然的微妙气息。所以这副联，是一副春夏之际自然表征的"气象书"。

然而作者的心思不止于此。通过莳花弄草，可知花木枯荣、春秋交替的自然规律，花木如此，万物也是如此。古人对"消息"一词的理解，本就是此消彼长，周而复始。《周易》说："日中则昃，月盈则食，天地盈虚，与时消息，而况于人乎？"春争日，夏争时，禹寸陶分，凡事掌握时机，顺应规律，顺时而为，平淡事物里，处处蕴藏着无穷智慧。

在大自然面前，人类绝对要谦卑俯首，在观察体悟中，不断求知认知。明代大学者李开先曾有一联："水阔心田润；山空眼界宽。"这是他与自然交流后的心得，开阔的山水，以其滋润、包容的美德令李开先动容，"山不言自高，水不言自深"。

如何眼底辨秋毫

不是胸中存灼见；如何眼底辨秋毫。

——佚名撰 （见《对联标语格言汇编》）

【小识】

近代以来，眼镜行业逐渐流行，有好事者为此题一门联："不是胸中存灼见；如何眼底辨秋毫。"意在说明配镜之后的清晰观感，却在字里行间透露出些许哲理。

人世繁杂，不易看清，更何况明察秋毫。《尚书》中以"灼见"一词，来发现有"俊心"之贤才，可见真知灼见谈何容易。古人说，"平素具有灼见真知，临时乃能因材器使。"想要察言观色，明辨秋毫，胸中必须要有清醒的认知，能洞若观火，方得透彻明了。两块镜片，折射着处世之道。

可也有人不这么认为，与眼镜材质相当的一家玻璃店门口则写道："对世事看得透彻；与人群便觉精明。"表面虽说玻璃让隔屏之物看得更加清楚，不禁让人觉得此物"精明"玲珑。实则这"精明"的味道大家都体会得来。有些事不要太过计较，有时装傻未必不是真聪明。显然，虽都是"透明"的本质，两家店的看法却各不相同。想起郑板桥的一句话，"聪明难，糊涂难，由聪明而转入糊涂更难。"

不由得好奇，倘若两家店彼此为邻，真叫芸芸顾客如何是好？

飘零何憾，风前莫要张扬

舒卷自如，心中原有把握；飘零何憾，风前莫要张扬。

——清·钟云舫撰 （见《振振堂联稿》）

【小识】

秋雨绵绵，伞常在手，不经意间一撑一合，想起一个有趣的故事。

清末时有兄弟两人合租一铺面，哥哥卖伞，弟弟卖酒，兄弟俩请当地一文人题写一副春联，这人得知二人营生后，便写道："问生意如何，打得开，收得拢；看世情怎样，醒的少，醉的多。"上联是说哥哥卖伞，开拢自如，质量不错，以此来说生意收支均衡，还算过得去；下联借说从弟弟这里买酒之人的状态，来隐喻世情，浑浑噩噩的多，清醒独立的则少之又少。

作者的高妙，在于抓住事物的特点，一开一拢，把伞写活。而基于雨伞自身独特的构造，可做的文章也不少。像这副清末楹联大家钟云舫的对联："舒卷自如，心中原有把握；飘零何憾，风前莫要张扬。"上联说雨伞能开合自如，在于控制伞的中心把手及辐条，而引申为做人之道，即能做到舒卷自如，关键心中要有"把握"，知己知人，才不被外力所把控。反之，遇到狂风四起，最好把伞收住，否则随意"张扬"，很容易落个飘零散乱的下场。"风前莫要张扬"，既是说伞，更是说人。

最近，不少所谓流量明星因畸形的"饭圈文化"等最终"凉凉"。他们何尝不是一把把被人撑起的花伞，风前只顾"张扬"，而心中忘了"把握"。

事有备而无患，门虽设而常关

事有备而无患；门虽设而常关。

——清·孙春洲撰 （见《楹联三话》）

【小识】

11月9日，中国消防宣传日。古时其实也有消防机构，称为"水仓"，顾名思义，储水以为防备也。清人梁章钜《浪迹丛谈》写道，设在扬州的水仓，就有"水缸百十只，满贮以水，复置水桶百十只，兼设水龙一二具……每遇火起，汲桶可以应集"，这样的储备，在当时也是比较庞大了。就在扬州水仓门口，某年春节，地方官孙春洲为此写了一副春联："事有备而无患；门虽设而常关"，水仓大小水缸、水桶，当然是有备无患，以防万一，而谁都不愿这里经常接到"火警电话"，宁肯常常"关门大吉"。联想其消防功用，一看便知精妙。"门虽设而常关"本是陶渊明《归去来兮辞》中的成句，搬到这里，用其表意，可谓别出心裁。

在对联史上，这样移花接木的佳作还有不少。如民国某人题农业学校联："休薄农圃而不学；始知稼穑之艰难"，以知稼穑艰难而鼓励从事农业，切人切事。再比如，解放初期，有农户自题春联："春冰溶于水；耕者有其田"，下联直接取古人成句，而放在土地改革的年代背景下，既新且妙。再像联家王自成解放初写给某印刷厂的对联："刷掉一穷二白；印成万紫千红"，也是移用成语，看似写日常劳作，却赋予时代新意，是剪裁之妙手也。

真根堪细嚼；肉食鄙无谋

真根堪细嚼；肉食鄙无谋。

——清·冯恕撰 （见《析津联话》）

【小识】

食有荤素，只是世人多好荤腥，酒席宴请自不可少，若偶尔全以素食，反倒觉得新鲜。这就有了专门经营素食的素菜馆。在天津，有一家自清末便开张的老字号素菜馆"真素楼"，取《世说新语》中"亦缘其性真素"之句而得名，意思是以朴素之餐，品出真性情。

真素楼中名家字画不少，其中联句，便都就这个"素"字来做文章。如著名教育家严修题联："是谁能知真味；到此莫忘素餐。"《诗经》说"彼君子兮，不素餐兮"，是指无功受禄，谓之"素餐"。严修借此劝勉前来就餐的客人，吃归吃，可不能饱食终日，而无所用心。他在上联还不忘反问，一顿素餐吃罢，可知其中真味？

一旁清人冯恕的对联正好呼应："真根堪细嚼；肉食鄙无谋。"素菜不食肉，作者就借题发挥，引用《左传·曹刿论战》中的"肉食者鄙，未能远谋"，以提醒世人不做养尊处优而无深谋远虑之人。上联堪细细咀嚼的，正是严修联中的"真味"所在，即素菜中所蕴含的朴素本真，即便一个菜根，质朴无华，亦有嚼头。如真素楼中另一联所说："真甘腴见真德性；素晨夕有素心人。"陶渊明说："闻多素心人，乐与数晨夕。"他最喜和素心人相交，是因平淡中难得有真味。

蜘蛛虽巧不如蚕

鹦鹉能言难似凤；

蜘蛛虽巧不如蚕。

——宋·王禹偁等撰 （见《宋名臣言行录》）

【小识】

宋初诗人王禹偁，有才子誉。七八岁时，已能为文。某日，有一太守席上出句："鹦鹉能言难似凤"，座中高朋一时都难以应对，少年王禹偁则走上前，提笔写下"蜘蛛虽巧不如蚕"。出句之意已妙，对句之意更佳。其智思之巧，对仗之工，令众人惊服，太守也立即转变态度，为其"加以衣冠而呼为小友"。

成年步入仕途，王禹偁才气中更多了几分"直名"。宋太宗赵匡胤闻其名，召见后予以提拔，还赏赐他一套漂亮的官服，谁知没几天，王禹偁便向皇帝敬献了一篇《端拱箴》，讽刺自己在宫中所见的帝王奢靡之风。他说"御服煌煌，有采有章，一袭之费，百家衣裳"，皇帝一件华服，就是贫民百衣造价；又说"御膳郁郁，有粱有肉，一食之用，千人口腹"，皇帝一顿御膳，抵得上贫民千人口粮；他还说"勿谓礼财经费不节，须知府库聚民膏血；勿谓强兵征伐不忠，须知干戈害民稼穑"，好心规劝皇帝知节俭，恤民艰。但这样"不识时务"的做法，必然引来不快。后来，皇帝因他屡屡进谏，就找借口将他从京官发配地方。王禹俩刚硬不屈，每遇不平事，又继续讽谏，最终，被连贬三次。

三受贬谪后，他又写下名篇《三黜赋》，其中如"屈于身兮不屈其道，任百谪而何亏；吾当守正直兮佩仁义，期终身以行之"，百折不挠，大笔煌煌。苏轼赞其"以雄风直道，独立当世"，这样的"直言"凤毛麟角，的确非"巧言令色"之鹦鹉们所能及。

指点汉阳红树,流水依然

花事年年,为问岭表白云,寒梅开未;
车尘历历,指点汉阳红树,流水依然。

——佚名撰 (见《对联通》)

【小识】

粤汉铁路是原京广铁路南段广州至武汉的一条铁路,始建于1906年,至1936年首次通车时,有人题写此联悬于车头以示庆祝。

铁路穿行于粤、汉之间,而从"岭表"二字可知,上联是一列从武汉发往广州的列车。广东自古为岭南,岭表便是五岭以南地区。在五岭之中,位于粤赣交界的大庾岭,时见高耸入云之峰,自古就以盛开梅花而闻名,陈毅同志著名的《梅岭三章》即于此诞生。因岭南历来为文人谪贬之地,故历代途经此处的文人,如唐代的"十月先开岭上梅",宋人的"高情已逐晓云空",都不忘说两句这岭上梅花。作者见粤汉铁路通车,于是设想,这一路南去的火车,是否能为留在武汉的亲友带来寒梅竞放的消息?这是含蓄地表达对旅途之人的牵挂。而侧面也告知,火车通车之日,恰在十月岭梅绽放之时。

下联与之相反,是一列由南北上的火车。这一路铁轮飞转,风尘仆仆,列车由武汉出发到达广州,此时又要返回武汉,车尘历历,只见车窗内,旅客们指点周遭,谈笑风生,来回千里,不过数日光阴,眼前景物还是"晴川历历汉阳树",依然"唯见长江天际流",作者巧妙地撷取这一车站镜头,来暗示火车通车后带来的便捷,是对新生事物乐观豁达的包容。一来一往,移情于景,以旧而赋新。

多少文章出劫灰

从来经史归熔铸；
多少文章出劫灰。

——清·王龙文撰　（见《联话丛编》）

【小识】

古代文明皆由字纸传递，故古人惜字如金，即便废弃的稿纸，也不随意丢弃，收集起来，专门焚毁处理，为此，便有了专用的惜字炉、焚字塔等。旧时县城学校、街道，以致一些村子都可见到，如陕西韩城党家村，一个村子里至今还留有三个惜字炉，时刻不忘告诫后人，"读书当因敬字而惜字"。

福州城内曾有多个惜字炉，其中两处刻有对联，一副是"敬先贤先圣；焚一字一功"，即说中华文脉得以传承，正在于前贤们一字一句上的良苦用心，每一个汉字，背后的付出都功不可没。而另一副联是："能知付丙者；便是识丁人"，这是用了五行的说法，"付丙"即付之一炬，意思是能在这里焚烧字纸的人，必不是目不识丁之徒。传说北宋连中三元的状元王曾，其父特别崇敬字纸，看见落入污秽中的纸片，也捡起来洗净、晒干、再烧掉。民间传说正是其父这样的善德，才有了王曾的状元夺魁。虽这说法未敢苟同，但其父"敬字惜纸"的家风，必然对儿子成才有润物无声之效。

味到芩连不取甘

性存姜桂何妨辣；

味到芩连不取甘。

——清·佚名撰　（见《新镌万事联珠》）

【小识】

清代某医师曾自题一联于书斋："性存姜桂何妨辣；味到芩连不取甘"，读者须从其药理出发，细细品味。

"姜桂"即生姜与桂皮，既是调料，也是中药，味道辛辣，但解表益气，存性善良。南朝刘勰《文心雕龙》中有"夫姜桂同地，辛在本性"之句，古人常以"姜桂"并称，喻人之性格刚直而心地纯正。"芩连"也是中药，即黄芩、连翘，或黄连，至今仍有"芩连汤"的方子，就以这三味药为基础，可清热解毒，消肿止痛。众所周知，黄连等药味甚苦，可"良药苦口利于病"，所以这位医师自比为芩连，只求有功于世，而不以表面讨好人的"甘甜"去丧失本真。其名士之风，从这几味药中可见一斑。

中药名称很多，自古就有人喜欢以其药名来做文章、做对子，尤其贴在药铺门口，既切又妙。如旧时兰州城南某家药店所书："神州到处有亲人，不论生地熟地；春风来时尽著花，但闻藿香木香"，巧用字面之意，瞬间与顾客拉近距离。再如另一药店联："桃仁杏仁柏子仁，仁心济世；天仙凤仙威灵仙，仙方救人",悬壶济世,仁心于巧中可见。

笔者曾收藏一前人手稿残片,上有一副药名联:"槟榔牵牛耕常山,加紧后方生产;将军大荔锄草寇,安定国内民心",联中槟榔、牵牛、常山、将军、大荔、草寇都是药名,从文字可知,这应是写于抗战时期,作者以此巧思用来激励人民,可谓仁医大爱。

愿斯民卖剑买牛

坐对青山,与此地挟琴舞鹤;堂开绿野,愿斯民卖剑买牛。

——清·雷时夏撰 (见《廉政楹联》)

【小识】

清人雷时夏担任某地知府时,为安定地方,鼓励休养生息,发展生产,曾在衙门口自题一联:"坐对青山,与此地挟琴舞鹤;堂开绿野,愿斯民卖剑买牛。""挟琴舞鹤"的悠然自得,是希冀地方安定无事,这是理想状态,为官一任,千头万绪,能有多少闲情真正去坐对青山。

《汉书》里有个故事,说一地民风浮躁,人好斗而不擅劳作,一位贤吏到任后,便推行新政,移风易俗,不少人则卖掉象征斗讼的刀剑,买回耕田用的牛马,从此大家安心务农,从事生产。后来就用"卖剑买牛"形容百姓安心劳作,勤于耕耘。下联引用此典,旨在鼓励民风淳厚,也在鞭策自己及同仁,将此民风淳厚的愿景早日落成。

白居易有诗:"绿野堂开占物华,路人指道令公家。"后来以堂开绿野之象比喻政治清明。清代某人到江宁为官时,看衙门里有个花厅,便借题发挥,撰下一联:"看堂前春绿苔青,无非生意;听树上鸦喧鹊噪,恐有冤情。""无非生意"说的是花厅草木,实则是民生景象,至于下联,则是对官员们的警醒,想要花明鸟静,还须吏治有为。一切风清气正,均在堂中这般人自己努力。

清到梅花不畏寒

淡如秋菊何妨瘦；清到梅花不畏寒。

——清·姚步瀛撰 （见《对联话》）

【小识】

秋菊，冬梅，凌寒不惧，自古为人所尚。宋代诗人陆游曾说："菊花如端人，独立凌冰霜……高情守幽贞，大节凛介刚。"将菊花比作性情淡薄的坚贞之士，人淡如菊，瘦又何妨。常与菊花并称的梅花，陆游同样以"凌厉冰霜节愈坚，人间乃有此癯仙"来歌颂其清新自然、耐寒坚韧的品性。"淡如秋菊，清到梅花"，以此激励自身清正廉洁，不畏严寒，这是清同治年间，一个县官姚步瀛的自喻。

姚步瀛为人正派，他到湖南慈利做县官后，体恤民情，鼓励生产，兴办教育，纯正风俗，经过两年治理，慈利四野一派生机，当地百姓很是感激。某次，有十几个乡民带着一筐土产来县衙道谢，他委婉拒绝，一行人临走时，看见衙门过厅挂着一副对联："百里才疏勤补拙；一官俸薄俭养廉。"这是他的为官之道，克己奉公，俭以养廉。

再某次，乡民们又去衙门找他，只见他在后院菜地里低头干活，一个乡亲说寒冬将至，而他粗布衣裳，还有补丁，劝他要添置些好衣物，他笑指墙角花木说，这正是"淡如秋菊何妨瘦，清到梅花不畏寒"啊！为官几年，姚步瀛始终如一，后人见他常以对联明志，还称他为"对联廉吏"，可谓一段佳话。

喻利常存喻义心

经营暂施经纶手;喻利常存喻义心。

——清·佚名撰 (见《新镌万事联珠》)

【小识】

这是古代一副通用的生意联。市场中能施以经纶之手,是说其善于经营,谋求利益的同时,若还能心存仁义,就更为难得。

司马迁作《货殖列传》,将协助勾践灭吴的范蠡列为古代富商榜首,也是肯定其"富好行其德",位居第二位的是孔门学生子贡,他也是最早的"儒商",他和范蠡等历来受到标榜,是因其讲信重义,能以商道来施行仁道。司马迁在这篇文章中还写过一句关于经商的名言,即是"天下熙熙,皆为利来;天下攘攘,皆为利往。"谋求利益,是商业的根本属性,本无可厚非,做生意的人,都盼个"财源似水千波起;生意如春万象新"。但往往有人不讲规则,甚至以背信弃义来获取暴利。故而千百年来,我们从一副副商业联中可以看出,人们所期待的,还是公平守信的营商环境,要么"公平不欺三尺子;出入义取四方财",要么"一点公心平似水;十分生意稳如山"。

曾有家药铺春联:"身值千金,求药何须问价;心同一体,活人岂可言功。"把救人大义摆在前面,是其医者仁心。1940年春节,广东平远有个杏花村客栈,贴出一联:"当今日寇侵华,诸君共赴征程,哪怕栉风沐雨;值此神州遭劫,我辈同肩重任,更须下榻加餐。"将国家安危与经营行为紧密相连，招徕顾客的方式颇见智慧，大众自然乐于接受。

但有时，也会闹出笑话。比如前些年，就曾有医院、城管队，还有看守所，不加分辨地贴上了"生意兴隆通四海"的对联，教人哭笑不得。

典籍里的中国
名联新说

乡愁

此中有化雨春风

梓里访遗踪，看空庭草碧，
荒冢花殷，何处是唐封宋赞；
杏坛亲教泽，听渭水莺啼，
陇山鸟语，此中有化雨春风。

——清·吴可读撰　（见《携雪堂对联》）

【小识】

《史记·孔子世家》记载："孔子以诗书礼乐教，弟子盖三千焉，身通六艺者七十有二人。"即人尽皆知的孔门弟子三千、贤者七十二人。但鲜为人知的是，这七十二人中，还有三个远在西陲的甘肃人：石作蜀、秦祖、壤驷赤。

这三人都是天水甘谷、秦州人氏，即便今天，网络地图显示，从天水到山东曲阜，1200公里，马不停蹄地自驾也要14小时20分钟，很难想象，在2000多年前的秦国，在当时那样的经济和交通条件下，这三人是克服了多大的艰难，不远万里去尼山负笈求学，而且学有所成，位列儒家文化最荣光的"贤达录"。单是这种精神，就令人钦佩不已。所以千百年来，陇中人士有感于斯，皆以其为治学榜样。清同治年间，石作蜀乡人吴可读拜谒石子墓，见2000年后荒坟野草，题写了这副联语。

因后世对孔子的尊崇，唐代封孔子为"至圣先师"，其杰出弟子皆封为"伯",石作蜀便为石邑伯,宋真宗时又晋封为成纪侯,上联"唐封宋赞"就来于此。孟子说,好的教育"有如时雨化之者",如沐春风,潜移默化。吴可读以联语感慨世事无常,"唐封宋赞"不过虚荣,而自从三人学成归里后,"休言秦俗悍,自邹鲁三千而外,此间大有传人",陇上文风则由此开化,这才是润物无声之"化雨",渭水、陇山所闻所见之"莺啼""鸟语",其鸟声乎?其读书声矣。

知足知不足
有为有弗为
时风同去嘱

冰
一九八九·十

知足知不足；有为有弗为

知足知不足；有为有弗为。

——清·谢銮恩撰 （见《再谈我家的对联》）

【小识】

作家冰心，原名谢婉莹，出生在福州一个书香门第。祖父谢銮恩，清末举人，闽南名流，曾是萨镇冰等人的老师。冰心从小就被家中悬挂的字画所吸引，她记得"在书房、客厅、堂屋的墙壁上，都挂有许多对联"，在福州老宅，祖父谢銮恩的书桌旁，一副对联是他的座右铭："知足知不足；有为有弗为。"

几个简单的重字，却说出了不简单的道理，令少年冰心印象深刻。她在散文《我家的对联》中说，"这是一对自勉的句子，就充分地描绘出我的祖父的恬淡而清高的性格。"意犹未尽，她又写了篇《再谈我家的对联》，回忆起当初祖父为她讲解对联的情形，"有的东西，比如衣、食、住吧，虽然简陋素朴一些，也应当'知足'；而对于追求知识学问和修身养性上，就常常应当'知不足'。对于应当做的有益于世道人心的事，就应当勇往直前地去做；而那些违背道义的事，就应当坚决不做。"冰心说这两句话自带"骨气"，她常常写下赠人。

祖父曾对冰心说："你是我们谢家第一个正式上学读书的女孩子，一定要好好地读！"谢銮恩泉下有知，或能欣慰，就是他题留家中的这些寻常字句，潜移默化中，已为这个小孙女播下了读书的种子。长大后的冰心每每想起这些句子，总是感慨"文好，字也好，看了是个享受。"

万家烟火总关心

四面云山都入眼；万家烟火总关心。

——清·黄兆枚撰　（见《湖南对联大典》）

【小识】

天心阁是长沙第一名胜，在长沙东南城堞之上，与岳麓山相对峙，从旧城墙拾级而上，登高远眺，可一览星城街衢。清代长沙进士黄兆枚题天心阁此联，即是以一个登楼远眺者的视角来吟咏古阁。

"四面云山都入眼"是眼前景，"万家烟火总关心"则是由景及情。离长沙不远，湘中名胜岳阳楼有着一副类似的名联："四面湖山归眼底；万家忧乐到心头"，上联如出一辙，岳阳楼的下联，重在范仲淹的"忧乐"上做文章，是登楼远眺之后，面对"衔远山，吞长江，浩浩汤汤，横无际涯"之胜状，自然萌生的江湖进退之心。而天心阁不一样，尤其傍晚登楼，万家灯火，城边炊烟瓦舍鳞次栉比，更多的是湘人湘菜的"烟火味"。旧时城楼兼有城防作用，作为长沙一隅门户，此联笔下的乡情更为浓烈，像是天心阁另一联所说："身登高阁三千丈；心系长沙百万家。"

因此，同样是湘中名楼，"忧乐"与"烟火"，可以说把岳阳楼和天心阁的"精神"区分得恰到好处。天心阁更是市井之楼，而楼上那有名的技巧之对："天心阁，阁落鸽，鸽飞阁不飞；水陆洲，洲泊舟，舟流洲不流。"谐音谐趣，正是长沙人的生活气息。

阳关酬唱故人多

云树望秦中,灞岸别离乡梦远;星轺来陇右,阳关酬唱故人多。

——清·李联芳撰 (见《甘肃对联集成》)

【小识】

旧时兰州街头,会馆林立,几乎各省都有驻扎,来往人流就少不了拿各个会馆门口的对联品评一番。因为一地一联,多彰显人文地理,既可作风物观,也可一较各省旅甘之人的才思文笔。

像是浙江会馆门联:"南国集英贤,接翼龙门看并上;西山延爽气,举头鹫岭又飞来。"全然一副"谁不说俺家乡好"的语气。广东会馆联也少不了闽南味道,但注意到与兰州特色糅合:"宾馆重开,喜一时冠盖往来,共唱关前杨柳;乡园远隔,看万里云山迢递,应思岭上梅花。"落笔关前杨柳、岭上梅花,化用典故,极富诗意,让人于门前不禁生发出一段思乡之情。

其实以前的会馆,商业作用仅是其一,能够联谊乡党,为异乡人提供一处港湾,才是主要价值。像这副陕西会馆联:"云树望秦中,灞岸别离乡梦远;星轺来陇右,阳关酬唱故人多。"化用灞桥折柳、依依送别的典故,来说旅客境遇,紧接着又不忘勉励,"既来之,则安之",扎根陇右,也可作第二故乡,作者再将"西出阳关无故人"之诗反其意而用之,来强调人在异乡的归属感,可谓高明。

问金尊把处,忆否西湖

一阕荔支香,听玉笛吹来,遍传南海;
双声杨柳曲,问金尊把处,忆否西湖。

——清·梁绍壬撰 (见《楹联新话》)

【小识】

梁绍壬为清代名士,因一部《两般秋雨庵随笔》而闻名。他是杭州人,曾为建在广东的武林会馆戏台题写此联。

武林,为杭州旧称。既是戏台,所以联中"一阕""玉笛""双声""杨柳曲",皆与乐曲相关,这是突出戏台这个主题。然而曲中另有深意。"荔支香"和"杨柳曲"都是曲牌名,不仅做到天然工对,梁绍壬还分别以这两个诗文中的代表物象,来点明广东、杭州两地。

上联说广东,从"荔支香",到"遍传南海",这是化用苏诗"日啖荔枝三百颗,不辞长作岭南人"之意,当时东坡流放惠州,是不少人眼中的蛮荒之地,但乐观的他随遇而安,仍有诗心去赞美岭南风物。梁绍壬这里既将会馆中人,以东坡一类的名士自喻,也是希冀来粤游子,玉笛声中,放下羁绊,何妨他乡作故乡。

下联杨柳依依,瞬间将人带到了暖风熏人的西子湖畔,座中人沉浸于会馆景致,金樽把盏时,可曾忆起那夹岸杨柳,三潭明月？最后这一问，又将人的乡愁唤醒，毕竟还是宦游人，在故乡会馆，发此感慨，也能理解。

此联妙在以两阕曲牌铺陈，文辞雅切，抒情自然，牵人心肠。

想当年叱咤风云,纵横欧亚

勋业满乾坤,想当年叱咤风云,纵横欧亚;
寇氛连华夏,看此日仓皇戎马,凭吊英雄。

——邓宝珊撰 (见《甘肃对联集成》)

【小识】

1227年8月25日,一代天骄成吉思汗在六盘山下的甘肃清水病逝。

"七七事变"后,日寇企图"欲征服中国,必先征服满蒙",并欲控制位于鄂尔多斯草原的成吉思汗陵,以此来要挟蒙古各界。1939年初,为防范日寇侵略,安葬了数百年的成陵无奈西迁。一路从内蒙古到陕甘,沿途均隆重致祭。6月21日,灵柩抵达延安,边区政府特搭设灵堂祭奠,毛泽东等献了花圈,毛泽东还亲笔题写"成吉思汗纪念堂",两侧标语写明了隆重祭祀的一个重要原因:"继承成吉思汗精神,坚持抗战到底!"

同年7月,成陵抵达兰州榆中兴隆山,在高山密林中,确立暂安之所,一停就是十年。灵柩安放时,时任致祭官的邓宝珊将军敬献一联:"勋业满乾坤,想当年叱咤风云,纵横欧亚;寇氛连华夏,看此日仓皇戎马,凭吊英雄。"由赞颂成吉思汗联想起抗日救国,凭吊英雄,更是触景生情。

在众多祭祀文字中,于右任一首《天净沙》小令十分出彩:

"兴隆山畔高歌,曾瞻无敌金戈。遗诏焚香读过,大王问我:几时收复山河?"想想成吉思汗,问起前来祭祀的子孙,"几时收复山河?"身处国难当年,是种怎样的心情。简单一个问句,却在怀古中隐喻现实,不愧被毛泽东誉为神来之笔,其高妙在于共鸣人心,各民族发自心底的爱国之心。这也是为何在那个特殊年代,祭拜成陵,成为一时风尚。

岳家士卒，戚氏兵车

一场斗智，原凭入手功夫，万里溯南征，
每怀异国河山，联邦将帅；
半着争先，首在同心团结，频年遭外侮，
几见岳家士卒，戚氏兵车。

——谢侠逊撰 （见《康庐联话》）

【小识】

谢侠逊五岁学象棋，三十岁时即斩获全国冠军，1926年更被选为"中国棋王"。抗战后，他用弈棋宣传抗日，曾作为国家特使出访南洋诸国，凭一个棋盘，动员三千余名华侨青年归国抗日，并募集经费数千万元。周恩来称赞他是"爱国象棋家"。

为激发青年斗志，他曾于上海举办棋赛大会，亲撰此联悬于会场。文字本是就下棋来说，但写得伤时感世，上联乃是动员国际反法西斯战线齐心协力，下联则号召国人团结一心，像那勇猛的岳家军、戚家军，为国斗争。

在南京中央饭店举行的京沪棋赛，他也拟一联："龙蟠虎踞，斯系历代王都，士马战山河，应表现民族精神，祖邦文化；豕突狼奔，莫道频年国耻，兵车光日月，当即见孙吴破敌，卫霍绥边。"就古都之历史，借象棋之兵马，号召国人如当年孙吴联军抗曹、卫青霍去病抵御匈奴，提振精神。

某次，国际反侵略组织在重庆举办棋赛，他又撰一联："殷忧启圣，多难兴邦，弈史耀千秋，欣看举国军民，团结精诚，为自由而战；象可渡河，马无压脚，棋经通四海，愿合全球俊彦，雍容揖让，作君子之争。"会下象棋的人都知，象不过河、马能蹩腿，但为了抗战，"象"不惜渡河，"马"无畏压脚，前仆后继，均富牺牲精神，而此处以小见大，足以鼓动人心。

1987年，百岁棋王谢侠逊于上海逝世。回放过往传奇，他以棋为戈，扬威四海之风范犹为人乐道。

相率中原甲胄，还我河山

忍令上国衣冠，沦于寇盗；
相率中原甲胄，还我河山。

——佚名撰 （见《最新抗战春联选集》）

【小识】

这是抗战时期，张贴在某个缝衣铺的一副春联。衣冠仪礼，自古为华夏文明的象征。《周易》说，"黄帝、尧、舜垂衣裳而天下治"。谓华夏乃衣冠上国，礼仪之邦。这便有后来熟知的那句对"华夏"一词的诠释："中国有礼仪之大，故称夏；有服章之美，谓之华"。而自日本侵华，华夏文明屡遭摧残，沦于"盗寇"之手，作为华夏儿女，是可忍孰不可忍。

甲胄为古代作战的基本装备，率起中原甲胄，收复失地，还我河山，既让人想起古代岳飞等忠臣名将的豪情壮志，激发起民族斗志，也是那个时代哪怕一个普通的缝衣铺，哪怕一个普通的中国人发自心底的呐喊。这副联典雅豪迈，催人奋进，虽"小店"亦见大胸襟。

笔者见到此联，是收录于抗战后期编印的《最新抗战春联选集》，其中不少这样以小见大的佳作。如一副雨伞店联："众手同擎，顶天好汉；万人共仰，抗日英雄。"就人们撑伞的动作借题发挥，赞颂为国赴难的抗日英雄。再如这副理发店联："报国献身，增光面目；复仇雪耻，无愧须眉。"国难当前，何分男女，捐躯赴死，众志成城，即便不用修理容貌，依然光照寰宇。那个年代，最好看的"颜面"，是为国献身！

一个个小店，处处是大义凛然的民族气节。

计利当计天下利

计利当计天下利；

求名应求万世名。

——于右任撰 （见《于右任对联书法选》）

【小识】

1879年4月11日，于右任出生于陕西三原。

他的一生颇为传奇，身上的"标签"也实在太多，是国民党元老，是著名诗人，是"当代草圣"，是民族教育家，也是一代报人。当然，他一生最喜的雅号，还是"太平老人"，生平写过最多的字，便是横渠四句中的"为万世开太平"。

一生心系"天下太平"的他，暮年之际，曾书一联："计利当计天下利；求名应求万世名"，以此劝诫当时的台湾当局，晓以"天下""万世"之理。这副联语，如同他那首家喻户晓的《望大陆》一样，充盈着家国情怀。20世纪80年代,廖承志先生曾在致蒋经国的信中引用此联,再度推心置腹,劝小蒋先生要胸怀民族大义。

某次,南洋华侨请于右任为关帝庙题联,他用白话文写成两行:"忠义二字,团结了中华儿女;春秋一书,代表着民族精神。"虽写关公,实则是热情洋溢、鼓舞人心的民族奋进宣言。

1964年11月10日,于右任怀着未竟的民族大义与世长辞,依照他"葬我于高山之上兮,望我大陆"的遗嘱,他被安葬在宝岛最高的八拉卡山,墓园依北风,向故土。台湾联家张维翰就此撰有一联:"西北望神州,万里波涛接瀛海;东南留胜迹,千秋豪杰壮山丘。"

万里波涛接瀛海

西北望神州,万里波涛接瀛海;
东南留胜迹,千秋豪杰壮山丘。

——张维翰撰 （见《于右任纪念专集》）

【小识】

1964年11月10日,于右任在台北病逝。临终前,他写下那几句感动海峡两岸数十年,满载着浓浓乡愁的名作:"葬我于高山之上兮,望我大陆;大陆不可见兮,只有痛哭!葬我于高山之上兮,望我故乡;故乡不可见兮,永不能忘!天苍苍,野茫茫;山之上,国有殇!"

尊崇他"葬我于高山之上"的遗愿,他被安葬在台北城郊的阳明山,海拔八百余米的山顶,相对在台湾已经是很高的一座山峰。墓园中,有台湾楹联大家张维翰题写的墓联:"西北望神州,万里波涛接瀛海;东南留胜迹,千秋豪杰壮山丘。"上联正是从他《望大陆》诗意而来,纵那万里瀛海,隔不断盼望神州的乡情。下联说于右任功勋在世,德业流传,青山葬名士,令此高山亦显壮阔。

香港著名作家梁羽生读过此联后说,"台湾与大陆间隔一水,却一分为二;大陆与台湾朝夕相望,却不能团聚,只有那万里波涛,仿佛是在倾诉着无尽的思念。"梁羽生以为,正是在这样的情境下，一位豪杰敢于吐出"时时望大陆"的心声，"尽管他未能看到回归大陆那一天，但他的遗志宏愿却为这里的山山水水增添了光泽。"此联充满正气，像那首《望大陆》，令每一个炎黄子孙读了，都会心生波澜。

忠义二字，团结了中华儿女

忠义二字，团结了中华儿女；
春秋一书，代表着民族精神。

——于右任撰 （见《关庙楹联大观》）

【小识】

提起三国名将关羽，可谓家喻户晓，一定程度上他更是古代忠勇精神的"化身"，并且后世还喜欢塑造关羽捧读古书《春秋》的形象，是有意将他之忠勇和儒家风范结合起来。如民国时，陇右学者慕寿祺就写过一副题关羽春秋像的对联："下圣贤实学工夫，百战勋名，全以春秋作根底；负英雄过人气概，一生忠义，真为天地立纲常。"日积月累，关羽所代表的忠义精神，也逐渐成为中华民族的传统美德之一。

半个世纪前，台湾屏东关庙请大书法家于右任写副对联，于老提笔直书："忠义二字，团结了中华儿女；春秋一书，代表着民族精神。"千百年来，无论何地，认可"忠义"的人，都有着浓厚的家国大义。故而此联一经题写，就迅速传开，在台湾多地的关庙、于右任家乡华山脚下的关庙、关羽家乡运城的解州关庙，乃至马来西亚等地的海外关庙，如今都挂有这对联，是因为这两行文字直击人心，让无数中华儿女为之共鸣。

某次，针对民进党当局推行"台独"课纲一事，国台办发言人朱凤莲表示,民进党当局大搞"去中国化",以此蒙蔽台湾民众,"作为一名家长,我挺心疼台湾的孩子们"。他们在教科书上"不见《史记》《汉书》,不知三国、南北朝,不知何为台湾光复",朱凤莲还说,"以后他们会不知道宫庙为什么要拜关帝圣君?"这种倒行逆施、数典忘祖的行径,必将为"忠义"所不容。

騎鶴定重來与君縱目窮滄海

湘潭張齡為指南宮撰

詩梅如夏醒書我吧心逐洞庭

于右任

寄我归心过洞庭

骑鹤定重来，与君纵目穷沧海；登楼如更醉，寄我归心过洞庭。

——张龄撰 （见《微芬簃联存》）

【小识】

台北有指南宫，供奉道教神仙吕洞宾。其间悬有一湖南湘潭籍才子张龄题写的联语。民间一直流传着吕洞宾骑鹤洞庭湖、醉饮岳阳楼的神话故事，张龄便把这些细节融入联中。又因此处指南宫，在"沧海"之上的宝岛台湾，故联中说吕洞宾若能骑鹤再来，可邀他一起纵目沧海，同登指南宫，也像当年吕洞宾三醉岳阳楼一样逍遥欲仙。说到这里，满纸是家乡故事，自然勾起这个湖南人的乡思，"寄我归心过洞庭"，乃是借神仙之语，发现实感触。

值得品味的是结尾"穷""寄"二字，穷是尽归眼底之意，寄是百般急迫之心。表面迎合主题，写逍遥神仙，其实全是望乡心切的作者自况。此联曾经于右任书写后刻挂，"寄我归心"亦如其"望我大陆"。

在指南宫一处墙壁上，有人曾以另一个和吕洞宾有关的"黄粱一梦"的故事，写下一句诗："我如借得邯郸枕，不梦封侯梦故乡。"是说我要有能够美梦成真的"邯郸枕"，并不稀罕什么封侯拜将的荣华富贵，只想去看看那让我魂牵梦绕的故乡，哪怕是一顿黄粱饭熟的时间也好，多么想再回故乡去看一眼啊！其思乡之切，让人每每读之潸然。

六街灯火认京华

高处玉楼寒,万国衣冠寻旅梦;
下方金阙夜,六街灯火认京华。

——佚名撰 (见《海外楹联集锦》)

【小识】

马来西亚云顶高原林木苍翠,云雾缭绕,为南亚避暑胜地,其中某华人酒店题有此联。在云顶林中,密布大小酒店数百之众,万国旅客寄居于此,"旅梦乱随蝴蝶散",才知身为异乡人,此时玉楼之"寒",非只是高原的烟云爽气,而是旅人心迹"高处不胜寒"。

旅居之人俯瞰,可见山下城市灯火如星,想起唐人诗句"西域灯轮千影合,东华金阙万重开",这是在描写大唐国都长安的夜景,诗人元好问也曾写过:"袨服华妆着处逢,六街灯火闹儿童。长衫我亦何为者,也在游人笑语中。"说得也正是长安夜。因唐朝长安有六条大街,后来便以"六街灯火"形容都市繁华。眼前此景,勾起游子相思,只好他乡认故乡。亦如委内瑞拉梅园酒楼一联:"梅酒论英雄,借箸纵谈天下事;园庭观景色,登楼顿生国中情。"触景生情,非身离故土不能共鸣。

1991年,晋江许氏宗祠落成,菲律宾华侨许冬桥回国参加庆典,八十八岁的老人写下一联:"甫从故乡来,喜春雨撩人,杏花无恙；今逢枌榆庆，共樽前把盏，海外联欢。"枌榆，即指故乡。当时改革开放初见成效，老人故土重游，欣见祖国气象一新，自觉"春雨撩人"。古人观看杏花时，曾写有"犹喜家山无恙在，明年归看未开时"的句子，许冬桥老人以"杏花无恙"表露家山兴旺之喜，年近九旬，不禁把盏而欢，是为赤子之心。

新程万里驾长车

观瞻气象耀民魂,喜今朝祠宇重开,老柏千寻抬望眼;
收拾山河酬壮志,看此日神州奋起,新程万里驾长车。

——赵朴初撰 (见《岳庙匾联》)

【小识】

1979年,那是一个春天。

破旧焕新之后的杭州西湖柳暗花明,分外妖娆。得知湖滨的岳飞庙修葺一新,老诗人、书法家赵朴初激动不已,提笔为新岳庙写下一副长联:"观瞻气象耀民魂,喜今朝祠宇重开,老柏千寻抬望眼;收拾山河酬壮志,看此日神州奋起,新程万里驾长车。"

岳飞历来被视为民族英雄,振耀民魂,喜闻祠宇重开,是在说岳庙修葺,但又喻以拨乱反正之后,气象一新,赵朴老更以岳庙千年老柏,来暗喻千年故国,喜看柏树挺拔,昂首擎天。而下联"收拾山河",在当年背景下,更是不言而喻。当时神州,壮志满怀,奋起直追,遂不禁让人生发出驾长车奔赴万里新程的感慨。联中"抬望眼""收拾山河""壮志""驾长车"等,皆出自岳飞《满江红》,赵朴老以移花接木之法,将其流畅缀入,使人格外亲切,仿佛岳飞之爱国精神,已化为时代激情,读之无不壮怀。

在 1982 年的春节团拜会上,胡耀邦同志在致辞时说:"今年的团拜会同去年一样,依然是座上清茶依旧。不同的是,我们国家整个形势在继续好转,兴旺发达,显现出国家景象常新。这两句话合起来,就成一副对联:座上清茶依旧;国家景象常新。"一杯清茶,可见务实作风;景象常新,这是改革之况。一股新风,扑面而来,"我们的生活天天向上,我们的前程万丈光芒"。

每逢佳节倍思亲

愿得此身长报国;每逢佳节倍思亲。

——集体创作 (见《迎春征联集萃》)

【小识】

中秋佳节,千里婵娟,许多人都想到那句古诗:"每逢佳节倍思亲。"

1984年,中央电视台联合几家单位举办征联活动,其中一个比赛题目,便是以这句古诗为下联,征集上联。据说应征来稿十几万件,仅是应对这个题目的,至少也有几千人,经评委们最终审定,"愿得此身长报国"被评为一等奖,而同时应对的作者竟有四十余人。

此句来自唐人戴叔伦的七绝《塞上曲·其二》:"汉家旌帜满阴山,不遣胡儿匹马还。愿得此身长报国,何须生入玉门关。"同是塞上悲歌,与"但使龙城飞将在,不教胡马度阴山"异曲同工。佳节思亲,志系于国,也许这份家国情怀,正是四十余位获奖者的心声。这两句集为一联,今天再读,脑际便不由回想起喀喇昆仑高原的卫国戍边将士,陈红军烈士那快要一岁的孩子,应能识月了吧?

海上生明月,竟夕起相思。许多年前的某个中秋,大洋彼岸的悉尼,一个广东人在自家糕点铺贴出这副对联:"五岭南来,珠海最宜明月夜;层楼北望,白云犹是汉时秋。"千顷汪洋,万里长天,隔不断那月下牵挂。

追逝

典籍里的中国
名联新说

夜雨河声上小楼

夕阳山色横危槛；夜雨河声上小楼。

——清·谭嗣同撰 （见《甘肃对联集成》）

【小识】

1865年3月10日，"戊戌六君子"之一的谭嗣同生于湖南浏阳，其父谭继洵清光绪时曾在甘肃为官十二年，故而这位英才也有过一段随父寓居陇上的经历，或者说，中学时的谭嗣同，曾是兰州一个"借读生"。

某年，谭继洵由于自身"勤于任事"，连续受到嘉奖而官居甘肃布政使，在布政使署衙花园，有一临黄河而建的夕佳楼，"登临其上，风景远近可一览无遗"，楼上，谭家父子各题有一联。老爹谭继洵题联是："观稼屡占丰，大可喜风伯清尘，雨师润洒；筹边聊憩节，看不尽黄河入海，白日依山"，作为一方主管民生经济的"常务副省长"，老谭的联语更多是对风调雨顺的祈盼，是对大好河山的赞美，这是身份使然。再看谭公子之联："夕阳山色横危槛；夜雨河声上小楼"，一句漫赏河滨夕照，一句静听夜雨激流，满满的生活情趣。在园中四照厅，谭嗣同也留下一联："人影镜中，被一片花光围住；霜华秋后，看四山岚翠飞来。"《诗联丛话》评曰"此联词句隽秀，兼带奇气"，依旧是公子才情。

孰料八九年后，这公子就血染菜市口，谭老爹也撤职还乡。只剩园中旧阶，映衬下这一段短暂的翩翩少年时。

有时还自梦中来

无翼竟飞天上去；有时还自梦中来。

——慕寿祺撰 （见《求是斋楹联汇存》）

【小识】

"喵"——一声，惊醒了百年前一个旧梦，方辞去甘肃省议会副议长的镇原人慕寿祺再无睡意。

刚刚作了这个和猫有关的梦，并不忘以此为题，写一副对联："无翼竟飞天上去；有时还自梦中来。"他在注脚中说道："余蓄一白猫，爱之甚，一日忽失去，撒泼者久之，杳无踪影，戏作联以吊之。"简单的笔墨，寄思念于一只曾经怀中撒欢的小白猫，尤其落笔一句"有时还自梦中来"，凡是养过萌宠的人，都感同身受。能从梦中来，应是一样痛并温馨。这是典型的咏物之作，让人见到了真情感。

所谓"日有所思，夜有所梦"，情之所至也。近代史学家顾颉刚，在《西北考察日记》中，记下他某次到临洮进行教育考察时，"终日为人写屏联，一日近百件……临洮市上宣纸，其将为予涂尽。"看到这儿，真叫人对当时的临洮人好生羡慕，当然，也看得出当地人对这位名教授的欢迎。不过也难为了他，为满足大家求字的需求，竟写到宣纸脱销！这种"临洮纸贵"的题写，他自然会带到梦中。在日记里，顾颉刚说："是夜，梦得一联：眼底名山皆属我；天中皓月好分君。"白天众星捧月带给他的自豪感，这不，就映衬到了梦里。

今年春胜昔

故宅岁更新，卅载京华怜我老；
今年春胜昔，一堂和气抱孙来。

——清·吴可读撰 （见《吴可读文集》）

【小识】

又到写春联的时候，但现在很少有人能够亲自动笔写一副春联。

由于种种原因，更多的人开始远离古文和毛笔，就算有人想在过年时自己动手，也不知如何落笔，落笔了又怕字不好看。还不如买来的整齐美观，鎏金闪亮。可这种春联，难免千篇一律，泛泛乏味。经常看到一个单元六层楼，有四五家春联基本一样。

但在以前，写春联却极为讲究。不仅自己写，而且每年要写出点意思。如晚清兰州进士吴可读，寓居京城时，每年都会写一副春联，久而久之，将历年放在一起，竟成了他人生轨迹的另一条印痕：刚赴任时，他的春联是"万国衣冠歌露湛；一门桃李觉春多"，文字间一派生机盎然，远大志向；后来混迹官场，性格耿直的他并不得志，感慨之中的春联，就成了"白发渐催人，逐队依然向东院；青春应笑我，奔波几日又南台"。再后来，因敢于谏言，他得罪权贵，遭到"冷落"，一身傲骨的吴可读，用苍劲笔法写下这副春联："故宅岁更新，卅载京华怜我老；今年春胜昔,一堂和气抱孙来。""冯唐易老,李广难封","北漂"三十年仍是个京城"小官"的吴可读,在辞旧迎新之际虽在自嘲,但"春胜昔"的美好希冀,"抱孙来"的小小惊喜,依然能看得出这个西北人的豁达。

在他笔下,真是一年春联,一个味道。

撒手还将月放回

脱身依旧仙归去；撒手还将月放回。

——清·李孚青撰 （见《动人两行字》）

【小识】

正月十六，传为李白诞辰，蜀中至今仍举行"长寿会"以为纪念。

李白出生时，不知那年正月十六的月亮是否要比十五的圆？但他的离去，却被后世附加了许多"难圆之月"。

安徽马鞍山采石矶，有太白楼及捉月台，相传李白在此登矶饮酒，醉后误入江中捉月，不幸溺水而亡。一代诗仙就这般浪漫地离去，引发无数人的诗思遐想。清代李孚青题捉月台联就很有想象："脱身依旧仙归去；撒手还将月放回。"贺知章说李白是"谪仙人"，作者就借此赞颂李白，不言其溺水身亡，而是说"谪仙"本就从神仙中来，终究要到神仙中去，像李白这样的"仙才"，不过是"归位"而已。重归"仙界"的李白，是捉月时登仙，生平写了无数咏月诗的他，怎忍人间少了这一轮明月，不然，和谁"对影成三人"？又和谁"低头思故乡"？已经捉住月亮的李白，"登仙"之际，又撒手将月亮放了回来，这才是诗仙的胸襟和才气。

此联推陈出新，从谪仙翻出归仙，又从捉月翻出放月，竟然顺理成章，一以贯之。"脱身""撒手"两个形象的动作，更是写出了李太白的洒脱无羁，这样的动作，也只配李白能有，不然宋人会感慨："谪仙去后，风月今谁有？"

自有江湖浩淼心

岂无天地浑涵意；自有江湖浩淼心。

——汪青撰 （见《海螺轩诗文存稿》）

【小识】

这副颇有些格言味道的对联，是民国年间，甘肃天水才子汪剑平为自家水井题写的春联。

时局动荡之中，时感"意气消沉"，他常常感慨"世事沧桑……幸有苍茫家国之感"，心底的良知唤起他不甘于沉沦。《宋史·苏轼传》说："其体浑涵光芒，雄视百代，有文章以来，盖亦鲜矣。"汪剑平自然也有这般抱负，他借以给一口水井题写春联，表明自己浩淼不平之志，"坐井"观出一样的"天"。

比起汪剑平的春联，清雍正年间，陇西人陈长复笔下之春则更安逸一些："燕子衔春，问主人今年可好；梅花睡雪，占魁信此处独先。"上联燕子拟人的写法，十足生动，但这一问，也暗藏玄机。"今年可好？"看来去年多半是不如意。但如果换一种语气，也好像在和主人商量，今年可以好。

一副春联十几个字，不同的人就有不同的解读。想到有人路过这两家，或是朋友到访，看看主人家的春联，或许都会驻足一会儿，转发，评论，点个赞。

汉献之朝，恨无医国

汉献之朝，恨无医国；神农而后，赖有传书。

——清·佚名撰 （见《素月楼联语》）

【小识】

古书《国语》中有一段对话，一人问，国家若患疾病，能医治否？一人答曰："上医医国，其次疾人，固医官也"，上等的医生首先考虑的是医治国家，其次才是治病救人，这是从医者的本分。遂有了民间谚语"上医医国，中医医人，下医医病"，所谓医国，是拳拳忧国济世之心。

东汉末年有神医华佗，其为关羽刮骨疗伤等事迹更是被演绎得家喻户晓。在扬州华佗庙曾有一联："汉献之朝，恨无医国；神农而后，赖有传书。"即说汉献帝时期为代表的东汉末年，天下纷争，战火频仍，民不聊生，即便有华佗这般"神医"，也遗恨汉家沉疴，久病难医，这是借华佗之憾，言哀民之忧。下联则转为传说尝百草的神农，赞誉华佗是继神农氏后，岐黄之术的杰出传人。相传华佗曾著有《青囊书》，可惜未能传世，在《三国演义》里，还以华佗被陷囹圄忍痛烧书的情节做了交代。联中"传书"并非实指，乃是传承医学其精神。东汉的灭亡在咎由自取，就像华佗庙另一联所说："汉室有心腹之患，神针难救，岂非天哉"，所以即便忧国忧民的良医，有时忍看"疾在骨髓"，也无可奈何。

间公者必是小人

附公者不皆君子,间公者必是小人,
忧国如家,二百馀年遗直在;
庙堂倚之为长城,草野望之若时雨,
出师未捷,八千里路大星颓。

——清·左宗棠 (见《左宗棠全集》)

【小识】

道光三十年,风雨飘摇的晚清王朝危机四伏,已经无人可用,广西战事又告急,情急之下,为稳定民心、军心,只好起用已经因病回乡、六十六岁的林则徐再度出山。从老家福州走起,一路鞍马劳顿,加之旧病未愈,农历十月十九日这天,他腹泻不止,一代名臣,竟逝于潮州旅次。噩耗传开,对这位一身正气、一心为民的贤臣举国悲痛,来潮州哭灵者,每日数以千计,出师未捷身先死,长使英雄泪满襟!

此前一年,林则徐已感到体力不支,辞官路过湖南,阅人无数的他一眼看出左宗棠与众不同,竟邀请左宗棠在湘江小舟彻夜长谈。谈话中,林则徐结合自己因查办鸦片获罪、曾被发配新疆的见闻,告知左宗棠,新疆战略位置重要,外夷觊觎已久,为国家大义,不可不防。当时林则徐已是一品大员,名满天下,而左宗棠还是个三十七岁仍未出仕的"湘上农人",林则徐却认为左是不凡之才，将今后拱卫西陲的重任托付给这个青年。这是两人生平第一次，也是唯一一次见面。后来，左宗棠不负所望，向西挺进，收复失地，已是人尽皆知，而回首湘江夜话，林则徐真知人善任也。

所以左宗棠毕生感念林则徐知遇之恩，林公逝后，他写下这副挽联。"庙堂倚之为长城，草野望之若时雨"，这是当时朝野黎民的真切感受。至于起笔的"附公者不皆君子，间公者必是小人"，则令满腔正气者无不动容。

在数年前远赴新疆时，林则徐写过一首小诗辞别家人，其中两句正是他一生写照："苟利国家生死以，岂因祸福避趋之。"

一饭尚铭恩

一饭尚铭恩,况保抱提携,只少怀胎十月;
千金难报德,论人情物理,也应泣血三年。

——清·曾国藩撰 (见《养静轩联话》)

【小识】

曾国藩是由乳母带大的,朝夕相处,感情自然深厚。某年,乳母去世,已是封疆大吏的他难抑悲痛,回想起小时和乳母生活的日子,写下这副情真意切的挽联。

"一饭尚铭恩"是引用韩信穷困潦倒时,素不相识的漂母以饭团救济的典故,后来韩信拜将封侯,曾找到漂母,以千金谢其恩,下联"千金难报德"也与此呼应。曾国藩认为,古人一饭之助,尚且如此感恩,更何况乳母对自己保抱提携,从小照顾有加,乌鸦反哺,羊羔跪乳,且不说千金报德,就是按人情物理,自己也应感恩乳母,以古人母丧的规制,戴孝三年,以为怀念。联语见人见事,不同于泛泛之笔,流露真情,读之令人动容。

约百年前,在外奔波的会宁翰林杨思听到父亲去世的噩耗,此时已连丧两位亲人的他,两襟涕泪下,写出一副别样的拖音联:"五人连作孤子——命也!两年叠丧严亲——天乎!"教我看来,那"破折号"哪里是要拖延语气,分明是对命运不屈的抗争。即便百年之后,拂卷而读,仍能感受到老先生声嘶气竭的呐喊。恻恻动人,是因真情在矣。

酣战春云湛碧血

七十二健儿,酣战春云湛碧血;四百兆国子,愁看秋雨湿黄花。

——黄兴撰 (见《民国人物联话》)

【小识】

1911年4月27日的黄昏,辛亥革命先驱黄兴率领一百三十余名敢死队员直扑清廷两广总督署,这是同盟会的第十次武装起义。起义军浴血奋战,终因寡不敌众而败。黄兴负伤撤退,写过著名《与妻书》的林觉民等志士不幸牺牲。后有七十二人遗体被安葬于广州黄花岗,人称"黄花岗七十二烈士"。

作为起义总指挥,黄兴以墨和泪写下这副挽联:"七十二健儿,酣战春云湛碧血;四百兆国子,愁看秋雨湿黄花。"《庄子·外物》篇有云"苌弘死于蜀,藏其血,三年而化为碧。""碧血"一词,多作不屈之鸣。孙中山在得知消息后,称这次起义虽败,"然其影响世界各国实非常之大,而我海内外之同胞,无不以此而大生奋感。"他在《黄花岗烈士事略》序文中进而说:"是役也,碧血横飞,浩气四塞,草木为之含悲,风云因而变色,全国久蛰之人心,乃大兴奋。"起义一周年时,孙中山再作《祭黄花岗七十二烈士文》,其中有"寂寂黄花,离离宿草,出师未捷,埋恨千古"之句,恰与黄兴此联,异曲同工。

"生经白刃头方贵;死葬黄花骨亦香。"大志士者,作大牺牲,如此联语,以"白刃"对"黄花",亦壮亦悲。

七十二義士英鑒

七十二健兒酣戰春雲湛碧血
四百兆國子熱看秋雨濕黃花

中華民國元年三月黃興拜題

半哭苍生半哭公

英雄做事无他，只坚忍一心，能成世界能成我；
自古成功有几，正疮痍满目，半哭苍生半哭公。

——杨度撰 （见《挽孙中山先生联选》）

【小识】

1925年3月12日，孙中山先生在北京逝世，翌日，便有来自各地的挽联寄以哀思。

近代名人杨度此联备受关注。他把孙中山置于历史大背景下去评论，上联在说中山，亦在说天下英雄的成长规律，就是"坚忍一心"，如苏轼所言成大事者，"必有坚韧不拔之志"。结句"能成世界能成我"，既是为改造世界而自我改造，也是为能成就世界而自我成就。这样的英雄更有血肉，亦可敬之。

下联说何为成功者？是关心苍生疮痍的"大英雄"。只是可惜孙先生这样的英雄逝去，但"革命尚未成功"，他预料到此后依旧是燹阀不息的满目疮痍，哭悼中山，自是哀人，更是哀苍生。杨度是近代史上极其复杂的一个人，但这副联却是正大气象，悲壮而深刻，如同其最后的归途，引来好评。

中山先生逝世时，正值清末民初楹联高峰之后，加之其巨大影响力，逝后可谓"挽联如海"，仅北京追悼会就有五万多副，全国各场合挽联据估有十万之众，在中国楹联史上，前无古人，至今也后无来者，亦是一大奇观。

叫我如何不想他

十载凑双簧，无词今后难成曲；
数人弱一个，叫我如何不想他。

——赵元任撰 （见《崇实季刊》）

【小识】

在近代文学史上，刘半农是一位才华横溢的诗人，也是一个挽起袖子、沾满泥土的实干家。他的实干，在研究民俗方面。对此，他曾在地摊上搜集过民歌，还曾公开登报征求各地骂人的方言。1934年，为绘制《中国方言地图》，刘半农远赴塞北采风，但不幸感染"回归热"（一种急性传染病）而亡故，年方四十有四。

噩耗传来，朋友们无不悲戚。好友鲁迅、钱玄同、胡适等均撰文纪念。胡适说，"拼命精神，打油风趣，老朋友之中无人不念半农。"在诸多挽辞中，著名学者、作曲家赵元任的一副挽联，让人印象深刻："十载凑双簧，无词今后难成曲；数人弱一个，叫我如何不想他。"一个作词，一个谱曲，赵元任与刘半农合作了十年，故而当老友逝去，赵元任感叹今后有曲而无词，凑不齐这"双簧"。

1920年，刘半农赴欧留学时，写了一首小诗《教我如何不想她》："天上飘着些微云，地上吹着些微风。啊！微风吹动了我头发，教我如何不想她？"这首诗曾有个划时代的意义，是诗中第一次出现了刘半农创造的汉字"她"。因为自古对妇女的漠视，那时的字典里不论男女一律都用"他"，刘半农这一创举，实则是新文化运动的一个侧影。后来，这首诗被赵元任谱曲后，成为那个年代风靡一时的流行歌曲。

刘半农的"她"，赵元任的"他"，不禁流逝，一个字，埋藏着一份思念。

文采

典籍里的中国
名联新说

清风明月本无价

清风明月本无价;近水远山皆有情。

——清·梁章钜撰　(见《楹联丛话》)

【小识】

沧浪亭为苏州四大园林之一,秀冠吴中。宋代诗人苏舜钦别具慧眼,曾以四万贯钱买下几近荒废的古园,傍水造亭,栽竹点石,重加修葺,因有感于名句"沧浪之水清兮,可以濯吾缨;沧浪之水浊兮,可以濯吾足",题名沧浪亭,并作《沧浪亭记》,所谓"觞而浩歌,踞而仰啸,野老不至,鱼鸟共乐"。大诗人欧阳修也应邀作《沧浪亭》长诗,诗中以"清风明月本无价,可惜只卖四万钱"题咏此事。而苏舜钦在苏州时,亦有《过苏州》一律:"东出盘门刮眼明,萧萧疏雨更阴晴。绿杨白鹭俱自得,近水远山皆有情。万物盛衰天意在,一身羁苦俗人轻。无穷好景无缘住,旅棹区区暮亦行。"

此联作者是晚清楹联大家梁章钜。当时正赴任江苏,又重修园林,忆起宋人雅事,欲提笔点缀湖山,妙的是恰好想到这两人诗句,集成此联,用他自己的话说"皆沧浪亭本事也",题咏贴切,令人惊呼佳偶天成。

把相关诗文各取一句集成对联,再来写这个主题,往往更具巧思。如杭州苏公祠另有一联:"泥上偶然留指爪;故乡无此好

> 太守彥槐一聯云四萬青錢明月清風今有價一雙白璧
> 詩人名將古無儔蓋前祠蘇長史後祠韓蘄王也可稱穩
> 切而一雙白璧字究嫌粧點余因輯滄浪亭志得集句一
> 聯云清風明月本無價近水遙山皆有情上係歐陽文忠
> 句下係蘇長史句皆滄浪亭本事也然屢書皆不工故此
> 聯迄未懸挂
> 宋牧仲尚書撫蘇時為唐六如修墓建亭其旁題曰才子
> 亭韓慕廬宗伯作楹聯云在昔唐衢常痛哭祗今宋玉與
> 招魂余嘗過桃花塢訪之其亭久圮矣

湖山。"就分别集自苏东坡的两首名作，连在一起再写苏公，再写旅居杭州的苏公，反而切人切景，天衣无缝。借用《沧浪亭记》的话，就是："尚未能忘其所寓目，用是以为胜焉。"

315

人在青莲瓣里行

水从碧玉环中出；
人在青莲瓣里行。

——清·汪炳璈撰 （见《贵山联语》）

【小识】

南明河为乌江支流，穿贵阳城南，旧有九孔石桥如玉带浮于河上，所谓"鳌矶浮玉"，故名"浮玉桥"，桥面宽敞，起一亭曰"涵碧亭"，因涵碧潭而得名。一旁河中大石为基，明始建有楼阁，即贵阳名胜"甲秀楼"。亭楼掩映碧波树影之间，"长桥卧波，天光上下，风景绝佳"。清咸丰间，贵阳知府汪炳璈即有感此情此景，在亭柱上镌刻此联。九孔桥即为"九连环"，河波漾过，如在碧玉环中吐出，而两侧瓣瓣青莲，朝桥面拢来，人在桥上，桥在画中。恰如一旁清人刘蕴良那副知名的甲秀楼长联中所说："款款登临，领略这金碧亭台，画图烟景。"

清乾隆帝咏《镜桥》有诗云："冰镜寒光水镜清，清寒分判一堤横。落虹夹水江南路，人在青莲句里行。"此"青莲"，则青莲居士李太白也。汪炳璈不知是否受此启发，也用青莲着笔，一个"瓣"字，比乾隆又生动许多。

同样闻名天下的河北赵州桥，也曾题联："水从碧玉环中过；人在苍龙背上行"，上联颇似，下联将更加雄伟的赵州桥比喻苍

水從碧玉環中出

人在青蓮瓣裏行

龙之背,也不失高明。然此联其实从元人刘百熙《安济桥》诗中摘句而来,全诗是:"谁知千古娲皇石,解补人间地不平。半夜移来山鬼泣,一虹横绝海神惊。水从碧玉环中过,人在苍龙背上行。日暮凭伴望河朔,不须击楫壮心声。"

另见江南某镇石桥,也题有一联:"船从碧玉环中过;人步彩虹带上行",构思虽近,但文辞过于平铺,相较前两副则略逊一筹。

举杯邀月更何人

秋色满东南,自赤壁以来,与客泛舟无此乐;
大江流日夜,问青莲而后,举杯邀月更何人。

——清·李振钧撰 (见《撰联指南》)

【小识】

大观亭在安庆城西,背倚龙山,远眺长江,自古"为皖省第一名胜之区",曾与武昌黄鹤楼、江洲庾楼并称"长江三楼",凭吊歌咏之辞良多。

清道光状元李振钧一联尤为出色。上联"秋色满东南"取宋人米芾诗句"垂虹秋色满东南",是切合其地,紧接着以东坡赤壁之事,来描摹时人大观亭下泛舟长江,约客同游的胜概。《前赤壁赋》说"壬戌之秋,七月既望,苏子与客泛舟游于赤壁之下",这是与长江有关的典故,李振钧借苏轼"饮酒乐甚"之意,来阐发自己泛舟之"乐"。下联"大江流日夜",取南朝谢朓之句"大江流日夜,客心悲未央",此时之"客",月夜临江,独自凭栏,很自然想起李白《月下独酌》之诗:"举杯邀明月,对影成三人",不禁感慨"举杯邀月更何人"?怀古寄意,虽寂寞而独有乐趣。

民初秦同培所著《撰联指南》认为,"寻常作文属词,必先有上句,然后方有下句",但楹联不尽然,他便举李振钧大观亭联为例,认为大观亭曾为李白旧游,故李振钧凭栏怀古,应当是先想到李白,有了下联,而后联系自己刚从湖北泛舟而来的经历,联想到东坡赤壁,"上联遂虚虚引起"。如此分析,也不无道理,姑且录此,供观赏者众乐乐。

至今才得半云

著书十余万言,此后更增几许;上寿百有廿岁,至今才得半云。

——清·缪焕章撰 (见《越缦堂日记》)

【小识】

光绪十四年(1888年)的腊月,即将迎来六十寿辰的清代学者李慈铭,收到友人缪焕章送来的寿联。祝寿之联,自当是为寿者祈福颂祥,以添喜庆耳。缪焕章此联,开题即从李慈铭最得意的事情说起。作为晚清知名学者,绍兴李慈铭为时人所重,《清史稿》称其"为文沉博绝丽,诗尤工,自成一家……著有《越缦堂文》十卷,《白华绛跗阁诗》十卷、《词》二卷,又《日记》数十册。弟子著录数百人"。这其中,被誉为"晚清四大日记之冠"的《越缦堂日记》更是天下驰名。

给这样一位"大咖"写寿联,缪焕章起笔当然要"捧"。著书十万言,对李慈铭来说,既是夸赞,也是实写,但作者笔锋一转,"此后更增几许",说明学问犹可以精进,并非垂老之年,笔搁不前。再看下联,古人说"七十古来稀",六十也不算短,但缪焕章再一扬抑,引用古人"上寿百二十岁"的说法,指出李慈铭距离"上寿"不过才一半,言下之意是寿命还长,莫要着急。

这样一番赞许,李慈铭当然受用。他在《日记》中称其"佳句也",并在接受此联时,还放了一串鞭炮,回赠送联之人车马费若干,可见欣喜之高。

缪、李二人当时皆任地方要职,朋友庆生,不过简简单单一幅文墨,也足成佳话。

月明如昼；江流有声

月明如昼；江流有声。

——清·尹秉绶撰 （见《素月楼联语》）

【小识】

镇江金山俯临扬子江，水势灵动，气象万千，为江南形胜。旧时金山寺，曾有清代大书家伊秉绶题联："月明如昼；江流有声。"一观色，一听音，虽短短八言，但山色江涛尽收眼底，着眼即有东坡《后赤壁赋》中"江流有声，断岸千尺；山高月小，水落石出"之境。此处还有一副七言联，"江澄万顷净如练；峰峙一拳高入云"，与前面短联相比，字虽稍多，但意象却少了几分开阔，落地"净如练""高入云"纵也好，可还是限制了想象力，不如"江澄万顷；峰峙一拳"，话不说透，更具雄浑张力。

这便是短联之妙，言简意赅，字字珠玑，字字各开生面。像岳阳楼那个蜚声中外的八字联："水天一色；风月无边"，占尽了天时地利，说透了骚客襟怀，难怪相传是李太白的手笔。从楹联史脉络来看，李白那会应还未有题联的习俗，但遥想"浩浩汤汤，横无际涯"的景致，后人也许认为，也就只有署上李太白的落款，能驾驭得了这字数不多，却气势极高的对子。清末，节署陕甘的左宗棠，给平凉柳湖曾题写一联："柳边人歇；湖上春来"，依旧只区区八字，好若春风拂面，引人入胜。

短联之所短，只在于字之少；而短联之所长，却在于意之深。

可知佳句不须多

尘劫历一千余年,重复旧观,幸有名贤来做主;
诗人题二十八字,长留胜迹,可知佳句不须多。

——清·邹福保撰 (见《中国对联集成》)

【小识】

凡到一名胜,不少人总喜欢寻找那些与当地有关,却早已名扬四海的诗文佳作。林泉深处,花木之间,"众里寻他千百度",蓦然回首,似曾相识,总品味无尽。就像姑苏城外寒山寺,本是江南无数古寺中的寻常一座,却因唐人张继一首《枫桥夜泊》名扬天下。

清光绪十二年的榜眼邹福保,便针对此事,为寒山寺题写一联:"尘劫历一千余年,重复旧观,幸有名贤来做主;诗人题二十八字,长留胜迹,可知佳句不须多。"上联说时代更迭,古寺几经重修后又见华彩,不乏对"当局者"的溢美之词;下联则就张继之诗大发议论,结尾一句,算是说到了心坎上,真是"佳句不须多"!二十八个字,为寒山寺带来千古殊荣,再比如江南三大名楼,不也是靠一首诗、一篇序、一卷记,名扬天下的吗?

但好联总是可遇而不可求。翻开一部"名胜楹联大典",所录何止十万,可能流传于世的,凤毛麟角。有人说张继似乎除了《枫桥夜泊》就再没啥好作品,可反过来,张继这辈子能写个《枫桥夜泊》,在唐诗的灿烂星河中,与李杜之人并屹千秋,不也值了吗?"佳句不须多",不在多,在"佳"。

百千万叠米家山

高处不胜寒，溯沙鸟风帆，七十二沽丁字水；
夕阳无限好，对燕云蓟树，百千万叠米家山。

——清·程德润撰 （见《自怡轩楹联剩话》）

【小识】

北京通州，为京杭大运河北端，衔接京津，素有"一京二卫三通州"之说。旧时倚岸有河楼，清嘉庆进士程德润题有此联。时人评说，河楼可俯瞰运河，程德润此联虚实结合，即景生情，极目雄旷。

上联是远眺之象，可一望京畿繁华。天津一代，沿河地名多有沽字，如塘沽、汉沽等计七十二家，故以"七十二沽"代指津门。且其中东沽、西沽等因沽水纵横如"丁"字形，故合称"丁字沽"，又称"丁字水"。唐李益有诗"蓟门烟树远依依"，故又有了燕京八大景之一的"蓟门烟树"，下联则由此化脱，写河楼周遭旖旎景致，夕阳散落之下，云树缥缈，如同宋人米芾水墨点染之作。

以"米家山"对"丁字水"，工巧中值得玩味。宋代米芾以文人姿态，一改唐宋以来宫廷画家过于写实的画风，用浓浓淡淡、墨点叠加的手法，独辟蹊径，创立了写意写神的"米点皴"山水画风，留下了"米家山水"的独特风貌。如《宋史》评价米芾，"风神萧散，育吐清畅。"后世文学作品也好以"米家山"来营造意象，如常被抄写的"春雨一帘苏子赋；秋灯半壁米家山"等。米家山、苏子赋，再如右军帖、摩诘画、杜康酒、陆羽茶，这些佳作名典成了中华文化的特定符号，随意张罗，也是各赋机杼，各得其趣。

是日也天朗气清

游目骋怀,此地有茂林修竹;
仰观俯察,是日也天朗气清。

——清·陶澍撰 (见《楹联丛话》)

【小识】

三月初三,诗思自然就飞到了千里之外的兰亭。

"永和九年,岁在癸丑,暮春之初,会于会稽山阴之兰亭……"千百年来,一篇序文雅、字美,令无数人心向往之。更有崇拜者,喜欢将其中文字集为联语,加以反复研习。因《兰亭集序》本事乃是"修禊事也",故其又名《禊帖》,这类对联也有个专有名词——集禊。清代以来,集禊成一时之盛,甚至有专集如《禊叙集言》《集禊帖》《楹联集帖》等传世。书中所集,也多是清新隽永的路子。如五言联:"室有山林乐;人同天地春。"六言联:"文情生若春水;弦咏寄之天风。"七言联最多,如:"虚竹幽兰生静气;和风朗月喻天怀""极清闲地是兰若;观自在春于竹林,""山水之间有清契;林亭以外无世情",等等。所集之句,又多以秀丽的"二王"书风写之,一派春和景明,闲情自得。

在沪上名胜豫园,清人陶澍则取《兰亭集序》四句集为一联:"游目骋怀,此地有茂林修竹;仰观俯察,是日也天朗气清。"乃是兰亭余脉,一以贯之,难得衔接流畅,一觞一咏,也足以放怀山水。

清末时，有宦迹陇上的浙江人，思念兰亭，于是在兰州浙江会馆戏楼题写一联："无非离合悲欢，聊遣客怀惟菊部；亦有管弦丝竹，每逢畅叙即兰亭。"只要有三五知己在，畅叙幽情，无论身于何处，心底都有一个"兰亭"，是"所以兴怀，其致一也"。

下笔千言，正桂子香时

下笔千言，正桂子香时，槐花黄后；
出门一笑，看西湖月满，东浙潮来。

——清·阮元撰 （见《龙眠联话》）

【小识】

这是清代学者阮元题写杭州贡院之联。贡院是古代科举考试的地方，各地乡试一般都在每年秋八月举行，故又称"秋闱"，那个时候，在南方一些地区，正好是桂花满陇、槐花飘散之时。上联以"桂子香时，槐花黄后"紧扣科考之时，而"下笔千言"，文思泉涌的答卷情景，翰墨飘香，亦如桂子花香，沁人心脾，嗅得出几分自信。

答卷后走出贡院，眼见那一旁风景旖旎的西湖月色，波澜壮阔的钱塘江潮，心情不觉舒畅，开怀一笑，正是胜固可喜，败亦欣然。平湖秋月为西湖名胜，每年西湖赏月，正是"四时月色最宜秋"，而农历八月，也是钱塘江大潮最为壮观之时。阮元下联继续以周围切合时令的景色作衬，依然可读出壮志凌云、意气风发之境。

此联切地、切景、切时、切情，而且几处用字，值得细细品味。"香时""月满"，有期待功成名就之心，"桂子"本有蟾宫折桂之典，而"黄后"，是否也寓意皇榜揭开之时？"潮来"则是自信中见海阔天空、风正帆悬之志。其隐喻得当，正向激励作用更是自然流露。

古时科考如今日高考，"下笔千言"，均在顷刻，而"出门一笑"，以良好的心态正确对待考试，古今其为一理。

或曰取之，或曰勿取

以其所有，易其所无，四境之内，万物皆备于我；
或曰取之，或曰勿取，三年无改，一介不以与人。

——清·佚名撰 （见《论语》杂志）

【小识】

典当行古已有之。清代某一当铺开业，请一名士赐作，名士即挥毫写下此联。读来颇为连贯，但熟读四书的人知道，这些句子均是从儒家经典中摘来。

"以其所有，易其所无"出自《孟子》，是说古代市场交易的基本原则，用在这里不仅言其交易，更切合当铺互相置换的特点。"四境之内"即言其广开门路，贸通天下。"万物皆备于我"也出于《孟子》，原本是说万物本性都与我所相通，因此"乐莫大焉"，感到莫大快乐。作者在这既取其原文乐观自信之意，又利用字面意思，说明万物皆可典当，而四境之内凡有需求，本当铺也俱能满足。

"或曰取之，或曰勿取"是化用《孟子·梁惠王下》中的句子，也是从当铺的特点着笔。有人能在约定的时间内来当铺赎回原物，也有人没办法，或不想赎回，过了期限，当铺就可以把原物处理。一般最长期限是三年，所以有"三年无改"的约定，这期间，当铺也要信守承诺，再好的东西，也不能违约急于出手，所谓"一介不以与人"。

此联吐属高雅，在紧扣当铺的前提下，又注重经营秩序、商业诚信的构建，是古代行业联中的佳作。

羡齐眉此日,秋色平分

月圆人共圆,看双影今宵,清光并照;
客满樽亦满,羡齐眉此日,秋色平分。

——清·李渔撰 (见《笠翁一家言》)

【小识】

某年中秋来临,赶上好友父母同寿,清初大文豪李渔写下这样一副寿联。"月圆人共圆,看双影今宵,清光并照",既言中秋时令,团圆主题,也以天上明月高照,地上月影相随,双影清光,彼此不离,又彼此成全,来比喻堂上二老,相守白头,清怀如斯,更有与月同辉之颂。岂不闻唐人《鸳鸯篇》:"精光摇翠盖,丽色映珠玑。双影相伴,双心莫违……愿作鸳鸯被,长覆有情人。"

而佳节逢寿诞,自然是亲友盈门,"客满樽亦满",笑谈之中,大家都喜羡这二老举案齐眉,共享天伦,落笔一句"秋色平分",既再次呼应中秋时令,又饱含祝福。作者以"秋色"应对"清光",清为颜色词,而"秋"字看似无色,实则有光。"秋色"是什么?是丰谷之色,硕果之色,霜红之色,是金灿灿的秋光,能够平分这样的秋色,岂不愉悦?而秋色的满怀幸福,与前面眉之"齐"、樽之"满"、影之"双"、月之"圆",又相呼应,通篇一派天造地设的祥和景致,这是作者的匠心巧思。佳联佳意祝佳节,老人家想必很是喜欢。

塔耸一枝霄汉笔

云登万里广寒宫,就地架攀桂步蟾梯子;
塔耸一枝霄汉笔,悬空写经天纬地文章。

——清·张梦安撰 (见《湖湘联话》)

【小识】

古代建筑中总有各种造型的塔,因其高耸入云,如擎天柱,也似状元笔,故流传的塔联中,常可见将宝塔比喻为毛笔。如清人张梦安题湖南新化五云塔这联:"云登万里广寒宫,就地架攀桂步蟾梯子",是言塔之高耸,通达月宫,借以助兴登塔的学子,由此蟾宫折桂,金榜题名,万里云梯,平步青云。但仅有美好的祝愿还不够,还不忘提醒学子,这一切前提,是你先得写出一笔好文章。他将塔比作一支如椽巨笔,高擎于霄汉之间,这样正好将天地作纸张,纳风云为文字,狂放豪情之中,仍是祝福学子,不负重任,以大手笔来做个顶天立地之人。

这副联比喻生动,尤其下联以"霄汉笔"写"经天纬地文章",才思极妙。与此类似的,还如这副旧联:"船小如梭,横织江中锦绣;塔尖似笔,倒写天上文章。"这是古代一个才子与他人的巧对,落笔"锦绣文章",依然胸襟非凡。

其实古塔并不算高,但"艺高人胆大",全凭想象力。如这副武昌洪山塔联:"足踏紫虹冲汉上;眼低黄鹤贴江飞",是说自己站立塔顶，眼见滚滚汉江如足下跨过的虹桥，那黄鹤楼头飞来之鹤，尽管一飞冲天，但在他眼中，仍是紧贴江面，不言其高，这是以汉水、江楼来烘托其势，眼低千古骚客，足踏两江英雄，好大的口气！

振衣尼帕尔；濯足太平洋

振衣尼帕尔；濯足太平洋。

——马宾旸撰 （见《甘肃对联集成》）

【小识】

在喜马拉雅这世界最高的山峰振奋衣襟，在太平洋世界最大的海洋濯足涤尘，远比古人"振衣千仞冈，濯足万里流"更有气魄，想当年诗圣杜甫一派豪情，也不过"濯足洞庭望八荒"，而作者所胸怀的，是浩浩寰球，这是古人从未见过也从未想过的景象。

近代中国，受到各种新思想新事物的冲击，反映在联语中，也留下了一个时代特有的印痕。西方早有民谚"书是人类进步的阶梯"，这句话也传到中国，河北保定曾建起一个阅报亭，有人写联："漫论他先到后来，但愿个中人作不速佳客；略增我耳闻目见，也算这层阁是进步阶梯。"洋为中用，别具一格。

当时，某位数学老师结婚，同事赠以贺联："夫婿情长，如几何直线；子孙繁衍，似小数循环。"亦庄亦谐，有婚联的喜庆味。相反，某数学老师因积劳病逝，一英语老师悲悯其人，挽联曰："为XYZ送了性命；叫WFS依靠何人。"XYZ是数学常用字母，指其辛劳成疾，多系教务所累，WFS是英文妻子wife、父亲father、儿子son的缩写，即妻儿老小之意。几个字母，看似戏谑，却字字心酸。

心由凝静转光明

学尽精微知广大；心由凝静转光明。

——黄国华撰 （见《集联三百首》）

【小识】

1937年至1939年，著名学者顾颉刚到甘肃定西一带考察教育，其间与临洮名士黄文中过从甚密。某夜，一个青年叩响顾颉刚的房门，他叫黄国华，是黄文中侄子，也是与黄文中一道留日归国的高才生。他手捧一部书稿请顾颉刚指正，顾欣然题名《集联三百首》，并在翌年，再为该书作序。在这篇序中，顾颉刚讲述了自己从小对楹联文化的认知，"自谓深识此中滋味"，并说在西湖各处，也见到过陇右黄文中题写的几副佳联，黄国华以叔父为榜样探究联语，可谓"乡邦家庭之学"。

这部书中，黄国华分别从古人《圣教序》《书谱》《千字文》中，各集联一百副，文辞典雅，均类格言。如《圣教集联》："花开如有意；云出本无心""识欲高，心欲细；言有物，行有恒"；《书谱集联》："百年天地还元气；二月春风舞太和""惟真学问能藏拙；有大才华自出群"；《千文集联》："不无心于任用；常立志以回天""过能更改终归善；功不矜张始见高"，等等。其中"学尽精微知广大；心由凝静转光明"一联，鼓励学人潜心钻研，见微而知著；平心静气，厚积以薄发，便颇符合顾颉刚"古史辨"学派之风。顾氏评论说，"妙造自然，言多讽规，可以淑世"，即可以教化世人。对一个后生来说，顾颉刚这番评价已经很高，足见其爱才之心。

雅趣

典籍里的中国
名联新说

更喜春风满面生

不教白发催人老;更喜春风满面生。

——清·佚名撰 (见《分类古今联话》)

【小识】

"二月二,龙抬头",以前不少地方都有在这一天剃头的习俗,不过是趁着春暖花开,焕发个"新姿"罢了。

旧时理发店,俗称剃头铺,也有雅称"整容堂"者,常悬挂一联:"不教白发催人老;更喜春风满面生",上联是修剪洗染的过程,下联则是理发后的新貌,通过赞誉理发技艺,寓景于情,焕发出勃勃生机。再有如"大事业从头做起;好消息自耳传来",则是抓住理发店修剪都是"从头开始",理发师又善于耳边与顾客闲聊的特点,别开新意。

"头"这个字,意思很丰富,理发店对联也就善于在此做文章。如十分常见的"虽然毫末技艺;却是顶上工夫",巧用双关,言明理发行当虽不足道,但高超技艺也非一日之寒,见微知著,往往平凡中更有不凡。

当然,最有看"头"的,还是"磨砺以须,问天下头颅几许;及锋而试,看老夫手段如何",此联一度相传是金田起义前夕,太平天国将领石达开写来制造声势,看这气势,倒也让很多人信以为真,而其实早在此前,就记载为一不知名的"狂士"所作。古董行里,有的人喜欢编个"好故事",来卖个好价钱,就好比这联,知名度甚高,也是多亏了石达开的这个好故事。

二人土上坐

二人土上坐；一月日边明。

——佚名撰（见《古今滑稽联话》）

【小识】

某日，见甲、乙二人坐于土埂之上，突然记起一副旧联打趣："二人土上坐；一月日边明。"

这本是一副写给旧时土地庙的机巧联，所谓机巧，是用了汉字析字手法。巧妙地将"坐""明"二字合理解析，读来颇见巧思。坐中二人者何？就是俗称的"土地公公""土地婆婆"。在民间信仰中，土地庙虽小，但配备齐全，土地老爷是不多可以享受"配偶待遇"的神祇。

但在神仙体系中，"土地"却是小得不能再小的官。你看《西游记》里，谁都能将"土地"呼来唤去，即便红孩儿这样的妖精，竟也可将"土地"当做奴役驱遣。还有看守蟠桃园的"土地"，辛辛苦苦多少载，居然连园中蟠桃闻都不敢闻一下，这是多悲催的小神？

而到民间，要为土地庙写联，依然是喜欢调侃的居多。如崇信某土地庙联："孤身坐小庙；两眼看大门。"极尽挖苦，当然，也像是在替土地爷自嘲。大多时候，在话本小说、戏剧俚歌中，土地爷的形象都是和蔼可亲，如常见的一副土地联："公公十分公道；婆婆一片婆心。"不过都是世人借这"二老"的声音，发自己的感慨罢了。

家计逊陶潜之半

二柳当门,家计逊陶潜之半;
双桃钥户,人谋虑方朔之三。

——清·李渔撰 (见《笠翁文集》)

【小识】

康熙十九年(1680年)正月十三,一个大雪纷飞的凌晨,"湖上笠翁"李渔从此别离了他心爱的芥子园。

世人知李笠翁的才名,或因一部《笠翁对韵》,或因一本《芥子园画谱》,或因一套《闲情偶寄》和数十种委婉动听的江南散曲。是作家、是诗人、是戏曲家、是楹联家、是美食家、是园林艺术家……如果非要细分行当,李渔的才华显然够印好几张名片,但他最钟情的仍是湖山,乃至逝后墓碑上只有六个字:"湖上笠翁之墓"。

李渔擅造园林,甚至曾不远千里,被人邀请到陇上兰州、张掖等地设计园林。自然,属于他的"芥子园"更会一番精心打造。但他的打造,不是金碧辉煌的奢靡,更多是文人情趣的寄托。就像写这副门联时,门口也不过两三株柳树、桃花,可李渔会做文章,立马拉来两个古人来衬托。都知道陶潜陶渊明自号"五柳先生",那只有两株柳树的他,比起陶渊明"家计"还不够一半,而陶渊明是何等人,有名的清风高洁之士,李渔这哪里是自惭逊色，分明是在自夸。再看下联，李渔自己说是"桃熟时，人多窃取，故书此以谑文人"，相传生性活泼的东方朔曾三过西王母处偷桃吃，李渔则以东方朔来隐射顺手摘桃者，然并非警示，多半是平添风趣也。

简单的柳树、桃花，经李渔这样一排布，像是他设计的园林，典雅而又见风趣。

水水山山处处明明秀秀

水水山山处处明明秀秀；
晴晴雨雨时时好好奇奇。

——黄文中撰 （见《黄文中西湖楹帖集》）

【小识】

1933年，生不逢时的甘肃临洮籍才子黄文中（1890—1946年）辗转来到西湖。在这里寓居三年，先后为西湖题写十七副楹联，而在诸联中，这副最为有名。

从何入笔能尽现西湖之美？他想到曾在这里做过太守的苏轼。他取苏轼《怀西湖寄晁美叔同年》长诗中的第一句"西湖天下景，游者无愚贤"，为此亭命名，又化用苏诗"水光潋滟晴方好，山色空蒙雨亦奇"之意向，撰书此联，加之自己颇有几分苏体味道的书法，使之匾、联、字浑然东坡三味。

这副联在录入时没有断句，是因至少有十几种读法，可任意断句，能顺着读、倒着读，还能跳着读，颇为奇妙。然而无论怎么读，通过叠字的巧妙使用，给人的明快之感显露无遗，且自然而来的音律感，更给人明快之中流动之质。

黄文中曾说："因之对于湖山秀色，得以饱餐。虽阴晴雨月，气象万千。而静心领略，概有真味，足以涤除尘虑。"他已然将自己比作东坡，融于湖光，每每笔墨所到，皆是兴致所来。面对眼前大好湖山，或许他和东坡一样，只有文章未被束缚，也最能打动人心。

海棠影下，吹笛到天明

临流可奈清癯，第四桥边，呼棹过环碧；
此意平生飞动，海棠影下，吹笛到天明。

——梁启超撰　（见《梁启超全集》）

【小识】

清末民初，集词联蔚然成风，即从古人词中，一句句拈来，组成一副新联。当时的大名人梁启超，就是这方面的高手。他曾集宋词联竟"二三百副之多"，但最有名的还是这副。

此联分别集自宋人吴梦窗、姜白石等六人词句，所赠之人，正是著名诗人徐志摩。梁启超自认为这是他最得意的一副，"此联极能表出志摩的性格，还带着记他的故事。他曾陪泰戈尔游西湖，别有会心，又尝在海棠花下做诗做个通宵。"的确，看这清逸的文字，全然是《再别康桥》的别译本，灵动中带着几分亲切。

陈子展《谈到联语文学》中说，"集句联语要做得出色，宜自然，忌牵强……须赋予新的生命。"梁启超集词联大都称得上自然贴切。如："春瘦三分，轻阴便成雨；月明千里，高处不胜寒。""一晌销凝，帘外晓莺残月；无限清丽，雨余芳草残阳。""欲寄此情，鸿雁在云鱼在水；偷催春暮，青梅如豆柳如丝。"

这些联，都是他在妻子病榻前，边陪护边完成，他说集句之时，"耳所触的只有病人的呻吟"，他为此题名《苦痛中的小玩意儿》，是"在伤心时节寻些消遣"罢了。可有趣的是，后来许多人不读原文，竟说梁启超说过，楹联是"苦痛中的小玩意儿"，望文生义，却不知梁任公之"痛苦"何在，真叫人哭笑不得。

泉自几时冷起

泉自几时冷起；
峰从何处飞来。

——明·董其昌撰 （见《春在堂随笔》）

【小识】

"咚"的一声泉响，打破了明代大书法家董其昌的诗思。某日，坐在杭州灵隐寺的冷泉亭，他想，当年白居易为何要给这亭子题名"冷泉"？必然不仅是说泉水清凉，泉水之旁，还有飞来峰，听人说，是从天竺灵鹫飞来的小山峰。他笑而不语，思索中即吟出一联："泉自几时冷起；峰从何处飞来？"

这些疑问，他留给后人作答。同治年间，好胜心强的左宗棠便提笔答道："在山本清，泉自源头冷起；入世皆幻，峰从天外飞来。"前面四字，即是他答案的诠释。可还有人并不买账。清末，朴学大师俞樾携妻游来，随即答道，"泉自有时冷起；峰从无处飞来"，他夫人认为不够"禅机"，又自己作答"泉自冷时冷起；峰从飞处飞来"，如脑筋急转弯一般，惹得俞樾哈哈大笑。再后来，俞家女儿也答出一联："泉自禹时冷起；峰从项处飞来。"因为大禹曾治理天下之水，这冷泉自然早不过大禹的疏导，而联中"项"说的是项羽，他和这山有甚关系？小才女说，且不闻项羽"力拔山兮气盖世"，峰要是能飞来，也只有项羽扛得动啊。

这样的巧思,更有趣味。

1934年,避居西湖的陇右名士黄文中也答了一联:"峰欲再飞无净土;泉甘耐冷有名山。"他一发感慨,即便这山还能飞,眼前世界,可还有一方"净土"能容?身处离乱之际,他又用古人机杼,来浇自己的块垒。

作赋于今过十年

成文自古称三上；作赋于今过十年。

——清·魏善伯撰　（见《茶馀客话》）

【小识】

俗物雅题，古人颇为擅长，尤其是对联这种应用极广的体裁，往往圣心妙手，独具匠心。像这副对联，文字高古典雅，又是写文，又是作赋，一会"古"，一会"今"，不知其中奥秘者，很难想到这是写给厕所的对联。

因为这种题目很不好写，这副联自清代就流传开来，好即好在避开其劣势不谈，巧用与厕所相关的两个典故"旁敲侧击"。宋代大学士欧阳修在《归田录》中写道："余平生所作文章，多在三上，乃马上、枕上、厕上也。盖惟此尤可以属思尔。"是说自己平时忙于俗务，能写文章构思的时间，只好是利用这"三上"的空闲。西晋文学家左思以《三都赋》名满天下，一时洛阳纸贵，但鲜为人知的是，他为写这鸿篇巨作，竟"构思十年，门庭藩溷（厕所）皆著笔纸，遇得一句，即便疏之"，意思是灵感来了，哪怕如厕时也不错过，偶有所得，赶紧就记录在纸上，为方便起见，竟然厕所里也准备了纸笔。用这两个典故来抬高厕所身价，便让本俗不再俗的题目，也高雅起来。

与古人相比，如今生活里也有欧阳修那样马上（车上）、枕上、厕上的闲暇，但潮流毕竟不同，写诗的少，刷屏的多，"醉翁"之意已不在此矣。

翠翠红红处处莺莺燕燕

翠翠红红处处莺莺燕燕；风风雨雨年年暮暮朝朝。

——佚名撰 （见《素月楼联语》）

【小识】

南宋诗人杨万里《诚斋诗话》记载，"二月十二日曰花朝，为扑蝶会"，农历这天是花朝节，也是百花生日，南方文化的代表地，西湖边的花神庙自然比平时热闹。

这时的西湖，桃红柳绿，春意已十分盎然。便有人结合眼前所见，为湖滨花神庙题写一联："翠翠红红处处莺莺燕燕；风风雨雨年年暮暮朝朝。"这里"翠翠红红"，是碧柳、是红花，也泛指一切花草。从这春景中，任意撷取一二颜色，都可用来衬托景致，是这种写法的高妙。更高妙的，是全联无一缀字，只用十组叠字连成，随意停顿，随意领会，有诗之意境，词之清脆，音律感十足。

这正是中国文字独有的魅力。因为汉字讲究音律，两个叠字为一音步，然后平平仄仄，仄仄平平……不正像击掌合拍，在一浮一落之间，尽得风流吗？苏州网师园也有一知名的叠字联："雨雨风风，暖暖寒寒，处处寻寻觅觅；莺莺燕燕，花花叶叶，卿卿暮暮朝朝。"这种明快的动感，起初都是从李清照《声声慢》的词意中移来。一步一叠字地读来，就让人读出了苏州园林那"小家碧玉"的味道。后来，红极一时的电影《唐伯虎点秋香》，也曾以无厘头的表现手法演绎过这副对联，剧中人物一口气不停地读完，也是另一种快感。

千古文章四大家

一门父子三词客;千古文章四大家。

——明·戴燨撰 (见《闽小记》)

【小识】

在四川眉山东坡故里,纪念苏轼与其父苏洵、其弟苏辙的"三苏祠",有明人戴燨一副名联:"一门父子三词客;千古文章四大家。"苏家父子,一门三位著名词人,上联好理解,那下联"四大家"是何人?许多游客众说纷纭,摸不着头脑。

四大家之说,从南宋理学家王十朋那里开始。他十分推崇唐宋之际的几位古文作者,将韩愈、柳宗元、欧阳修和苏轼,并称为"文章四大家",其《读苏文》曰:"唐宋文章,未可优劣。唐之韩、柳,宋之欧、苏,使四子并驾而争驰。"在此基础上,就有了后来的"唐宋八大家",除此四人,又多了曾巩、王安石和苏洵、苏辙。于是,这副对联中的"四大家",有人说就是王十朋评定的韩、柳、欧、苏,也有人说,是唐宋八大家中,宋有六人,其中三苏是一家,所以宋代文章名家只有欧、王、曾、苏这四家,各执一词,谁也道不清这机密。

楹联中,这样暗藏数字玄机的还有不少。如著名的绝对"四诗风雅颂;三光日月星",以及数学家华罗庚以钱三强、赵九章为题的妙对"三强韩魏赵;九章勾股弦",都可做数字游戏看。清代,有位年岁极高的老者过寿,有人庆贺一联:"花甲重开,外加三七岁月;古稀双庆,内多一个春秋。"上下联即是两道答案一致的数学题,若感兴趣,可以一算,这老者到底几许高龄?

几生修得到；一日不可无

几生修得到；一日不可无。

——清·懒云撰　（见《自怡轩楹联剩话》）

【小识】

好日子里好事多，好事多了祝福也多。结婚这种好事，人都好添喜气，连那赠人的婚联也是满纸的喜气洋洋。像是赠两个学者夫妻的"画眉笔带凌云志；种玉人怀咏絮才"，赞美之词，溢于言表。

清代有陈君竹士，娶妻王梅卿，朋友中有一诗僧懒云书联贺之，"几生修得到"，众人理解为茫茫人海中，二人能结为夫妻，也是几生修来的缘分，以后成为朝夕相处、相濡以沫的伴侣，自然是"一日不可无"。但这懒云毕竟是方外之人，这婚联其实搬弄了点玄虚。宋人有句名诗"几生修得到梅花"，晋人一首咏竹的诗中也说过"一日不可无此君"，作者乃是以欲言又止之法，暗嵌了夫妻姓名中的"竹、梅"，语意雅谑微妙，令人赞服。

婚联以巧思取巧意，文采与佳人便都是天作之合。像是清代有潘、何二姓结为连理，友人以联贺曰："有水有田兼有米；添人添口又添丁"，不知者以为寻常那种家庭兴旺的祝福语，细品之下，这是两个谜语，有"氵"有"田"兼有"米"，合在一起是个"潘"字，而下联，添"亻"添"口"又添"丁"，便是另一家的"何"字。这样看，又妙不可言，如此婚联则必得头彩不可。

切瓜分片，上七刀下八刀

冻雨洒窗，东二点西三点；

切瓜分片，上七刀下八刀。

——明·杨一清对句 （见《评释巧对》）

【小识】

暑热难耐，西瓜最是清凉。而且瓜棚豆架，故事也多。当代著名作家李準就写过《瓜棚风月》，乡土文学大家刘绍棠也有《瓜棚柳巷》之作。

明人杨一清，是个神童。八岁时，有人出句考他，"冻雨洒窗"表面说冰冷的雨水打到窗上，东东西西，两点三点，纷纷乱乱，实则"冻"是"东"字边二点，"洒"是"西"字边三点，出句因果联系，又暗含机关。杨一清机敏过人，立即答道："切瓜分片，上七刀下八刀"，是说切瓜时七刀八刀的，一片片切开，其实还是呼应机关，用横"七""刀"合为一"切"字，竖"八""刀"合为一"分"字。出得巧妙，对得更是精绝。

还有一西瓜的故事，发生在大才子唐伯虎身上。说是某次唐伯虎陪父宴客，席间有瓜有豆，客人一边剥着豆子，一边出句考问："炒豆撚开，抛下一双金圣筶。"圣筶是两半可以合拢，像蚌壳一样的占卜用具，这里是说剥开的两瓣豆壳。唐伯虎急中生智，拿起一瓣西瓜说："甜瓜切破，分成两盏玉琉璃"，不仅对得工整,语言也很有画面感,令客人顿时折服。

"堂中摆满翡翠玉,弯刀辟成月牙天",类似的故事还很多。古往今来,西瓜留给"吃瓜群众"的谈资不少,也许是瓜足够甜,有足够的酶可以开心。

二水三山李白诗

五风十雨梅黄节；二水三山李白诗。

——清·佚名撰 （见《联语粹编》）

【小识】

文字要有情，才能有味，这是人尽皆知的道理，可至于对联一门，偏偏有"无情对"这朵奇葩。与一般对联不同，"无情对"只讲究字面上的字词相对，至于内容越是"风马牛不相及"越好。如用"动武"对"挪威"，就字面看，"动"和"挪"都是动词，对仗工整，"威"和"武"都是形容词，对仗亦工，可连在一起，前面说的是动作，后面却成了国家，上下联根本不相干，又毫无情意可言，故成了"无情对"。

像民国初年那个颇有名的出句"三星白兰地"，有人对以"五月黄梅天"。"五月"对"三星"，"黄梅天"对"白兰地"，字字工整，意思却依然"无情"。晚清以来，这种文字游戏颇为流行，有人曾以"陶然亭"戏弄过"张之洞"，有人也以"四品天青褂"，想到了"六味地黄丸"，都极具歧义效果，读之不免莞尔。

尽管玩笑见长，但将"无情对"的特点运用好，在一些联中，有时也能发挥妙用。如这副古人常见的书房联："五风十雨梅黄节；二水三山李白诗。""五风十雨"是说南方梅雨季节连绵不绝，"二水三山"是李白曾有诗句"三山半落青天外，二水中分白鹭洲"，以"梅黄节"对"李白诗"，可在品味间体会出汉字的趣味。

五風十雨梭黃節
二水三山李白詩

途中偶遇说春秋

兔走乌飞,地下相逢评月旦;

雁来燕去,途中偶遇说春秋。

——佚名撰 (见《巧对录》)

【小识】

上古时有个传说,日中有三足乌鸟,故称太阳为"金乌";又说月中有一兔,故称月亮为"玉兔"。唐人韦庄《秋日早行》诗中,"行人自是心如火,兔走乌飞不觉长",便以日升月落形容光阴更迭。

见古人有一巧联:"兔走乌飞,地下相逢评月旦;雁来燕去,途中偶遇说春秋。"联中"兔走乌飞",就借以时光交替,拿拟人之法,将动物写活,而它们谈论的"月旦",表意指日月,与前文乌、兔相关照,而一个"评"字又道出另一番玄机。东汉末年,汝南许劭等主持"月旦评",品评人物,传为美谈,后来便以月旦评指对时局、人物的评论。这副联巧在以两只动物的"对话",不经意表露出光阴荏苒,纵论那千古风流之意。

按照上句机关,下联就易于理解,"雁来燕去"是分别以春秋二季两个代表性候鸟来点明季节,它们途中"偶遇",说起的是春秋换季之事。而这"春秋"也不简单。古有史书《春秋》,古人以春秋泛指历史,许多编年史著作皆以春秋为名,如周之《春秋》、燕之《春秋》、吴越之《春秋》等,因此也将著史引申为"春秋笔法",并也指时间,如虚度春秋等。下联便与上联一脉相承,仍以童话般的笔法,感叹沧海桑田,物换星移,万类相感如一。

墨；泉

墨；泉。

——清·佚名撰 （见《古今楹联欣赏笔记》）

【小识】

联语不同于律诗，骈散结合，往往可长可短。长则千言的有，短则一个字的，也可成联，称为"一字联"或"单字联"。

据传清咸丰年间，有人以"墨"字求对，都想着单字对简单好办，如对个"书""诗""画""白""朱"等，可应征者无数，却没有佳对。后来有人以"泉"字相对，才令主家满意。原来单字之外，对句的人将这两个字分别拆开，以"白水"对之"黑土"，便觉得妙不可言。而且再细论，黑、白均为颜色，水、土属于五行，墨、泉都是液态，二字一仄一平，古人又常把贪墨与钱泉联系在一起，就这小小两个字，关联太多，这样一对，简单的字就不再简单。

抗战时期，华北爱国学生游行抵制，打出一副一字联，上联是个"死"字，下联是个倒着写的"生"字，字迹硕大，在人群中十分显眼。将"生"字倒着写，原来是要说明："我们宁可站着死，也不倒着生！"这就一个字，决心尽表，多有骨气！又多有奇思！

诞生于甘肃地区，相传伏羲氏"一画开天"创制的八卦，被认为是中国对仗思想的根基，那象征天、地、风、雷的乾、坤、巽、震等八个符号，两两对称，我以为，也可以算作一副副微型对联。

门垂碧柳；宅近青山

门垂碧柳□□；宅近青山□□。

——清·肖子秀撰 （见《城步隐字联探秘》）

【小识】

1997年6月，湖南邵阳一家媒体接到读者来信，说是在邵阳城步儒林镇，有一副奇怪的对联，流传百年，至今无人破解其中奥秘。这是清代一位儒生肖子秀撰刻在自家门上的对联，上下各六字，但写作："门垂碧柳□□；宅近青山□□"，后面两个字留出地方，是有意空着未写。这种写法，在楹联史上倒不少见，称为"隐字联"，即有意隐去其中个别字，以达到意想不到的效果。如明代时就有副著名的隐字联，说一人家贫，为朋友贺寿，买不起酒，就拿了一瓶水祝福说："君子之交淡如"，朋友领会其意，于是答道："醉翁之意不在"，两人各取古人名言，隐去"水、酒"二字，却凸显了君子之交不在乎繁文缛节的善意。

儒林镇这副隐字联，经媒体报道后，引发了大家的好奇心，曾在全国引起一场长达数年的讨论，吾友邹宗德先生还为此写了一部专著，但最终都没有准确答案。有人说后面两个字是"栖凰/隐凤"，有人说是"空空/隐隐"，还有人说是"碧水/青藤"，都是一厢情愿。因李白曾有诗"宅近青山同谢朓，门垂碧柳似陶潜"，可见此联或与此诗有关，有人即说是"门垂碧柳（似陶）；

宅近青山(同谢)",但原文是否为"同/似",也不好说。总之,作者是有那么个意思,但妙在其中,就是想让你捉摸不透才好。

抗战时期,有人在广西桂林的难民所贴了一副春联:"感时□溅泪;恨别□惊心",这是杜甫的名句,有意隐去了中间的"花、鸟",是想说国破家亡,连花鸟都已不存,也无心再观花鸟,可见其忧国忧民之情。

愿天下有情人都成了眷属

愿天下有情人都成了眷属；
是前生注定事莫错过姻缘。

——佚名撰 （见《疢存斋联语汇录》）

【小识】

今日七夕，鹊桥相会，"愿天下有情人都成了眷属"。

这句话来自著名的元代杂剧《西厢记》，原文是"永老无别离，万古常完聚，愿普天下有情人的都成了眷属。"这是全书最后，主人公张生和崔莺莺终于突破重围，鸾镜团圆，修成正果，作者既发出这样的感慨，也是以两情相悦为全书画上完美句号，更为天下有情人寄托祝福，树起信心。

但事实上，一见钟情的少，往往要两情相悦，总少不了中间人推波助澜。像是《西厢记》里的红娘，因为她的存在，后世更有了这个特定的称谓。于是，银河有鹊桥，人间有红娘，天上还有月老，他们皆乐于为世间痴情男女搭桥牵线，助人为乐。找不着对象的，自然也想要找红娘、求月老。因此，各地便有不少月老祠，在杭州西湖边的一处，就有人写过这样一副对联："愿天下有情人都成了眷属；是前生注定事莫错过姻缘。"

上联将《西厢记》此句直接拿来，可谓贴切。下联也是自元杂剧《琵琶记》中集来，放在此处，与上句相呼应，前者可视为给情侣的祝愿，后者则是对求爱之人的勉励。天作之合，有如此句。

XIAO TAN

典籍里的中国
名联新说

笑
谈

笑世间可笑之人

大肚能容，容天下难容之事；
开口便笑，笑世间可笑之人。

——佚名撰　（见《胜迹名联三百副笺注》）

【小识】

弥勒佛，大肚便便，笑口常开，在民间喜闻乐见。以前许多寺庙楹联，但凡写到弥勒，总喜欢像这个哈哈佛一样，用文字开个玩笑。

诸多弥勒联中，这副影响最广。"大肚能容"，是其本相，但所容之物，不是凡夫眼中的物欲，是"天下之事"，且是"天下难容之事"。人生不如意事十之八九，若没有一副"宽肚肠"，又从何立世，所谓"大度兼容，则万物兼济"。"开口便笑"，到底在笑谁？笑的是"世间可笑之人"，何为可笑？每个人都会扪心发问一般，点到为止，这是此联的高明之处。与此相类，如滇池弥勒殿一联："开口便笑，笑古笑今，万事付之一笑；大腹能容，容天容地，于人无所不容。"也是文浅意深，诙谐中也可作箴言看。

唐人王梵志有首诗说得好："可笑世间人，为言恒不死。贪吝不知休，相憎不解止。背地道他非，对面伊不是。埋著黄蒿中，犹成薄媚鬼。"是说有些人，贪吝不休，是非不止，又喜欢背地里说三道四，即便死后埋于土中，也是个轻佻的"薄媚鬼"，可谓"入木三分骂亦精"。与其这样斤斤计较，倒不如学那弥勒，"大肚能容，了却人间多少事；满腔欢喜，笑开天下古今愁。"

朝来拜，夕来拜，教我为难

颇有几文钱，你也求，他也求，给谁是好；
不作半点事，朝来拜，夕来拜，教我为难。

——佚名撰（见《谈虎室联话》）

【小识】

天下庙宇众多，但论香火最盛处，必然是大大小小的财神庙。自古至今，有不少人做着白日梦，靠烧几炷香、磕几个头便想发家致富，教人哭笑不得。

清代时，有人见身边亲友生活困顿，不思进取，却执迷于财神庙烧香磕头，便于庙旁题写一联："颇有几文钱，你也求，他也求，给谁是好；不作半点事，朝来拜，夕来拜，教我为难。"以财神的口吻调侃磕头之人，不作半点事就要不劳而获，即便真有神仙，对这样的人也不会同情，终究是空梦一场，自欺欺人。如前人所评："祈神者见之，能不豁然悟而哑然笑乎？"

据《诗联谐话》载，前人还有一副异曲同工之作："彼四百兆相率前来，剪纸花钱难应付；你一件事不肯去做，烧香点烛也徒劳。"说得更为生动，如果四百兆国人都来求神，财神爷就是拿把剪刀剪纸为钱，也应付不过来，可见求神无用，关键还是自己要有所为，否则一切徒劳。

但总有人执迷不悟，于是，一副经典之作进一步嘲讽说："经忏可超生，难道阎王怕和尚；纸钱能赎罪，分明菩萨是赃官。"对那些甘心依恃他人，而不自省自立者，当头棒喝。

士为知己;卿本佳人

士为知己;卿本佳人。

——清·佚名撰 (见《南亭联话》)

【小识】

清人《南亭联话》记载了这样一个故事,清代宗室,有一叫双富的,别号士卿,官居地方时,其为官之道却与"士卿"二字的本意背道而驰,为官毫不收敛,贪得无厌,终究换来革职处理的命运。在他贪墨渎职之时,有人戏赠一联:"士为知己;卿本佳人。"起首嵌入"士卿"二字,明眼人一看,这话里有话。

俗语说,"士为知己者死",上联隐去的部分,恰是在讥讽这位"士卿",为他"知己"的钱财名利,终究落了个一死了之的结局,既嘲讽他以财利为"知己"不知收敛的贪婪之状,也是对他凄惨结果的当头棒喝。古人也说过,"卿本佳人,奈何从贼"。下联借用此说,隐去后半句,仍在讥讽其人,表面是仁义道德的"佳人"士卿,背后却奈何贪污"从贼"。一副短联,妙用隐字,含蓄而深刻地揭露了"士卿"的贪墨行径,可谓高妙。

这种在常用语中隐去一词、一句的做法,常在联语中别有用意。如古代某寒士自题家门春联:"二三四五;六七八九",还有个横批"南北",让过路人一头雾水。原来是在一至十这10个数字中,没有了一和十,意思是"缺衣(一)少食(十)",横批"南北"意思大概一样,说自己"没有'东西'"。年关将近,一贫如洗,只好和自己开这个数字玩笑,清贫中图一乐也。

汉祖唐宗,也算一时名角

尧舜生,汤武净,五霸七雄丑脚耳,汉祖唐宗,也算一时名角,其余拜将封侯,不过捎旗打伞跑龙套;四书白,五经引,诸子百家杂曲也,杜甫李白,能唱几句乱弹,此外咬文嚼字,都是求钱乞食耍猴儿。

——清·佚名撰 (见《南亭笔记》)

【小识】

这是圆明园里的一副戏台联,传为大才子纪晓岚之作,也有人说出自清宫某太监之手,还有说为乾隆,抑或年羹尧所作,但皆查无实据,而无论何人手笔,其口气之大,足以睥睨一世。

唐尧、虞舜、商汤、周武,历来为古之圣贤,包括后来的春秋五霸、战国七雄,以及汉祖唐宗,皆一世豪雄,却被看做戏台上一脸油彩、装扮着生旦净丑的"角儿",而历史上其他人等,充其量不过是给这些主角扛旗打伞的"龙套"们。上联由历史政要说开,下联转评中华才俊。在他眼里,什么四书五经、诸子百家,不过几句戏词,至于杜甫李白,也就能唱点乱弹,其他所谓咬文嚼字者,无非江湖杂耍。一副九十字的长联,环环相扣,寓庄于谐,将泱泱五千年文明浓缩为一台"戏",什么王侯将相、才子佳人,皆是你方唱罢我登场。

此联在清代就颇为知名,时人评论说:"以'跑龙套'对'耍猴儿',亦适见其新巧",而"上下古今,包括一切,其手笔之大、眼界之宽",就连一代楹联宗师梁章钜也认为,"断非凡手所能为"。这样的大手笔,自然让人联想到"五帝三皇神圣事,骗了无涯过客",还有那"秦皇汉武,略输文采;唐宗宋祖,稍逊风骚",纵论古今,一样雄视千秋。

若不撇开终是苦

因火成烟,若不撇开终是苦;
欲心为慾,各宜捺住早成名。

——佚名撰 (见《古今滑稽联话》)

【小识】

5月31日,世界无烟日。吸烟有害健康,已渐成共识。然而在百多年前的中国,一杆烟枪,荼毒不浅,不知让多少人意志消沉,乃至家破人亡,甚至有人说"大清朝也是被鸦片吸垮的"。辛亥革命推翻了清王朝,却没有砸烂大烟馆,于是民国伊始,一些有识之士广泛呼吁禁烟。传播进步思想的《浙江潮报》,便就此发起一次征联。出句是:"因火为烟,若不撇开终是苦"。

这是一副暗含机关的析字联。"因火为烟"是说吸烟点火,隐喻引火烧身,其实是将"因""火"二字合为"烟"字;"若不撇开终是苦"是劝诫吸烟者撇开烟枪,否则坠入苦海,身败名裂。而仔细看,这是利用"若"与"苦"字形相近的特点,将"苦"字中间一竖撇开,就成了"若"字。环环相扣,讽刺辛辣,可谓精妙至极。征联一出,应者云集,《古今滑稽联话》的作者范左青回忆,结果揭晓后,排名第一的对句是"采丝为彩,又加点缀便成文",而广为人知的却是"欲心为慾,各宜捺住早成名"。拔得头彩的句子,文采虽好,但却不如这个有哲理味。

流传百年后，此联浓缩为"若不撇开终是苦；各宜捺住早成名"，因其技巧中深藏哲理，已成为朋友圈中的爆款文案，但可笑的是，有所谓"网红"竟说此联为他所作，当今网上一些沽名钓誉的浮躁之风，尤胜于昔日鸦片也。

人情如打鼓，每因皮厚发声高

世事若鸣锣，只为铜多开口响；人情如打鼓，每因皮厚发声高。

——何淡如撰 （见《何淡如先生妙联》）

【小识】

清末何淡如，岭南名士，生性幽默，且文思敏捷，一诗一对，时常脱口而出，尤以诙谐讽刺见长，当时颇负盛名，时人称之为"幽默大师"。许多作品一经出口，便在广州市井小巷中传开，像有名的无情对"公门桃李争荣日；法国荷兰比利时"，据说就出自他手。

珠三角一带，旧时农历二月土地诞辰，有搭花棚、放烟花的习俗，某年主事者请何淡如题联，他写道："周身花，果然好样；一肚草，格外大声。"看似在说烟花爆竹，虽然肚中包着草纸、火药，但燃放后样子好看、声音响亮，实则是对"一肚草"不学无术者的讥讽，再把有些人对号入座，其"果然好样""格外大声"的形象可谓传神。

某次，见人敲锣打鼓，他又写了一联："世事若鸣锣，只为铜多开口响；人情如打鼓，每因皮厚发声高。"铜锣是越大越响，大鼓是皮厚声高，"铜"在这里其实暗指铜钱，"皮"说的是脸皮，何淡如再次巧妙地借题发挥，以敲锣打鼓隐喻人情世事，嘲讽那些见钱眼开、贪得无厌、嘴尖皮厚、口是心非之人。寓庄于谐，鞭辟入里。

装谁像谁，谁装谁谁就像谁

看我非我，我看我我亦非我；
装谁像谁，谁装谁谁就像谁。

——佚名撰 （见《全民国联话第一辑》）

【小识】

旧时戏园子，流传着一副颇有哲理的叠字联。"看我非我"是演员忘我表演，如剧中人；"装谁像谁"是演技十分高超，有共鸣感。表面是在夸赞精彩的表演，实则巧费心思，从"真人—假戏；假戏—真事"，这对戏剧的矛盾特性着笔，教人反复玩味。

南通更俗剧场曾有一长联，起笔两句便是："真者犹假，假何必非真……古或胜今，今亦且成古"，说来说去，都是在说戏里戏外，真真假假，虚虚实实。莎士比亚曾说："自有戏剧以来，它的目的始终是反映自然，显示善恶的本来面目，给它的时代看一看它自己演变发展的模型。"古今中外一理，戏剧看似虚构的情节，必是现实中某种真实的反映。人常说"看戏看人心"，戏中多少王侯将相、才子佳人，悲欢离合、风花雪月，无不折射人心。

现在不少人喜欢"装"，如同活在虚构情境里的演员，得意于自己"装谁像谁"，有人乐于跟着入戏，也有人虽识破也甘心当着群演。世界大舞台，到处是形形色色的"演员"，有几人能"看我是我"，分得清戏里戏外？

眼前无路想回头

身后有余忘缩手；
眼前无路想回头。

——清·曹雪芹撰 （见《红楼梦》）

【小识】

《红楼梦》第二回写到，贾雨村在给林黛玉做家教之余，散步到一茂林深竹之处，隐隐有座庙宇，破旧不堪，门前题匾"智通寺"，还有一破旧的对联："身后有余忘缩手；眼前无路想回头。""雨村看了，因想到这两句话，文虽浅近，其意则深。我也曾游过些名山大刹，倒不曾见过这话头，其中想必有个翻过筋斗来的亦未可知，何不进去试试。"好奇中他进去，见一老态龙钟的和尚正在煮粥。雨村想要和他说话，然那和尚"既聋且昏，齿落舌钝，所答非所问"。

其实这段文字，很有深意。人往往在还有余地、尚未逼到绝境时，想不起收手，尤其是名缰利锁之下，有几人能按得住欲望。等走投无路之时，才想起回头，总是为时已晚。其实此时的贾雨村刚因官场受挫，但他不知反省，一心只想着利禄，贪墨徇私，走上不归路，最终"因嫌纱帽小，致使锁枷扛"。

红楼知音脂砚斋评说，这副联是"一部书之总批"。翻看整部红楼，大到贾府的富贵衰亡，小到个中人物的得利失势，大多结局,都是"机关算尽太聪明,反算了卿卿性命"。曹雪芹在此设伏,既是对书中人、书外人的警醒,也是以破寺老僧、穷途末路,暗喻书中结局。

身入"智通",但"智"终究未通,沉迷富贵之下,岂止红楼梦中人。

未曾亡国，先已丧家

未曾亡国，先已丧家，苟活又奚为，一死足羞当世士；
服役廿年，竟烹五鼎，酬劳终有日，再生须择主人公。

——方克刚撰 （见《古今名联选评》）

【小识】

方克刚曾任长沙高峰中学校长，为人正直。抗战时，眼见身边不少人卖国求荣当了汉奸，不便直骂，某次，他便借家中老狗死去，以"挽犬"之名写了这副对联示众，还是想痛快淋漓地把汉奸骂一顿。

上联以家喻户晓的"丧家之犬"来开骂，抗战还在进行，虽国破但未国亡，汉奸们却俯首帖耳，摇尾乞怜，简直是"丧家之犬"，纵一死也羞于世人，何况还苟活于世。下联化用"狡兔死，走狗烹"这个与狗有关的著名典故，表面说自家这只死去的老狗操劳二十年，最终没有个好结局，实则是断言汉奸走狗，觍颜残喘终究是暂时富贵，迟早还是"兔死狗烹"的下场，再有来生，还得认清正邪，选好主人。指桑骂槐，真是入木三分。

当然，"走狗"只是少数，面对外敌入侵，民主人士张难先就曾拒绝伪职，愤然隐退。他蛰居乡间，自题一联于鸡舍："拍马吹牛，是真类狗；攀龙附凤，不如养鸡。"借"鸡"发挥，讽刺那些拍马吹牛的奸佞小人鸡犬不如，"是真类狗"，自己与其出卖尊严，去攀龙附凤，不如乡间养鸡，纵微不足道，但节操还在。

金殿鐵笛仙人讀書處聯

鑄由蘖虩知音希
忠言實旨
勺草翻直
黃葉未飾睡蠶明

吳崇仁先生撰
于寶元書

黄粱未熟，睡著的切莫翻身

铁笛无声，知音者忠言贯耳；黄粱未熟，睡著的切莫翻身。

——吴崇仁撰 （见《云南名联荟萃》）

【小识】

在昆明金殿景区，旧有铁笛仙人读书处。仙人者谓谁？有说吕纯阳，也有说他人者，总之，是一位隐逸的高人。民国时，昆明名士吴崇仁为此题写一联，起笔"铁笛无声"即紧扣其地，但又由此引申，以无声胜有声的玄妙，衬托"仙人"的高妙，因为所想表达的，不在笛声，而在弦外之音，遂有了下句"知音者忠言贯耳"。这与常说的"忠言逆耳"相关，是想告诉世人，善知音者，能容忠言，如此，才利于行，不闻其声而声自远。

下联起笔，也是一个家喻户晓的故事——黄粱美梦。主人公卢生做饭时一枕入睡，沉迷于梦中虚幻的荣华富贵，而等他醒来，锅里的黄粱都还未熟透，可见转瞬之间，一场空梦。作者引用此典，紧接着又说"睡著的切莫翻身"，必然不是劝人继续白日做梦，而是以反讽的口气，来告诫那些贪恋虚荣之人，要想醒悟，还须及早"翻身"，切莫深陷其中而不自知。

听人劝、吃饱饭，不妄想、少虚荣，这副联讲了两个简简单单的道理，其实看过之后，谁都能懂，最怕的就是有人装聋，还有人装睡。

秋老难逃一背红

水清讵免双螯黑;秋老难逃一背红。

——宋·佚名撰 (见《万历野获编》)

【小识】

入秋以后,螃蟹渐红。在九百年前的北宋汴京,几只刚被蒸熟的青蟹上桌时,宋徽宗正在他的园子里喝着菊花酒,赏着太湖石。

看过《水浒传》的人都知道,这太湖石便是著名的"花石纲",当年青面兽杨志就因押解花石纲翻船,害怕朝廷责罚而流落江湖,书中还写道,江南方腊等起义,也是苦于官兵借花石纲之名巧取豪夺。而为宋徽宗"献计"征用花石纲、大肆修建园林的人,叫朱勔,史上与蔡京、童贯等被并称"北宋六贼"。

朱勔的发迹和高俅很像,从小是个混混,还因犯过事,和宋江一样也被脸上刺字,后来靠卖狗皮膏药发家,凭着溜须拍马,巴结上蔡京等人,一路发迹竟成了朝廷大员。忽悠宋徽宗征用花石纲后,朱勔便纵容手下广蓄私产,搞得东南民不聊生,据说连蔡京都觉得"扰民太甚",看不下去。不是不报,时候未到。后来,他终到作茧自缚。有人便以螃蟹为题写下一联:"水清讵免双螯黑;秋老难逃一背红。"霸道的螃蟹纵在清水中,也免不了一双"黑手",但到秋后算账之时,终究难逃一背发红的了断。

朱勔为非作歹,当时有民谣称,"金腰带,银腰带,赵家世界朱家坏。"北宋的赵家王朝,就是被这些"巨蟹"溃败,但反过头来,那个赏识螃蟹的人,难道不知他是横行?

愚贤忠佞认当场

离合悲欢演往事；愚贤忠佞认当场。

——清·佚名撰 （见《甘肃对联集成》）

【小识】

在嘉峪关城楼稍加留意，会发现关城戏台两侧砖墙上，镌刻着这样一副对联："离合悲欢演往事；愚贤忠佞认当场"，是说戏台上悲欢离合，虽演得历史往事，但剧中人物，谁忠谁奸，谁好谁坏，戏中当场立判。而这"当场"岂不也包括看戏之人？只是往往有人习惯于装作"看客"，站在台下，以为事不关己，忘了自己也是"戏中人"，像某戏台有副长联："学君臣，学父子，学夫妇，学朋友，汇千古忠孝节义，细细看来，漫道逢场作戏；或富贵，或品鉴，或喜怒，或哀乐，将一时离合悲

欢,重重演出,管教拍案惊奇。"

戏中戏外,其实一体。近人王孟衡题湖南茶陵采茶戏台一联便说:"知音者才许来,莫到这地方睡觉;看戏的都好笑,何须替古人担忧。"上联呵斥者,自然是那世事戏场之中叫不醒的装睡人,而浑然不觉的芸芸看客,谁不是悲欢离合轮番上演,又何必指手画脚,替前人担忧。倒不如当好自己的角色,愚贤忠佞,以古为鉴,留个好下场。

有贤妻何至若是

咳！仆本丧心，有贤妻何至若是；

唉！妇虽长舌，非老贼不到今朝。

——清·阮元撰 （见《春暖堂联话》）

【小识】

在西湖岳飞墓前，有铁铸的秦桧夫妇跪像，多少年来，这对构陷忠良的奸佞，一直遭人唾弃。铸造铁像者，是清中期名臣，也是著名学者的阮元，他还在夫妇二人脖子上各挂一个木牌，并以对话的口吻写下一副白话联。

上联是奸臣秦桧的抱怨："咳！仆本丧心，有贤妻何至若是"，张口先骂一句，即便我丧心无德，倘若家有贤妻，也不是这般下场啊！下联中，其妻定不善罢甘休，接着骂道："唉！妇虽长舌，非老贼不到今朝"，我虽是长舌妇，也是被你这老贼连累。彼此拆台指责，丑相尽露。而起笔只一声语气，就让奸贼、泼妇的形象尽得，乃是画龙点睛之笔。

20世纪90年代，湖南联家胡静怡先生夜宿某机关大院，忽闻窗下很大的争吵声，原是某领导夫妻二人互相吵骂揭短，其秽语污言，不堪卒听。他想起阮元这副名联，便不忍讥之："哼！贱妇愚哉，非吾直上青云，何来彩电？呸！莽夫谬矣，是我亲缝绿帽，始有乌纱！"此联一出，不胫而走，成为一时笑谈。

古时某人有自挽联:"百年一刹那,把等亲富贵功名,付之云散;再来成隔世,是这样夫妻儿女,切莫雷同",还有横批"这回不算",临终之笔,满纸仍无奈辛酸。可见不管身边人,害己又害家。

把石头拿去说是儿孙

糊糊涂涂,将佛脚抱来求为父母;
明明白白,把石头拿去说是儿孙。

——刘尔炘撰 (见《兰州五泉山修建记》)

【小识】

兰州城郊有五泉山,因山中五眼泉而得名。其中有一摸子泉,在山腰一洞中,光线昏暗,石阶下隐约可见一泓泉水。相传此为神泉,欲求子嗣者,可伸手在泉中摸取,若摸得石头则会生男孩,摸得瓦块则为女孩,竟有人深信不疑。

民国年间,兰州耆宿刘尔炘主持重修五泉山,以为这种民俗大可不必,"此其非无聊之举动乎",于是提笔在洞口挂下一副对联:"糊糊涂涂,将佛脚抱来求为父母;明明白白,把石头拿去说是儿孙。"以他擅长的白话体,直言世人,做些糊糊涂涂之举,不识明明白白之事,只是自欺欺人。近百年来,往来参观者见此联后,无不会心一笑。如刘尔炘自己所说:"兹为联悬于洞口,烧香拜佛者见之,能爽然而为之一笑否?"

刘尔炘是翰林出身,但他主持修建五泉山,为山中所题一百三十余副对联,很少吟风弄月,多是以妇孺都懂的白话写成,是他认为在那个纷乱年代,需要在五泉山这样的公共游乐之所,以白话楹联这种形式移风易俗,启迪人心,他宁愿"变虚文为实事",其两行文字,也足有教化之功。

世情休问，几多屠狗挂羊头

人事可怜，不少吹牛拍马屁；
世情休问，几多屠狗挂羊头。

——碧如撰 （见《澳门联话》）

【小识】

《晏子春秋》里有个故事，说齐灵公有个奇怪的癖好，喜欢在宫中看女扮男装，"上有所好，下必甚焉"，国人将此作为时髦装扮，不少人予以效仿，男女不辨，自然不是正事。齐灵公也意识到这一点，于是颁发禁令，不许百姓女扮男装，但却屡禁不止。某次，他向晏子问道，为何禁令形同虚设？晏子说，只是"禁之于外"而宫内照旧，内外不一，"犹悬牛首于门，而卖马肉于内也"，这句话后来即演变成家喻户晓的"挂羊头，卖狗肉"。

1991年，羊年春节之际，澳门一家报纸刊登了署名"碧如"的一副春联："人事可怜，不少吹牛拍马屁；世情休问，几多屠狗挂羊头"，可怜可叹人世间，屠狗挂羊之事不少，究其根源，在于吹牛拍马之辈层出，风气浮躁，自然怪相频仍。而部分人还像那齐灵公一样，口是心非，内外不一却不自知。

清人武承谟到一地担任县官时，曾题一长联于衙门，上下结尾两句写作："存一点掩耳盗铃之私心，终为无益；做几件悬羊卖狗的假事，总不相干"，初到此地为官，倘若存一点私心，做几件假事，终是掩耳盗铃、悬羊卖狗，何异于欺世盗名。

哪知头上有青天

泪酸血咸，悔不该手辣口甜，只道世间无苦海；

金黄银白，但见了眼红心黑，哪知头上有青天。

——清·佚名撰 （见《秉吾联话》）

【小识】

在安徽定远城隍庙，有一清人题联："泪酸血咸，悔不该手辣口甜，只道世间无苦海；金黄银白，但见了眼红心黑，哪知头上有青天"，分别嵌入酸、咸、辣、甜、苦五味，和黄、白、红、黑、青这五色，用以警醒见利忘义、贪得无厌之人。尤其味道与颜色的强烈对比，如"手辣口甜"的小人、"眼红心黑"的奸佞，写得活灵活现，巧不可言。

"城隍"在神仙中比较严肃，前人善于借用城隍的口吻来说事，如这副口语联："你的算计非凡，得一步，进一步，谁知满盘都是错；我却糊涂不过，有几件，记几件，从来结账总无差。"告诫有些人纵使机关算尽，总会有正义的"结账"之时，到头来还是满盘皆输。这是作者注意到，来此求神者不在少数，有的人表面虔诚恭敬，实则男盗女娼。就像会宁进士刘庆笃在一副城隍庙对子中说的："霸人田产，盗人财帛，淫人妻女，总来烧香是枉然。"一语道出真谛。看新闻，最近又不少"老虎""苍蝇"被打得落花流水，其中不少还是各类庙宇的常驻"香客"，到头来不也一点"护佑"无沾。

古人早就说过，求神不如求己。不持律己之心，不除贪婪之害，一切终归枉然。

今日方知恶在其

昔年误认此之谓；
今日方知恶在其。

——清·佚名撰 （见《梅庵联话》）

【小识】

古代皖中有一县衙对联："是防官折儿孙福；难得人称父母名。"封建时期，对州官县官称为"父母官"。《大学》说"乐只君子，民之父母。民之所好好之，民之所恶恶之，此之谓民之父母"，是说能以人民所好为好，以人民所恶为恶，这样的官员才配称"民之父母"。《孟子》里又说"为民父母，行政，不免于率兽而食人，恶在其为民父母也。"孟子的话依然是提醒为官者，理政施政，不能像走兽食人那般凶残，这是他"苛政猛于虎"的延伸。这些观点尽管有封建思想，但有些认识，比如"民之所好好之"等仍有借鉴意义。

据说清代盐城有一县令，为官之初，兢兢业业，可没过多久，就为非作歹，让百姓视为"猛虎"，自己却标榜"清官"，还大言不惭地自题一块"民之父母"的牌匾悬于大堂。某日，有人悄悄在匾下贴了一副对联："昔年误认此之谓；今日方知恶在其。"正是来自《大学》和《孟子》中"此之谓民之父母""恶在其为民父母也"那两句话，有意隐去匾额所题的"民之父母"，以隐喻手法,对其讽刺。

"误认"二字是指老百姓对其初来乍到时的表象所迷惑,后来才知他不是那个以人民所好为其所好的"父母官",可见人心失望。而孟子原话中的"恶"字,本是表达疑问"怎么"的语气词,这里妙解为可恶,更显憎恶之深。

日月奔驰笑我忙

光阴荏苒催人老；日月奔驰笑我忙。

——清·佚名撰 （见《分类楹联大全》）

【小识】

人生的钟摆一刻未曾停止，路过的旅程总会把那些"风景"收藏，或浓或淡，或深或浅，你不怠慢时光，时光终究会回报于你。

前人曾以爆竹为题写过一副对联："截来淇上平安竹；开到人间顷刻花。"古时爆竹是在竹筒中填充火药，淇上，即淇水之上，曾盛产竹，且流传有"竹报平安"的吉祥故事，故联中说以爆竹燃放，为人间报得平安喜乐。但爆竹也好、烟花也罢，燃放固然很美，可总是顷刻结束，像是昙花一现，十分短暂。但这明显的"缺陷"并未让爆竹自暴自弃，即使短暂，也要把握时机，绽放光彩，开出个让人惊艳的"顷刻花"来。这叫人想起清人袁枚的一首小诗《苔》："白日不到处，青春恰自来；苔花如米小，也学牡丹开。"小小苔花也是各种"先天不足"，可它不言自弃，即便是在无人关注的角落，也要绽放出牡丹那般花冠群芳的自信。

人生蹉跎，光阴有限，谁都无法预料明日，也不能挽回昨天，时光更不会辜负每一个奋力前行的人，日月奔驰笑我忙，我笑日月心飞扬。